JOËLLE MAZART

Né le 4 avril 1923 à Lacanau-Médoc, Georges Coulonges est, au début de sa carrière, l'animateur fêté de Radio-Bordeaux. Il a trente-cinq ans lorsqu'il « monte » à Paris, plus de quarante lorsque, pour son premier roman, Jules Romains lui remet le Grand Prix de l'Humour. Son deuxième ouvrage est couronné par le Prix Alphonse Allais. Ces récompenses donnent partiellement le ton d'une œuvre variée, profonde, qui va du roman à la télévision, de l'essai au théâtre en passant par la chanson : hier, du Potemkine *mis en musique par Jean Ferrat au triomphal* Zadig *mis en scène par Jean-Louis Barrault, aujourd'hui de sa pièce* Les Strauss *aux records d'écoute réalisés par les œuvres télévisuelles adaptées de* Pause-café *ou de....* Joëlle Mazart.

Jeune assistante sociale scolaire, Joëlle Mazart a désormais la lourde charge d'un Lycée d'Enseignement Professionnel.
Il ne lui faut pas une longue expérience pour découvrir que ce « bahut », où certains vont s'épanouir dans l'apprentissage du métier qu'ils ont choisi, est, pour d'autres, voie de garage, salle d'attente, voire — pour des raisons plus intimes parfois — lieu de supplice.
Il faut entendre ça, un gosse de quatorze ans qui vous dit : « De toute façon, pour moi, c'est foutu. » Vous imaginez ce qu'il faut de persuasion pour le remettre sur selle, à cheval sur lui-même, cavalier et monture.
Au père Touzin dont, « dans sa blouse bleue de mécano pédagogue », le lecteur n'oubliera pas la silhouette, à Mme Chaumeil, proviseur en jupe et en dévouement, à la mère Jeanjean « qui enseigne la coiffure avec une gentillesse vulgaire », cette persuasion ne fait pas défaut. D'autres, il est vrai, montrent moins d'entrain dans l'accomplissement d'une tâche assez peu conforme à leurs rêves de licencié ès lettres...
Quant à Joëlle, elle emploie toute sa jeune bonne volonté à faire comprendre à ces jeunes que la rue, dans laquelle ils peuvent avoir un jour la tentation de devenir des héros, fera surtout d'eux d'éternelles victimes.
A vingt et un ans, Georges Coulonges travaillait encore dans sa natale forêt girondine.
C'est sans doute ce qui donna à cet autodidacte le goût de peindre pour nous la frange peu favorisée de notre jeunesse. Le miracle est que, de toutes les menaces qui pèsent sur celle-ci, il ait fait un livre dont l'humour n'est jamais absent. Un auteur authentique a écrit un roman témoin de son temps.

ŒUVRE DE GEORGES COULONGES

Dans Le Livre de Poche :

PAUSE-CAFÉ.

GEORGES COULONGES

Joëlle Mazart

ROMAN

FAYARD

A Jean Cornec,
Ami fidèle,
Combattant passionné.

A tous ceux qui, enseignants, parents,
démocrates, voulurent, pour tous,
une école meilleure.

G. C.

L'Ecole professionnelle
D'aspect bienveillant, familier
C'est, dans la sphère maternelle,
La classe unie à l'atelier.
Atelier sain, classe riante
Où les facultés vont s'ouvrir :
Venez à l'Ecole attrayante,
Frêles bourgeons de l'avenir !

Eugène Pottier (1885).

I

Il y a, à l'est de Paris, bien du nouveau.

Bien des nouveaux.

Au temps où les sportifs partaient en campagne, l'avenue d'Allemagne portait ses ombrages jusqu'à Pantin. Bagnolet descendait de la Courtille. Le guinguet fleurait bon le dimanche aux tonnelles. Le lundi des paresseux prolongeait la fête d'oubli. Les jardins étaient de nature et les longues heures où le travail vous tue s'effaçaient un peu dans les plaisirs des bords de Marne, la pêche à la tanche, le rêve venu des Ardennes, glissant vers Notre-Dame, le plongeon nu dans l'eau claire, les amours printanières où, dans l'herbe, les filles devenaient femmes en découvrant, selon l'expression désormais incompréhensible par les petits amants de la cité, la feuille à l'envers.

Adieu chemins des mûres et fermes à fromages, vergers aux saisons closes, métiers coulés sous le béton, artisanats cloués au pilori de l'industrie, petits marchands allongés sous le carreau des grandes surfaces.

Adieu Le Perreux des charpentiers de marine, aux bateaux en plein vent avant d'être à fleur d'eau. Adieu taillandiers de Nogent venant, en voisins, offrir leurs sabots et leurs cisailles, leurs limes et leurs doloires. Adieu Clichy sous bois perdu, Montreuil aux pêches et aux peaux de lapins, Champigny la blanche de plâtre. Vous étouffez sous la poussière, vous qui bourgeonniez dans la verdure. Vous qui labouriez au rythme lent de vos chevaux, vous avez éventré vos terres à la force aveugle des pelles mécaniques, planté des résidences contagieuses, créé des villes-dortoirs à dormir debout.

A Livry, le chemin de fer de l'ouvrier Gargan a remplacé l'abbaye où méditait Mme de Sévigné. La banlieue n'écrit plus. Elle téléphone. Elle ne marche plus, elle roule. Elle n'habite plus, elle s'entasse. Elle ne vit plus, elle attend. Elle n'espère plus, elle s'amertume. Son ciel se rétrécit. Ses visages s'allongent. Adieu lointaine bourgade de Maisons aux maraîchers, Hallefort-le-Château, Branche-du-Pont-de-Saint-Maur! Vos noms mêmes n'ont plus droit de cité. Bondy sans forêt et le Pré-Saint-Gervais sans pré se couvrent de béton gris, Chelles de la préhistoire s'habille d'H.L.M., Pantin n'a plus que les fleurs rares de son cimetière. A Nogent, chaque matin, chaque soir, l'autoroute s'immobilise dans un amas d'énergies perdues, moteurs et hommes mêlés, forces créatrices et temps de plaisir fuyant par le même pot d'échappement.

Voitures arrêtées devant, camion derrière, automobilistes à droite et à gauche, prisonnier de ce qu'il avait cru son évasion, l'homme découvre l'image carcérale de la banlieue, celle qu'il ne peut pas quitter sous peine de tout perdre et qui le tient dans son inertie obligatoire, son ankylose de règles et d'habitudes, sa paralysie angoissante revenant avec la nuit sans, pour autant, partir avec le jour qui laisse les rues vides et les maisons sans enfants.

Adieu fritures de Joinville, premiers chevalets impressionnistes, vie au grand air de Saint-Maur confiant désormais à des sportifs en salle le soin de perpétuer sa mémoire. Seule Vincennes élégante conserve en son sud les traces anciennes de son bois profond, les fleurs douces qui éclairaient ses porcelaines au temps où, mère de Sèvres, Vincennes vivait chez le potier.

Le reste, tout le reste, est fait de pavillons étouffés, de pavés décadents, d'usines rouillées entre lesquels on a trouvé la place d'un immeuble à graffiti, d'une école affligeante, d'une cité dépravée où circulent largement des bitumes à plat : en s'étendant sur les herbes qu'il tue, Paris aère ses malheurs.

C'est là, sur un trottoir dessiné à la craie blanche, où un « mon cul » traverse un jeu de marelle, où un « Vive Mesrine » se perpétue sur le pilier d'une passerelle, oui, c'est là que se retrouvent, vivent, s'embrassent et se déchirent ceux du parking.

Ils sont huit, dix peut-être, beaucoup plus si l'on ajoute les petits, ceux qu'on ne compte pas encore et qui, pourtant, comptent beaucoup : on a vu des expéditions foirer pour une marmaille à garder, des amours remises pour une frangine qui a les oreillons. C'est comme si ceux du parking, qui sont tous un peu orphelins, ne voulaient pas qu'il en soit de même pour ceux qui les suivent.

Joëlle les a connus peu à peu, à Gustave-Courbet. Ils sont allés la voir. Ou, plus fréquemment, elle est allée vers eux. Pour des papiers qu'à la maison personne ne savait remplir, pour des droits et des devoirs qu'ils ne connaissaient pas, pour des absences surtout.

L'absentéisme, ce n'est pas le mal : c'est le révélateur, dit souvent l'A.S. Chef.

Mme Chaumeil est d'accord.

Ce n'est pas le cas de tous les proviseurs. Croulant sous les exigences de l'administration, ils sont quelques-uns qui s'en tiennent au règlement, aux faits, au palpable. Les « pourquoi ? », estiment-ils avec une prudente modestie, les entraîneraient hors de leurs compétences.

Mme Chaumeil n'est pas de ceux-là. Energique, un peu grassouillette, visage et pensée sans fard, cheveux roux s'acheminant sans presse et sans heurt vers le blanc, elle s'est, en dix années de provisorat, campée au milieu de cet établissement qu'elle ne quitte jamais. Sauf de son regard clair : il voit au-delà des grilles. Cela lui a donné des habitudes imperceptibles. Souvent, ses phrases commencent par : « Dans l'intérêt de l'élève... »

Joëlle sait qu'elle trouvera toujours chez le proviseur la meilleure compréhension.

Quant à Mme Chaumeil, privée l'an dernier d'assistante sociale, elle n'a que trop tendance aujourd'hui à s'appuyer sur elle. Sans cesse, Joëlle doit veiller à ce que le bloc n'apparaisse pas comme une connivence. Les adolescents auxquels le monde n'a rien donné regardent le monde avec, dans leurs yeux, toute la méfiance du monde.

Dans les conseils de classe, Joëlle ne s'assied jamais à côté de Mme le Proviseur. Aux récrés, elle l'évite un peu. Quand, devant un élève,

Mme le Proviseur sollicite son approbation, Joëlle nuance toujours son propos : il n'y aurait pas trop de tous les gendarmes du Tribunal pour retenir l'accusé qui, dans son box, verrait son avocat flirter avec le Président. Ainsi est la confiance des élèves. Ce sont les coups des maîtres qui font les chiens méchants. Les chiens méfiants.

Dès son arrivée, Joëlle a compris que ce serait dur. Non que l'école soit plus mauvaise qu'une autre, au contraire : la mécanique, c'est l'aristocratie du technique. La coiffure attire souvent des filles gaies, qui veulent vivre. Leur désir de contact avec la clientèle entre dans leur choix pour une grande part. Il en est de même pour l'hôtellerie où filles et garçons voient dans leur apprentissage des mets et des crus, du service et de la tenue, une promotion sociale, l'acquisition d'un savoir et d'un comportement inconnus de leurs parents. Pour certains, l'espérance de gagner de l'argent, de devenir patrons.

Les classes ne sont pas surchargées, l'équipement du matériel est bon.

Non, ce n'est pas un mauvais lycée. A quelques kilomètres, le L.E.P. Erckmann-Chatrian fait plâtrerie, teinturerie, commerce et métaux en feuilles. Les bâtiments tombent en ruine. D'autres, préfabriqués, encombrent la cour. Les deux tiers des élèves sont fils de travailleurs immigrés. Ils viennent de dix-huit nationalités différentes. Ils se recroquevillent, s'isolent dans leurs langages et leurs habitudes. Ils forment des bandes, s'affrontent : Toss contre Espingouins, Reubeus contre Viets, Yougs contre bronzés. Des profs enseignent la sténo à des filles qui ne savent pas écrire. ils parlent des agios à des gus qui n'ont jamais appris à compter. Ils essaient d'intéresser aux effets de l'oxyde de manganèse des apprentis teinturiers qui attendent la sortie. Celle de ce soir et celles de leurs seize ans. Celle d'une fille avec laquelle ils ont rencard. Celle qui leur donnera le droit de s'engager. Parce qu'être nourri et logé pour faire le garde-à-vous dans les paras, c'est pas plus con que faire le garde-à-vous devant le patron juste pour être logé et nourri. Parce que les bains d'indigo ça fait pas voir la vie en rose. Parce que, quand on est C.R.S., on peut avoir une moto. Dans tous les cas, on a un revolver, une matraque. On s'impose aux voisins. Aux nénettes, à la famille. C'est pour ça que, si, à dix-huit ans, on a eu la chance de pas être embarqué comme voleur, on s'embarquera comme gendarme. Ce sera mieux que de respirer leur tanin à la noix.

Ici aussi, bien sûr, certains pensent comme ça. Il n'y a pas comme la rue barrée pour vous donner le rêve militaire. Le C.A.P. a beau ouvrir la voie, on sait bien que le chômage bouche la perspective. Des mécanos brevetés se recycleront dans les pompes funèbres. La plupart des apprenties coiffeuses ne verront jamais ces dames au salon. Les horaires de l'hôtellerie écraseront bien des jeunes forces. Oui, à Gustave-Courbet, on sait cela. Mais Mme Chaumeil est là qui soutient tout son monde. A commencer par certains profs comme Mlle Bridge qui s'est fait licencier ès lettres parce qu'elle aimait Baudelaire et qui passe ses jours à dicter une formule de demande d'emploi, à expliquer comment on écrit aux A.S.S.E.D.I.C., au mieux à découper dans le journal le récit d'un fait divers qu'elle demandera de commenter. Parce qu'un fait divers, c'est comme un maire ou un député : ça parle à tout le monde. Tandis que Baudelaire, il y en a beaucoup auxquels il ne dit rien.

Pour les élèves, c'est la première année qui est difficile. Quand le gars arrive en disant : « Si je suis là, c'est que je suis un toquard. »

Il faut entendre ça, un gosse de quatorze ans qui vous dit : « De toute façon, pour moi, c'est foutu. » Vous imaginez ce qu'il faut de persuasion pour le remettre en selle, à cheval sur lui-même, cavalier et monture. Pour lui faire comprendre qu'on n'est plus à la communale, que, cette fois, le départ n'est pas truqué, qu'on est tous sur la même ligne puisqu'il s'agit d'apprendre un métier que personne ne connaît. Dans sa blouse bleue de mécano pédagogue, le père Touzin a, en vingt années d'enseignement, forgé des mots efficaces, fraisé des formules qui regonflent. Son arsenal de réponses à tout et de questions impromptues forme un ensemble convaincant où la gueulante exclut la moquerie, où l'exigence permet la rigolade, où la main sur l'épaule alterne avec le pied au cul. Entre eux, les gosses l'appellent papa.

Ils sont comme ça quelques profs venus de l'usine ou du garage du coin, ouvriers sortis du rang et restés dans la tradition, le goût de la belle ouvrage, la conscience du travail émancipateur, certains éternellement intimidés par la responsabilité d'avoir à former des hommes, d'autres affichant l'air satisfait d'un contremaître pour apprentis.

Parmi eux : Mme Jeantet, que les élèves appellent Jean-Jean.

Elle enseigne la coiffure avec une gentillesse vulgaire, des mains expertes, une attention de tous les instants.

Janine Dubreuil est prof d'E.F.S. Elle a trop bouquiné la psychologie pour pénétrer jamais celle de ses élèves.

Quand elle dit : « Nous allons parler de l'alcoolisme », les gosses demandent :

« L'éducation sexuelle ! »

Quand elle dit « le phallus », toute la classe gueule :

« Le zizi ! Le zizi ! »

Alors, Janine Dubreuil est effarée. Elle ne voit pas comment sortir de l'impasse. Elle se rend compte que, lorsque des grands de dix-huit ans parlent de la queue, ils croient vraiment qu'il s'agit, comme chez l'animal, du prolongement de la colonne vertébrale. Lorsque, pour simplifier en popularisant le vagin et le méat urinaire, elle dit que la femme a deux trous, elle rencontre le regard incrédule des filles. Avec toujours l'une d'entre elles, celle à qui on ne la fait pas, qui affirme :

« Moi, j'en ai qu'un. »

Joëlle s'en veut.

Chez Daoudi Radjane, elle s'est laissée aller.

Il l'avait agacée, il faut dire.

Des mômes qui font la bleue, on en a vu d'autres. Des familles qui ne répondent pas aux lettres du protal, il y en a pas mal aussi. Des bobards inventés au retour pour justifier l'absence la moins justifiable, ce n'est pas ce qui manque. Mais le Daoudi, il a dépassé les bornes. Mlle l'assistante se rend chez les Radjane pour avoir des explications. Elle tombe sur une maman macroute qui a quitté son Maghreb depuis trois mois. Elle ne comprend pas un mot de français.

Elle regarde la dame avec l'air coupable de celle qui aurait mangé de la saucisse pendant le ramadan. Elle sert un thé à la menthe sans qu'on lui demande rien. Son front tatoué s'entête dès qu'on lui parle de l'école.

« Elle ne veut pas que j'y aille, fait Daoudi qui traduit pour rendre service.

— Elle n'a pas à vouloir ou à ne pas vouloir : il faut que tu viennes. »

Il est plein de bonne volonté, Daoudi : il traduit à nouveau.

La mère est inflexible. Son visage marque un refus douloureux, une sorte de « on ne peut pas m'imposer une chose pareille ».

Joëlle s'anime. Le ton monte. L'interprète transmet tour à tour les « il le faut » de l'assistante et les « rien à faire » de la maman. C'est là que Joëlle va trop loin :

« Si tu n'es pas à l'école demain, on vous supprime les allocations. »

Bien sûr, la tactique est bonne : le phénomène est fréquent de gosses qui faisaient la bleue et qui, sous la menace de voir s'envoler les allocations, deviennent des fervents de Jules Ferry. Mais Joëlle a tort de lancer la menace elle-même, de se ranger parmi les répressifs, les flics, les gardes-chiourme, tous ceux que la banlieue ne peut pas blairer parce qu'ils ont pour mission de lui taper dessus lorsqu'elle fait le mal alors que, en banlieue justement, le mal c'est ce qu'il y a de plus marrant à faire : on sort des règles, de la cité, de la discipline, de la routine. Il y a un risque, on course la force publique. Bref, on fait quelque chose. On existe.

Joëlle s'en veut. Mais c'est le petit saligaud qui a fait monter la température. Elle l'a bien vu lorsque, cédant enfin aux prières, la mère Radjane est allée chercher dix francs dans une armoire avec le maillot de bain de son fils. Voilà ce qu'il lui disait à la maman, le petit saligaud, en faisant mine de traduire. Parce qu'en demandant dix francs pour aller à la piscine, il était sûr de voir sa mère opposer le refus le plus persévérant aux pressions de Mlle l'assistante. Ah! Ils sont inventifs, les Reubeus!

Les autres aussi, ceux qui les appellent les Reubeus. Ou, en verlan : Beureus. C'est-à-dire : petit-beurre, à cause de la couleur. Et puis, il y a les Yougs qui sont évidemment les Yougoslaves, les Toss descendant des Portugais en passant par les Portoss, les Dorés qui sont les Grecs, puisque, on le sait, les Grecs, dans leur pays de soleil, aiment se faire dorer, les Turcs devenus tout simplement les Trucs et encore, selon les arrivages et l'invention du moment, au milieu des Espagnols transformés en Espingouins et des Ivoiriens devenus logiquement les Myopes, il y a le Français qui, à cause d'Astérix sans doute, demeure le Gaulois.

Sur le parking, ils ont une voiture désossée. Déboulonnée. Dépenaillée. Deux pneus sont à plat, écrasés sur le ciment. Une roue est nue, la quatrième est partie, remplacée par une traverse de chemin de fer venue on ne sait comment dans ce béton. Il manque aussi la banquette arrière, une vitre sur le côté gauche, une portière sur le côté droit. C'est la bagnole courant d'air, le campus des tordus, l'agora liberté. Aïsha y passe en vitesse, quand son père n'est pas là. Johnny y traîne son air étonné de tout, de tous, comme ayant de la peine à comprendre ce que disent les autres, surpris même qu'il y ait quelque chose à comprendre. Richard y rejoint Thomas qui y mène ses frères. Eliane y descend son ennui, son humeur rétive, sa solitude. Corinne y montre ses éternelles bouderies d'amour, son espoir patient, sa prochaine servitude. Tous s'y assoient, s'y traînent, s'y enfoncent, regardant, de leur P.C. de ferraille, la cité quotidienne. Espérant contre toute raison quelque chose ou quelqu'un qui viendrait distraire leur âme glandouilleuse, se contentant, pour combler le vide, d'interpeller un copain qui passe, une fille inconnue qui s'éloigne vite sur sa bicyclette.

Dans la bagnole en décomposition, on parle, on se caresse, on met en commun des idées fades et des projets à court terme. Daoudi cache son cartable. Des jours entiers. Dans le coffre, parce qu'ainsi est l'insensé : cette tire à la gomme, échouée là comme une méduse éventrée, possède un coffre qui ferme à clef. Un coffre dont Jean-Luc a la clef.

Jean-Luc, c'est le plus âgé. Il a quitté le bahut l'an dernier. Depuis, il cherche. Du boulot. Les autres. Lui peut-être. Il cherche du fric. Des nénettes. La bagarre. Des coups à monter. Il cherche à flamber. C'est pour ça sans doute qu'il laisse partir ceux de son âge. Lui, il reste avec les plus jeunes, sur le parking. Dans la bagnole. Devant l'immeuble qui devait avoir, au rez-de-chaussée, une galerie marchande et où aucun commerçant ne s'est installé. Il n'y a que des vitrines en parpaing, grises de nature, avec des affiches qui se décollent, se démodent. De grands coups de peinture où l'on s'insulte en toutes langues, en toutes lettres. Des papiers de toutes sortes se donnent rendez-vous toujours dans les mêmes recoins. On marche sur des détritus inattendus. Un chat mort est resté trois jours devant un vieux *Israël vaincra*. Les petits caressaient sa peau grise, son ventre pelé. Jean-Luc l'a jeté très haut pour le plaisir de le voir retomber sur le bitume. Alors tous les gosses ont donné des coups de pied dedans.

Jean-Luc, c'est l'exemple. Il voudrait qu'on l'appelle le shérif.

C'est cela que Mme Castano est venue expliquer à Joëlle.

Elle est barmaid, Mme Castano. Cela la gêne. Cela se voit.

Elle a dit qu'elle était de bonne famille et qu'elle s'inquiétait pour sa fille.

Le soir, Mme Castano commence à six heures, rue des Martyrs. Elle rentre souvent au petit matin. Eliane reste seule. Ce n'est pas sans danger.

Joëlle sait cela. Dès les premiers jours, elle a vu que le parking entoure l'école. Que la cité guette le bahut, prête à lui reprendre ceux qu'elle lui a donnés. Pour rien. Pour les poser ici. Là. Enfermés dans ses libertés abusives, ses nuits hasardeuses. Ses entreprises à la manque de chance, à la va comme je t'embarque, ses entraînements aux trois mètres haies sur tourniquet de métro, sa course aux sacs tentatrice, ses cinémas d'horreur où l'on se glisse par la sortie de secours quand il fait noir et qu'on connaît bien le chemin pavé. Entre les poubelles obstacles, les ouvreuses lumineuses et les coupe-tickets retraités, mangemerde minables, toujours prêts à jouer les zorros et à appeler les flics.

Mme Castano comprend très bien que les absences de sa fille à l'école soient insupportables à la direction, mais que voulez-vous, quand vous vous couchez à cinq heures, personne ne peut exiger de vous que vous vous leviez deux heures après pour réveiller votre fille. Mme Castano vit seule. Ce n'est pas facile, à notre époque, d'être une femme seule...

« Eliane n'a pas de réveil ?

– Elle a tout ce qu'il lui faut, vous le pensez bien. Seulement, le réveil, mademoiselle dit qu'elle ne l'entend pas. Alors, quand je me lève vers les onze heures et que je la trouve là, en train de rêvasser, qu'est-ce que je peux faire ? »

Mme Castano ne peut que crier. Ce qui n'arrange rien. Parce que, lorsqu'elle crie, Eliane crie plus fort. C'est qu'elle n'est pas facile à peigner, la morveuse !

Joëlle s'en est aperçue : lorsqu'elle l'a abordée, Eliane l'a envoyée sur les roses.

Et puis, elle a engueulé sa mère.

Alors, la mère est revenue voir Joëlle. Si elle se donne la peine de venir à l'école, ce n'est pas pour que l'assistante dresse la fille contre la mère, vous comprenez ?

C'est ainsi que Joëlle a pris possession de son domaine. A la dure. Entre les parents qui vous engueulent et ceux, de beaucoup plus nombreux, qui disparaissent devant vous comme la vague sur la plage, dans un silence éternel qui laisse leur gosse sur le sable. A moins que, un soir, par extraordinaire, l'un d'eux fasse surface et pénètre dans la cour du bahut avec son pas d'automate, son costume du dimanche, prêt à tout approuver, à accepter toutes les paroles de l'autorité comme un nouveau coup du sort, sachant bien, par expérience malheureuse, que, quand on convoque les gens, ce n'est jamais pour leur annoncer une bonne nouvelle.

Quand on va chez eux, c'est pire encore. Joëlle le sait. Les femmes vous reçoivent avec la main sur la gorge pour cacher la boutonnière démunie ou la ride récente. Avec un geste furtif, elles font disparaître un tablier qui traîne, un motif à la jaune d'œuf attardé sur la table. Le soir, elles allument une bougie en disant qu'en ce moment l'E.D.F. fait des travaux dans le quartier. Puis, avec un air de terrible renoncement, elles vous remercient de vous occuper de leur enfant. C'est tout ce qui reste, peut-être, de leurs rêves maternels, quelque chose qui signifie : nous, on n'est pas capables.

Et puis, il y a Marcel Reboul.

Exemplaire unique. En son genre. A ce point. En son royaume fait d'une caravane basse, d'une femme abêtie, de gosses dégressifs sur lesquels il règne en despote imposant, de sa voix épaisse, de son corps robuste, de son assurance inquiétante, avec l'autorité largement satisfaite du père de famille respectable et qui connaît la vie.

Au bout du terrain vague, la caravane de Marcel Reboul est entourée d'une barrière de bois à laquelle s'accrochent un grillage distendu, un vieux bidon qui sert de stérile pot de fleur. C'est la seule barrière du terrain. Elle indique moins une imaginaire propriété qu'un orgueil sans limites. Lorsque Joëlle est arrivée, un petit Reboul est venu ouvrir le portillon, investi de cette mission de confiance par un ordre paternel.

Marcel Reboul, lui, attendait dans la caravane,

assis derrière la table, ses gosses autour de lui, sa femme placée dans un coin, n'importe où, avec ordre de se taire.

Il n'était pas fâché qu'un personnage officiel vînt le consulter.

Cette jeune personne a du savoir. Elle n'est pas antipathique. Ce qui lui manque, cela se voit au premier coup d'œil, c'est l'expérience. C'est pourquoi Marcel Reboul ne vit aucun inconvénient à faire profiter la demoiselle de sa sagesse. Avec des mots patients, il expliqua qu'il n'avait rien contre l'électronique et que, s'il avait fait inscrire sa fille Michèle en coiffure, c'est simplement parce que le L.E.P. le plus proche était Gustave-Courbet où, précisément, on enseignait la coiffure.

« Je vous comprends, monsieur Reboul, mais Michèle désirait se diriger vers l'électronique. Ses notes en math lui permettaient d'envisager cette voie...

— Et alors ? Est-ce que c'est ma faute à moi s'il n'y a pas de lycée d'électronique à moins de deux heures d'ici ? Vous ne la voyez pas se taper deux heures de bus le matin et deux heures de bus le soir, non ? »

Joëlle propose de trouver un foyer qui recevrait Michèle : elle reviendrait seulement le mercredi et le samedi.

Marcel Reboul ne se fâche pas. Il rit. Cette prétention des gens à tout régenter l'amuse beaucoup. Mademoiselle l'assistante ne sait-elle pas qu'on ne peut rien contre le destin ?

Marcel Reboul, lui, sait que le destin existe. Il l'a vérifié cent fois au cours de son existence. Et son père aussi, qui, pendant quatre ans, a été prisonnier des Allemands (dans une ferme près d'Ingolstadt, il était). Et puis, la coiffure c'est un beau métier. Tandis que l'électronique, Marcel Reboul ne veut pas dire que c'est mal puisqu'il ne connaît pas, mais ce qui est sûr, c'est que des gens qui travaillent là-dedans, il n'en a jamais rencontré.

« C'est une carrière d'avenir. »

Le père de famille lève les bras au ciel : à notre époque, l'avenir on ne sait pas où il est. Voilà la vérité. Elle n'est pas gaie peut-être, mais il faut la voir en face :

« C'est comme le hula-hoop ! »

Les gens l'ont oublié le hula-hoop mais, lui, Marcel Reboul, il n'oublie rien. Il avait un copain – le gros Lucien, on l'appelait – il possédait quelques billets. Le hula-hoop arrive. Voilà le Lucien qui se met en cheville avec un plastiqueur pour fabriquer des cerceaux. Il allait faire fortune en moins de deux. Résultat : un an, ça a duré, le hula-hoop. Le gros Lucien, il a croqué tout ce qu'il avait et même davantage : maintenant il fait le boueux à Ermenonville, vous vous rendez compte ?

Il y a des jours où Joëlle est écrasée.

A Jules-Verne où elle a débuté, il y avait certes des difficultés. Du moins, en remuant ciel et terre, trouvait-on des points d'appui.

Ici, on a l'impression parfois que le ciel et la terre se rejoignent pour n'être plus qu'un béton gris. Uniforme. Que la pluie alimente sans cesse et dans lequel on doit marcher, englué jusqu'au cafard, tirant toujours plus sur ses forces pour se sauver, pour sauver les autres. Le soir, Lionel la réconforte avec des mots sortis de la banalité quotidienne. De la réalité banlieusarde.

C'est vrai, pour un conseiller d'orientation, il n'est pas psy du tout, Lionel. Pas d'ambivalence au niveau de son discours existentiel. Pas de dichotomie conflictuelle entre son moi profond et son ego apparent qu'eût pu influencer pourtant la modernité d'une fonction dans laquelle les lobbies linguistiques sont nombreux dont l'action pressurisante aboutit, dans sa finalité objective et loin de tout élément freinateur, à un véritable make-up du langage.

Rien n'écœure plus Joëlle que ces conférenciers de tout calibre universitaire qui, dans le cadre d'une formation professionnelle actualisée, réunissent périodiquement les assistantes du Val-de-Marne ou de la Seine-Saint-Denis pour leur révéler que, dans ces milieux à conscience socio-morale carencée, l'acculturation conduit le sujet à une anarchique expression de son être qui, impressionné par une subculture ambiante, s'exprime par des gestes de refus de l'être environnant – venu souvent de la disfamiliarité – et provoque ces actes d'irrémédiable rétraction sociale que le service social a précisément mission de prévenir en évitant le désinvestissement du sujet.

Joëlle sait qu'un jour elle demandera à l'orateur s'il n'aurait pas besoin du service social pour l'écarter de son univers synthétique. Elle lui dira que le temps passé à gonfler les phrases serait mieux employé à regonfler les gens. Que si les grands du père Touzin envoient les jeunots chercher la colle à copeaux ou la lime à épaissir les métaux, elle est bien sûre qu'avec ses licences pour licenciés l'honorable tribun ne trouverait pas la clef du terrain vague.

« Tu t'énerves toute seule. »

Lionel la prend dans ses bras.

Il n'y a pas quc ses bras, il n'y a pas que ses mots qui ravigotent Joëlle. Il y a ce deux-pièces aménagé à deux bourses, à deux choix, à cent idées échangées pour la place du lit, le dessin des rideaux, le modèle de la télé couleurs. Dans ces visites aux rayons électroménagers, dans ces mesures prises avec un mètre à ruban pour déterminer le nombre de rouleaux de tapisserie, dans ces comptes à n'en plus finir pour voir jusqu'où pouvaient monter les traites, Lionel souvent se tenait en retrait, heureux de laisser faire, de regarder vivre, sachant que, lorsqu'il le faudrait, on ferait appel à lui.

Cela ne manquait pas. Il tapait, sciait, portait, peignait, vrillait, assemblait, ponçait, scellait. Il mettait à gâcher le plâtre ou à replâtrer le gâchis une telle bonne volonté que Joëlle l'appelait Lionceau-la-bricole. Cela ne lui plaisait pas. Il l'emportait sur le lit. Ils s'aimaient à corps joie. Ils s'embrassaient à tout bout de chant. Ils dormaient tard. Et si bien. Ils se levaient tôt. Et plutôt mal. Ils déjeunaient vite. Ils partaient ensemble dans la voiture de Lionel. Il la laissait devant le bahut où les élèves entraient sans allégresse désordonnée, parlant de Gournay-Plage où un videur de la boîte avait morflé dur pendant le dernier week-end, de Mustapha qui a eu son C.A.P. d'électricité-auto et qui maintenant travaille à la casse à Bondy, de Béatrice, la brune de l'hôtellerie, qui drague les mecs comme c'est pas possible quand elle les sert à table.

Parfois un petit groupe dépasse les autres, se dirigeant en vitesse vers l'atelier. Ce sont ceux de la peinture, pressés de voir si la voiture a bien cuit, si le glacis est uniforme. Ceux-là, ce matin, sont fiérots : il n'y a pas de coulure, pas de peau d'orange qui s'est formée ici ou là. Ils appellent leurs copains qui admirent ou jouent les bêcheurs, cherchant la petite bête sur la grosse bagnole, donnant finalement un coup de main communautaire pour la sortie de la cabine où on ne voit pas bien, pour la pousser dans la cour, enlever le marouflage, astiquer les chromes avant l'arrivée du prof et surtout du client à l'intention duquel on laissera sur le siège avant le détail des travaux effectués. Mine de rien.

Joëlle voit arriver les profs. Hardoin qui enseigne l'électricité-auto. Les Chevalier qui, depuis toujours, se pointent dans la même bagnole et ont un point de différence à leur note d'exactitude.

C'est l'un des grands mystères de l'instruction publique.

Elle se demande si elle vit le premier grand chapitre d'un vrai roman ou si, pour les années d'amour comme pour les idées de génie, la première est toujours la meilleure. Elle voudrait savoir si son bonheur vient de Lionel ou de la vie à deux, si quatre murs ne suffisent pas pour donner illusion à la jeunesse en couple. Elle voudrait être sûre de ce dont elle ne peut plus douter : elle aime comme elle n'a jamais aimé. Elle pense aux vierges anciennes poussées par les familles dans les draps du fiancé obligatoire. Elle sait que, corps et âme, elle n'a jamais éprouvé rien de comparable auprès de quiconque. Elle a un signe : avec personne comme avec Lionel elle n'a aimé parler. Après l'amour, avant l'amour. Pendant, sans doute. Elle rougit toute seule. Elle a chaud encore. Elle est contente d'être de son temps. De son métier. Elle vit sous sa responsabilité.

Mlle Bridge ne peut pas faire autrement que de répondre au père Touzin :

« Mon pauvre ami, vous répétez toujours la même chose! Je sais aussi bien que vous qu'ils n'ont pas réussi leur première scolarité parce que, pour la plupart, leur situation sociale les mettait en état d'échec par rapport à leurs camarades. Je sais aussi bien que vous qu'en technique, bien sûr, ils démarrent tous au même point. »

Mais Mlle Bridge n'est pas une technique, elle! Elle enseigne le français. Et le français : 1°) les élèves s'en fichent; 2°) la moitié d'entre eux ne savent pas l'écrire; 3°) il y en a un sur dix qui le comprend à peine et quelquefois pas du tout.

Les empoignades Bridge-Touzin, c'est la joie du bahut, la récré du réfectoire, l'affrontement dès le matin.

Le prof de français a l'indignation facile, la suffisance passionnée, l'âme tourmentée de celui qui, dans les combats du monde, n'a pas trouvé sa place. L'expérience ne lui a pas encore appris que l'intention louable de hisser l'élève au plus haut niveau ne vaut pas la descente jusqu'à lui, jusqu'à son propre niveau, pour le faire monter avec soi, le pousser, le tirer, le soutenir jusqu'à le voir bientôt varapper de ses propres forces, de sa propre initiative, en homme convaincu et qui a pris confiance en lui. Il n'y aurait jamais de nouvelles cordées si le guide se bornait à attendre l'élève montagnard en haut de l'Everest.

Le père Touzin sait cela. On le lit dans ses yeux. « J'en ai entendu de toutes les couleurs », dit-il parfois à Mlle Bridge. Pour la faire enrager. Ou alors : « Ce que j'ai vu n'est pas tombé dans l'oreille d'un sourd. » Il a le calme titillant, la patience tranquille et souvent exaspérante de celui qui peut attendre. Il sait qu'il tient le bon bout : dans une école professionnelle, le savoir-faire prime le savoir. Dans le monde, il en est de même, mais le monde ne le sait pas. C'est pour ça que le monde marche sur la tête. Issue de 89 qui supprima la naissance pour la remplacer par la fortune, la société vend aujourd'hui ses places fortes aux possédants du savoir. Sans bien se rendre compte que ce savoir encore vient de naissance et que le 4 août n'a pas supprimé les privilèges : il les a éparpillés, trouvant du même coup beaucoup de monde pour les soutenir. Le savoir, c'est le pouvoir.

Avec modestie, le père Touzin enseigne à faire. Il regarde Mlle Bridge de son œil à l'éternelle malice, comme il regarderait un prestidigitateur qui, s'avançant vers les spectateurs, leur dirait : « J'ai raté mon tour par la faute du petit lapin : C'est lui qui devait sortir du chapeau. »

Pauvres petits lapins !

« Si tu as un problème...

– Non. Moi, pas de problème : tout va bien.

– Si tout va bien, pourquoi sèches-tu les cours ?

– J'y sèche pas : j'arrive en retard, c'est tout.

– Et pourquoi arrives-tu en retard ?

– J'y dors. »

Ses dents ont un rire large et blanc. Eclatant. Il est noir. Il a les yeux aussi ronds dans le blanc que dans le noir. C'est Richard. Image du bonheur en vacances. Venu des îles et resté dans l'enchantement.

« Ah ! t'y dors !... Ben si ti dors, tu peux te faire réveiller par quelqu'un ?

— Ti sais : chez moi c'est les Antillais. L'Antillais, la nuit, il chante; le matin, y dort. »

Joëlle consulte les notes. Il travaille bien l'animal.

Il approuve :

« La mécanique, ça mi plaît.

— Alors ? »

Il est devant une joyeuse fatalité :

« Alors... le matin, j'y dors. »

« Momond, n'embête pas tes camarades ! »

Momond se récrie :

« J'les embête pas. »

Mlle Bridge entend ne pas discuter :

« Ecris. »

Momond se lève d'un bond, comme piqué par une insulte :

« Mais c'est qu'est-ce que je fais ! »

Il se rassied.

Mlle Bridge rectifie posément :

« C'est CE que je fais. »

Momond se dresse, encore plus fougueux :

« Mais c'est qu'est-ce que je dis ! »

Mlle Bridge lève les yeux au ciel. Elle est désespérée. Depuis le début de l'année, à chaque cours, elle dit :

« Momond, travaille ! »

A chaque cours, Momond se lève comme un ressort de bonne foi :

« Mais c'est qu'est-ce que je fais ! »

Chaque fois, Mlle Bridge rectifie :

« C'est CE que je fais. »

Chaque fois, Momond prend le ciel et la classe à témoin :

« Mais c'est qu'est-ce que je dis ! »

Certains jours, Mlle Bridge se demande s'il se moque d'elle. A d'autres moments, elle pense qu'il fait un blocage.

Elle a écrit à la mère.

La récompense, c'est le restau.

On vous sert sur une nappe blanche, avec des verres qui ressemblent à une famille nombreuse.

C'est une initiative de Mme Chaumeil.

Quand elle est arrivée, l'atelier de tôlerie avait deux vieilles carrosseries de bagnoles qu'on travaillait en circuit. On les planait, on les ponçait, on les peignait et quand le tout, flambant neuf, faisait l'admiration de tous, une masse énergique défonçait les portières, mutilait le coffre, le toit, le capot. Alors les apprentis tôliers entraient à nouveau en action, les peintres préparaient à nouveau leur pistolet.

Mme Chaumeil a compris que le système atténuait la motivation, qu'il y avait de la déception sincère dans le rigolard « c'était pas la peine que je me casse le cul » de l'artiste voyant son œuvre s'anéantir sous les coups de mailloche.

Elle appela la clientèle extérieure.

Le succès fut lent. En coiffure surtout. Faire régler ses freins par un débutant, soit. Une mise en pli, c'est autre chose.

En restauration, il n'y a pas eu de problème : les entreprises alentour, la gare routière, les autres établissements scolaires envoient leurs cadres, trop heureux d'être, pour un prix raisonnable, servis par une demi-douzaine de garçons en veste blanche, autant de filles en corsage et jupe stricts, que dirige M. Guinard, prof maître d'hôtel de la plus haute compétence, de la plus rigoureuse urbanité : le Français est l'homme des révolutions bourgeoises. Son arme préférée est la fourchette en argent.

Ses fils, ici, marchent sur ses traces.

Parmi les hôtes, qui doivent s'inscrire longtemps à l'avance, il y a toujours quatre ou cinq élèves : leur admission dans la gentry festoyante récompense généralement un bouclage réussi, une panne de carburateur vivement détectée. Dès que la sonnerie retentit, c'est la revalorisation du travailleur manuel : le mécano se fait dandy, les robinets deviennent fontaines au-dessus desquelles les miroirs renvoient des images longtemps insatisfaites, qu'un peigne appliqué tente d'améliorer.

Les filles sont encore plus douées pour la métamorphose : il faut les voir prendre avec elles un parapluie inutile pour le simple plaisir de le remettre nonchalamment à « la petite du vestiaire ». Il faut voir avec quel naturel elles laissent tomber leur serviette ou leur couteau dans le seul but de provoquer la serviabilité d'un garçon, d'une serveuse qui, en vitesse, change l'objet. Et les plats ? Les jours de truites – si difficiles à peler devant le client – vous n'avez pas un élève dans tout le lycée qui consentirait à manger autre chose. Même s'il a horreur du poisson. Pas un de ces bambins endimanchés qui commanderait une blanquette le jour où la carte annonce du canard rôti : C'est si amusant de voir le copain à veste blanche lutter contre une aile rébarbative sous l'œil de M. Guinard toujours prêt à demander à mi-voix à l'officiant s'il compte servir la pièce en morceaux ou en hachis. Ah ! oui, elles jouent bien leur rôle ces chochottes auxquelles on a demandé d'être de « vraies clientes » et qui, pour les plus douées, se permettent d'afficher une ostensible indulgence pour le petit personnel :

« Il faut bien que ces jeunes gens apprennent leur métier ! » estime Yoyo pour toutes les tables environnantes.

Yoyo, c'est la vraie baba. La super cool, la permanente de la bonne humeur. Elle déride la classe de coiffure plus sûrement que tous les astringents. Il n'y en a pas une comme elle pour onduler devant les garçons. Pas pour la drague : pour la rigolade.

Le lundi tous les quinze jours, elle fait « la famille Coiffure ». Ça veut dire que son père et sa mère viennent manger avec elle. Sauf cas exceptionnel, ce sont les seuls parents qui s'inscrivent au restau du bahut. Ils prennent l'apéritif sur la tresse ou le crêpé. Ils quittent la table sur la gamme des teintures ou des produits épilatoires. Avec ça, vous les imaginez coiffeurs rue François Ier, coiffant Catherine Deneuve ou Alain Delon. Non, ils ont, près de la cité, préservé le salon le plus malingre qui se puisse imaginer. Maman fait les femmes. (Vous prenez combien pour la mini-vague ?) Papa sert les messieurs :

« Tu me fais pas de shampooing, Emile. J'ai plus pensé que je venais. Je m'en suis fait un ce matin. »

Yoyo prendra la suite. D'Emile. De Jeanette. De la coupe sans shampooing. De la cliente semestrielle. C'est pour ça qu'elle rit. Devant les certitudes étroites de son avenir. De son magasin. De ses parents auxquels elle fait, sans complexe, de gros petous publics.

Et puis, bien sûr, elle rit devant les garçons. Ceux de la mécanique surtout. De vrais bébés :

« En hôtellerie, en coiffure, on voit le monde, on parle. En mécanique, ils restent entre eux. Que des garçons. Ou presque. Alors, ils évoluent pas : c'est bête, ce qui leur arrive ! »

Les mécanos, ils ne peuvent pas croire une chose pareille. Les coiffeuses, ils disent que c'est des bêcheuses. Ils les appellent les coupe-tifs, les peigne-zizis et quand elles font trop leurs sucrées : les diabétiques. En passant près d'elles, ils leur tirent les cheveux, ils font tomber leur sac. Alors, les coiffeuses maintiennent leur opinion :

« Ceux de mécanique, c'est des bébés. »

Ce soir, à la sortie, Vanovre a viré Jean-Luc :

« Qu'est-ce que tu fais là ? Tu n'es pas de l'établissement : tu n'as pas à entrer dans la cour.

– Je viens attendre Corinne. C'est ma copine.

– Tu l'attendras dehors.

– Il y a les bougnoules qui lui cherchent des crosses. Je viens la défendre.

– Tu la défendras ailleurs. Allez, déguerpis. »

Jean-Luc est parti sans se presser, traçant avec sa mob un grand cercle paresseux. Un « Enfoiré ! » plein de rancune est arrivé à Vanovre. Il a fait celui qui n'entend pas. Mais il est resté ferme, ne quittant pas des yeux cet indésirable qu'il connaît bien.

Jean-Luc s'est placé sur le trottoir, à cinquante centimètres de l'entrée qu'il a bouchée de toute la longueur de sa mobylette. Quand les élèves sont sortis, ils ont dû l'éviter, scindant les groupes pour passer les uns à droite, les autres à gauche. Il attendait que le conseiller d'éducation vienne lui dire qu'il dérangeait pour l'envoyer bouler. Il lui aurait fait observer qu'il était sur le trottoir, que le trottoir appartenait à tout le monde et qu'il avait le droit d'y rester.

Vanovre savait cela. Il n'a pas bougé. Il a seulement continué à regarder Jean-Luc.

Jean-Luc, toujours sur sa mob, s'est mis à faire avancer l'engin de quelques centimètres, à le faire reculer, continuant ce jeu en avant, en arrière, parallèle à la grille, jusqu'à ce qu'un élève bute dans une roue, qu'un cycliste s'accroche au garde-boue. Alors Jean-Luc à son tour regardait le conseiller qui ne bronchait pas, qui observait. C'était l'ordre contre le désordre. L'institution contre la rue. La dignité contre la provocation. Avec, peut-être, la bonne conscience de chaque côté. Dans tous les cas : la rancœur.

Lorsque Corinne est arrivée, Jean-Luc l'a serrée contre lui et il lui a filé un patin qui n'en finissait pas. En passant, les mômes s'exclamaient :

« Glop ! Glop !

– T'étrangle pas !

– Ils se croient au cinoche.

– C'est le porno devant le bahut. »

Vanovre était toujours immobile.

Jean-Luc a pris Corinne sur sa mob et il s'est tiré. Parce que ce ripou qui se prend pour un crack et qui se débalonne de sortir, c'est un vrai pédé. Et les petits cons qui se marrent parce qu'un jules embrasse une nana, faut croire qu'ils n'ont jamais rien vu. Quant à ceux qui, après avoir bossé pendant toute la journée, trouvent encore le moyen de dire « au revoir m'sieur » à celui qui les fait marner, ceux-là, ils le font gerber.

C'est là que tout commence. A cette saison plus vite que l'été où la cité met longtemps à s'assombrir.

Maintenant, on est tout de suite dans le gris, entre chien et loubard, entre quotidien et panique. Surtout avec cette empafée d'E.D.F. qui est pas foutue de changer ses néons quand ils clapotent.

Les bagnoles commencent à arriver. Il y en a, on ne sait pas à quelle heure ils embraient le matin, mais le soir, ils sont jamais les derniers à se mettre au point mort. Position parking. La camionnette « Louez Valem », elle est là à quatre heures et demie. A croire que, chez Valem, on loue que jusqu'à midi.

Les bus sont complets. Dans un sens. Celui qui vient de la gare. Ils se vident à partir d'Henri-Barbusse.

Les femmes rentrent chez elles. Surtout les Portugaises, les Marocaines, toutes celles qui dérouilleraient si elles n'étaient pas là pour le retour du caïd, le mec à la paie, à la sécu, l'homme-tronc des rues de Paris, celui qui, lorsqu'il sort de son trou, de sa grue, de sa pioche, est un mari tout droit, vigilant, un père antique, un péremptoire, à l'absolutisme en vigueur, aux baffes à main nue.

Au 6, ça sent pas encore le maquereau. C'est pas l'heure. Ça sent toujours la pisse de chien. A cause de ceux du troisième qui attachent le leur des heures entières au bas de l'escalier.

Les moufflets passent leurs mains dans les boîtes aux lettres.

Ils retirent la publicité de la journée et la jettent à terre. Avec une application égalitaire. L'offre de lessive disparaît sous la boue laissée par les godasses. Les meubles déchirés font un discount en deux parties.

Dehors, le tobogan est défoncé. A cause d'un grand qui, cet été, a tapé dessus. Il fait, autour de la tête d'un môme, un collier aux dents menaçantes. Le gosse rit d'apparaître là. Comme dans la tourelle d'un char, ou d'un sous-marin. Le sable est devenu terre. A cause du bus qui passe à côté, du parking qui démarre tous les matins. Des petits pieds qui viennent d'ailleurs. Des grands pieds qui passent par là pour aller à Euro, parce que c'est plus court. Le tourniquet n'est plus qu'une carcasse pivotante, aux barres raides, dégarnies, sur lesquelles on se tient à cheval, ou assis, ou couchés, le ventre sur la barre et la main dans la boue, essayant d'attraper le bâton à terre comme, sur le manège, on essaie d'attraper, en l'air, la queue de Mickey. Avec deux plus grands qui poussent le tourbillon squelette pour amuser les gosses et qui ont chacun leur poulain. Ils l'encouragent et poussent le tourniquet plus fort quand c'est l'autre qui passe au-dessus du bâton.

Ailleurs, partout ailleurs, c'est du ciment. Du béton. Sauf où le ciment craque avec patience et où se pointe une herbe maigrichonne et têtue. D'un trait malingre, elle dit : « Je suis l'herbe du Pré-Saint-Gervais. La berge de Bry-sur-Marne. Le sous-bois de Fontenay. » Mais personne n'y prête attention en ces lieux où le passé n'a plus que de faux témoins.

Dans la bagnole désossée, la bande regarde le

gris. Des murs. Du bitume. Du temps. De la nuit qui approche comme la vie, la majorité, la ligne de départ tracée dans la brume. Où l'on va se retrouver tous en chœur et chacun pour soi, comme d'habitude, sans savoir où on doit passer, qui on doit suivre et si celui qui siffle est un flic ou le directeur de la course.

Ils regardent ces fenêtres qui s'ouvrent à l'envers, sur un univers en boîte. Des existences qu'ils connaissent bien. Une tapisserie à fleurs. Un buffet à crédit. Un rêve de machine à laver qu'on achètera l'année prochaine. Quant tout le monde aura son lit. Ou qu'on n'achètera jamais.

Ils sont là, dans cet aller et retour immobile qui va du bahut au parking, des magasins jamais ouverts à la M.J.C. toujours fermée, du cinéma à trois salles (entrée 16 F) à la Marne à trois écriteaux : pêche interdite, baignade interdite, canotage interdit. L'eau se paie dans les charges. Le feu est à l'E.D.F. La terre s'achète chez le fleuriste. On se loge pour le tiers de son salaire. Il n'y a que l'air qu'on n'a pas encore trouvé le moyen de vendre. Cela viendra. Quand celui qu'on vous abandonne sans filtre sera complètement pourri, qu'on s'en ira dans la rue le nez dans son ballon, comme maintenant on se trimbale avec son Vittel ou son Volvic : quand on ne peut plus supporter le diabolo javel.

Heureusement, la mère Murano revient de l'Euro en poussant son caddy. C'est toujours agréable de se faire engueuler par la mère Murano. Elle y met toutes ses tripes et y a presque rien à lui dire pour qu'elle démarre :

« Eh ! Madame ! Daoudi a déchiré son fut' ! Vous voulez pas lui réparer ?

– Petits voyous ! »

Ça y est : c'est parti !

La mère Murano, c'est une petite tête sous une grande gueule. Une bonne âme dans un pot à tabac. Elle a les jambes courtes, la parole exemplaire des boulottes increvables. Elle fait des ménages pour élever son môme et je vous prie de croire que le Momond ne traîne pas dans les rues. Alors, elle n'a rien contre les jeunes, croyez-moi, mais quand elle voit ces bons à rien toujours en train de clampiner à droite et à gauche en ayant l'air – en plus ! – de se foutre des gens, elle a quand même le droit de dire ce qu'elle pense : elle, à leur âge, elle travaillait.

De la vieille bagnole, il y a un grand qui s'est déplié :

« Et comme ça, maintenant, vous êtes raide ? C'est gentil de nous prévenir : on travaillera pas !... On vous le jure. »

Sous le coup, la mère Murano, elle explose, elle s'étrangle, elle s'expectore. De sa taille basse et de sa gorge forte, elle appelle à la justice, à la force armée, à la France qui est foutue avec tous ces inutiles qui n'ont plus de respect pour rien et qu'on devrait bien mettre en prison pour leur apprendre à vivre.

Eliane a mangé la pomme que sa mère lui avait laissée sur la table. Pour son dessert. Dans un moment elle fera cuire les œufs, elle mettra l'eau à bouillir pour les nouilles.

Elle a le temps.

Dehors, le brouillard tombe.

On est à ce moment où les fenêtres s'allument, où les appartements vivants sont moins nombreux que les autres.

Bientôt, ce sera le contraire.

Chaque soir c'est la même chose. Eliane regarde la cité depuis sa pénombre. Elle crache les peaux de la pomme dans sa main. Elle cache les peaux dans la paume de sa main. Elle ira les porter toutes ensemble au vide-ordures. Quand elle aura fini.

La mère Murano gesticule.

On voit Thomas qui rigole. Il a dû lui envoyer une vanne. Ceux du parking, des fois, savent rigoler.

Eliane irait bien les rejoindre, histoire de passer un moment. Mais elle y est allée hier et elle s'est un peu engueulée avec Jean-Luc. Il voulait qu'elle lui dise : « Salut shérif ! » Il est un peu givré, elle croit. Et puis, il lui a demandé une clop et quand elle les a sorties, il lui a piqué le paquet. Un vrai tordu.

D'un autre côté, les nouilles c'est vite cuit. Les œufs, ça va encore plus vite.

Thomas et Richard sont montés tous les deux sur la mob et ils ont commencé le rodéo. Parce que c'est défendu de porter un copain derrière soi. Parce que la nuit tombe et que c'est défendu de rouler sans allumer ses lumières. Et puis surtout parce que le commissariat est à cent mètres et que c'est boyautant de passer devant chez les flics à deux sur la mob sans lumière. On va jusqu'au bout de la rue et, dans le cas où les schmitts vous auraient pas vus, on repasse devant chez eux, jusqu'à ce qu'ils sortent. Et sifflent. Alors, on se tire en vitesse. En faisant demi-tour.

En chicanant. Ou en montant sur un trottoir. Enfin, on se marre, quoi.

« On va à Pigalle, ce soir, tu viens ?
– Penses-tu : mes vieux voudront jamais.
– T'as qu'à te tirer par la fenêtre.
– Merci : j'habite au septième !
– Comme tu voudras. »

Jean-Luc n'a pas pour habitude d'insister. Corinne le sait, mais qu'est-ce qu'elle peut faire ? Elle est triste comme c'est pas possible. Amoureuse à faire peur.

Thomas s'est planté avec la bécane. Heureusement les flics n'étaient pas encore sortis. Faut dire que sa bécane, il la gonfle jamais : pas étonnant qu'il se rétame.

Jean-Luc se tourne vers Eliane :

« Tu viens à Paris, ce soir ? On va voir des films d'horreur.
– J'ai pas un rond.
– On peut s'arranger. »

Eliane hésite. S'arranger avec Jean-Luc, elle sait ce que ça veut dire. Déjà elle voulait pas descendre.

Elle demande :

« A quelle heure on va rentrer ?
– Qu'est-c' ça peut te foutre : ta mère est pas là. »

Eliane hésite encore. Sa mère n'est pas là, c'est vrai, mais elle lui a promis de se coucher de bonne heure. De bien dormir pour se lever demain matin – aller au bahut. Pour qu'il n'y ait plus d'histoire avec cette assistante de mes fesses. Ça lui plaît pas que sa mère aille la voir. Qu'elle déblatère. Les affaires de famille, ça regarde personne.

Jean-Luc passe son doigt sur le visage d'Eliane. Il suit le nez, le tour des yeux, le bord du front. C'est un truc qu'il a. Une spécialité de frimeur. A la tendresse.

Eliane a envie de se reculer. De se sortir de ces manières qui lui font pas très bon genre.

Corinne regarde Jean-Luc dans sa caresse à la copine. Maladive devant le sans-pitié. Elle s'endommage à vue d'œil. Pour détournement d'amour. Elle est tellement catastrophée dans son regard que, quand Eliane la voit dans cet état déficitaire, elle ne se recule pas.

Elle dit seulement :

« D'ac. Comment on y va ? »

Le juge a rembarré Joëlle.

C'est pas tout à fait vrai qu'il l'a rembarré mais c'est tout à fait vrai qu'elle le dit à Lionel.

Elle aurait peut-être mieux fait de passer par l'aide sociale à l'enfance, mais elle n'a jamais pu obtenir un rapport précis. Sur rien. La fille qui est là est plutôt sympa, mais elle verse tout de suite dans l'ésotérisme. Une espèce de Valéry du management. Au lieu de dire « c'est blanc » ou « c'est noir », elle fait des variations sur tout l'arc-en-ciel. Tu sais plus où tu en es. Ni ce que tu dois faire.

C'est pour ça que Joëlle s'est pointée directement dans le bureau Saint-Gobain. Double vitrage à grande surface. Sur panoramique banlieusard. Parc éventré en cours de domestication. Horizon cubique de ville nouvelle. Aspect moderne et craspect ancien. Tout en dégradé.

Murs orange et mauves pour égayer l'uniforme. Comme dans le cabinet judiciaire. Couleurs explosives, armoires incorporées. Dossiers secrets, à glissières. Dispatching à la carte murale. Vernis totalitaire. Juge installé dans cette mer de glace à la mode sous lunettes assorties : grands carreaux et fine monture. Derrière un impassible bureau. Une expérience irréfutable. Des textes imprescriptibles.

Il regardait Joëlle se débattre dans sa supplique pour électronicienne avec toute la neutralité bienveillante du Code civil.

Quand elle a vu ça, elle s'est lancée sur son terrain administratif, histoire de lui montrer qu'une A.S. c'est pas rien et qu'elle connaît la question. Elle lui a balancé l'article 375 dans l'estomac.

L'autre, il était comme un frigo. Duquel il a sorti par cœur l'article 375 qui donne, c'est vrai, le droit de se saisir du cas d'office mais à titre exceptionnel. Auparavant, le magistrat doit essayer d'obtenir l'adhésion de la famille.

Et Joëlle a eu beau expliquer que le Marcel Reboul est une brute, un butor, qu'il donnera pas à sa fille le droit d'aller dans un foyer, le juge est resté aussi buté, mais moins butor quand même, que le Marcel Reboul.

C'est la différence entre la démocratie et la dictature. La dictature dit « ferme ta gueule ». En démocratie on murmure « cause toujours ». Dans le quotidien, la dictature s'appelle la goujaterie, tandis que la démocratie c'est l'éducation. A résultat égal, l'éducation, c'est plus flatteur.

« Vous semblez ignorer, mademoiselle, que si je prenais la décision souhaitée par vous les parents seraient en droit de faire appel. »

Le juge en profitait pour glisser, à titre documentaire, que, la tête dans l'hermine et le cœur dans la tradition, un conseiller à la Cour chargé d'arbitrer le débat sera toujours plus enclin à défendre la famille que l'autonomie des adolescents. A quoi bon tenter ce diable de conseiller à la traîne ?

Ce que Joëlle voyait de plus clair dans ces considérations, c'est que Michèle n'irait pas en électronique, qu'elle continuerait les frisures à la dégoûtée et le bahut à présence alternative. Avec tous les risques que ça comporte. Parce que c'est pas l'absence qui est importante, c'est même pas l'école. C'est le produit de remplacement. Où ils vont, ce qu'ils font. Et même et peut-être surtout, ce qui est grave, c'est de passer à côté du cadre. Hors sac. Hors règlement. Sans qu'on y puisse grand-chose et en allant vers l'habitude. Vers la pensée : « Qu'est-ce que ça peut foutre si je me fais piquer ? » Et même : « Si je me fais piquer, qui c'est qui est responsable ? Puisque je voulais pas peigner les girafes, je leur avais assez dit, non ? alors ? » Ce qui est dangereux, toujours, c'est de les laisser aller hors la loi. En ruminant : « Elle l'a bien mérité. » Parce que la loi, vous pouvez vous asseoir dessus : il y a toujours un moment où elle vous tombe sur le dos.

Le juge, il était loin de tout ça. Sur son Olympe judiciaire, il se gorgeait de mots et de théorie. Paraît qu'il faut se méfier de cet entraînement qui veut que, croyant bien agir, on déracine un enfant, on l'enlève d'un milieu familial qu'on croit néfaste. L'expérience montre que, bien souvent, le gosse préfère vivre dans un milieu modeste, insalubre même, plutôt que dans un milieu plus aisé où il serait privé de ses liens affectifs.

« Il a peut-être raison, dit Lionel.

– Dans le cas présent, il a tort! » affirme Joëlle.

Elle se demande comment elle va tirer Michèle Reboul de sa déprime à la source. Comment parler à Eliane pour qu'elle ne se braque pas dès la première phrase. Comment faire pour que Richard se réveille aux Antilles et arrive à l'heure au bahut. Comment surveiller Daoudi sans qu'il s'en aperçoive. Et ce Momond qui oublie sa sacoche un peu partout et ne peut pas dire « c'est ce que je fais » ou « c'est ce que je dis » : il y a peut-être dans son cas quelque chose à déceler? Et la petite Muriel qui, un jour sur deux, arrive au lycée avec son môme sur les bras parce qu'elle n'a pas eu le temps de passer à la crèche pour le déposer. Il va bien falloir trouver un moyen pour que le manège s'arrête. Et cette Nancy qui est anorexique, qui mesure déjà 1,60 m et pèse trente-cinq kilos? Le docteur a beau dire qu'il n'y a rien à faire, on ne va pas la laisser comme ça. Et ce grand Cassou qui ne pense qu'à faire rigoler les copains et à chercher la bagarre? Avant hier, il s'est pointé dans la classe d'E.F.S. deux minutes avant la fin des cours et il a dit à la prof : « Ben alors, t'es là, toi? Ça fait une heure que je te cherche dans la cour! » La semaine dernière, il a renversé le bureau de Dussenier, le prof de technologie et il lui a dit : « Viens dehors si t'es un homme. » Il passe en conseil de discipline. Qu'est-ce qu'il va faire si on le vire? Et ceux qui ont mérité d'aller au restau et qui n'y vont jamais parce qu'ils n'ont pas quatre francs à donner? Ne pourrait-on pas créer une caisse noire, trouver un moyen pour qu'ils aient, eux aussi, leur récompense? Et ces trois ou quatre jeunots qu'elle a surpris mangeant un sandwich derrière le quai de chargement à l'heure du repas? Ils n'ont pas dû payer la cantine. Il faudrait voir ce qui se passe de ce côté-là. Il...

« Dis... Tu vas pas faire tout l'inventaire! »

Elle regarde Lionel. Surprise d'avoir parlé à haute voix. Un peu confuse aussi.

Elle a encore une petite pensée pour ces collègues expérimentées qui proposent de dépasser le cas par cas, de déterminer un programme par objectifs, une approche globale des besoins. Elle se demande si ça peut marcher vraiment un truc comme ça. Elle, plus elle avance dans son histoire contemporaine, plus elle se méfie des généralités. L'Europe, la France, l'Eglise, la classe ouvrière, les flics, les ratons, le tiers monde, le cinoche, l'armée ou les restaurants chinois, elle appelle ça des fourre-tout.

Des commodités pour philosophe. Bien sûr, on peut toujours tracer des grandes lignes. Ça n'empêche qu'après, il faut aller à la pêche. Jeter tout près le bouchon. Voir si le film est bon ou tartignole, si le curé est un jésuite ou un enfant de chœur, si le riz cantonnais est trop cuit ou si le troufion marche à la baguette. Dans ce bahut, par exemple, et dans la cité qui l'entoure, elle...

Lionel a soupiré si fort qu'elle a senti le froid dans son dos. Ou le chaud. Sur sa nuque. Elle se retourne. Lionel secoue la tête en plissant les lèvres... Pour l'arrêter, elle passe les bras autour de son cou. Elle lui ouvre la bouche. Elle se suspend à lui. Vraiment. Jambes hautes, enserrées sur ses cuisses sportives.

Il ne s'y attendait pas. Ils ont failli tomber.

On entend un grand bruit.

C'est le rapide. Chaque nuit, il passe trois minutes après le dernier banlieusard, le petit gris comme dit Lionel, celui qui part à 0 h 48, ramassant les traînards, un cinéphile, trois travailleurs à serviette ronde, La Vrille, un correcteur d'imprimerie à poil rude, que tout le monde connaît et qui semble faire le trajet depuis toujours. Ils descendent ici alors qu'il n'y a plus de bus. Pas de taxi. Leurs pas ont l'habitude des chemins de nuit. Ils n'ont pas fait cent mètres lorsqu'arrive le rapide. Celui-là ne s'arrête pas. Il ébranle les aiguillages, démantèle les rails, fait gueuler l'auvent métallique de la gare qu'on ferme, semblant, sur son passage, éteindre les quais, les bâtiments, le néon qui domine le portillon d'en face. Seul le souterrain restera allumé. A moins qu'un loubard réussisse à casser la lampe.

Eliane court vers la cité.

Rien ne la presse puisque sa mère ne rentre pas avant quatre ou cinq heures.

Elle court comme quelqu'un qui cherche un abri, quelqu'un qu'on ne reprendra plus sous la pluie.

« Tu la ramènes pas ? demande Daoudi à Jean-Luc.

— Laisse-la, c'est une conne. Ça lui fera du bien de rentrer à pince. »

Jean-Luc n'en finit pas de chercher sa mob sous le hangar. A cette heure-là pourtant, on ne risque pas de se tromper : Reste plus que deux ou trois engins. Des tordus qui ont manqué le dernier train. Qui sont restés à Paris parce qu'ils ont trouvé une occase. Un distrait qui tout à l'heure est rentré chez lui en oubliant que ce matin il était venu avec sa chiotte.

Soudain, Daoudi comprend ce que fait Jean-Luc depuis le temps qu'il fourrage sous le préau :

« Fais gaffe. On va se faire piquer.

— T'as les jetons ? »

Daoudi a un peu les jetons, c'est vrai. Et puis, il aime pas la fauche.

« Je fauche pas. On m'a pris mon rétro. J'en prend un : match nul. »

Daoudi n'est pas sûr qu'on ait pris son rétro à Jean-Luc. Un rétro, il lui en avait jamais vu sur sa mob. Mais il se console en pensant que l'autre, le spolié, en avait deux. Ça fait une moyenne.

Les flics arrivent au bout de la place avec leur mini-bagnole qui joue au feu follet rotatif.

Daoudi se baisse. Jean-Luc aussi.

C'est pas le moment de se faire ramasser. Surtout qu'à cette heure-là, les lardus ressemblent moins à des poulets qu'à un chargement de Kronenbourg. Surtout s'il y a Cou Rouge dans la bagnole. Celui-là, paraît qu'ils vont le virer. A l'habillement, ils peuvent plus le fournir : il fait péter tous ses cols de veste.

N'empêche, on a bien rigolé. Au retour particulièrement. Quand la meuf a cru que Jean-Luc allait la violer sur la banquette !

« La prochaine fois, on ira à Saint-Denis, c'est encore plus marrant qu'à Pigalle. »

Daoudi dit un « oui » sans certitude.

En ce moment, ce qui lui fait le plus plaisir, c'est que la bagnole à bleu successif s'enfonce dans la rue Edouard-Vaillant.

On va rentrer sans pétard.

Demain, il ira au bahut.

A cause des allocations.

II

La demi-journée « Fenêtre sur... » c'est une idée de la mère Chaumeil.

Une fois par mois, à midi, on arrête les cours. Après la cantine, chacun fait ce qu'il veut. Bien sûr, il y en a qui en profitent pour se tirer. Peu. De moins en moins.

Le ciné-club, le club-moto, le club-photo font le plein. Le football à sept, les tournois de ping-pong, la sortie à la patinoire attirent les sportifs. Le club ferroviaire a ses fervents qui améliorent sans cesse le circuit qu'ils ont construit eux-mêmes. La peinture sur soie attire beaucoup de filles. Il y a les jeux de société. Les dames, les échecs. Le baby-foot, la musique, le club des reporters. Des constructions de maquettes en tous genres. C'est un peu la fête. Un peu la casbah.

Mme Chaumeil pense que ça attache le gosse à son école. Vanovre estime que ça crée avec les profs d'autres rapports que le paramètre enseignants-enseignés. Les profs sont de cet avis. Sauf ceux qui, comme certains élèves, se trouvent ce jour-là une raison familiale, une excuse pharmaceutique pour se débiner.

Mlle Bridge reste. En soupirant. On lui a retiré la programmation du ciné-club; Bergman et Alain Resnais, ici, faut pas en abuser. Quant à Marguerite Duras, elle est définitivement exclue de l'affiche. Le pire n'est pas que les élèves la boudent mais, au contraire, qu'avec *Le Camion* tous ceux de mécanique, tous les chauffeurs-routiers étaient venus. On a terminé devant huit spectateurs. Dont deux qui voulaient mettre le feu à l'écran.

Le père Touzin surveille la construction d'un kart. Il n'y connaissait rien mais les gosses le lui ont demandé. Alors il s'y est mis.

La première fois, Joëlle a un peu glandouillé de salle en salle, bavardant avec un maître auxiliaire qui, comme elle, n'avait pas encore trouvé son emploi. Avec le cuisinier qui est passionné de photo et voulait organiser une exposition de sa collection d'appareils anciens.

Surtout elle a rencontré des élèves. Qu'elle connaissait. Ou qu'elle n'avait jamais vus. Seuls, ils n'osaient pas parler d'eux. A plusieurs, ils s'enhardissaient. L'un poussant l'autre du coude, du regard. De la première confidence.

A la journée de novembre, Joëlle a pris une salle.

Sur la porte, elle a affiché : *Débat permanent. Tu dis ce que tu veux. Ce qui te manque. Ce que tu souhaites.*

Lorsqu'elle est arrivée, elle a été surprise. Ils étaient une trentaine qui l'attendaient. Sans compter les groupes de quatre ou cinq qui s'étaient formés ici et là, dans le couloir et qui, après les autres, se sont décidés à entrer dans la salle, restant au fond ou, au contraire, se faisant extravagants : ils venaient au premier rang en lançant une vanne ou en fauchant une casquette.

Joëlle a dit quelques mots. Elle a essayé de faire rire, pour bien montrer qu'on n'était pas en classe, que la plaisanterie était souhaitée. Ça a fait tilt chez Lafont, un grand chauffeur routier. Il a commencé à raconter une histoire de gonzesse, une vieille qui avait au moins vingt-cinq balais et qui lui avait offert de lui payer la place pour qu'il aille au cinoche avec elle. Lui, il avait pas voulu parce que, comme il était à peine majeur, il avait eu peur du conflit des générations !

A la suite de Lafont, d'autres se sont lancés. Marrants comme lui ou plus graves, gravement marrants quelquefois comme Ramon qui a raconté l'histoire de la mère Gildas, une voisine qui veut pas donner la pilule à sa fille pour pas lui filer des idées : tu parles si la Christiane a besoin qu'on lui file des idées ! Y a longtemps qu'elle se les passe avec Cyrille ou même avec Bouali. C'est simplement pour dire que les parents sont pas dans la course et que, des fois, c'est bien leur faute s'il arrive des emmerdes.

Ils sont allés comme ça du sexe au boulot, du fric aux flics, du bahut à des trucs imprévus qui donnaient l'ambiance générale, révélaient un détail intéressant, une carence, quelque chose qui les concernait tous mais qui venait d'après un autre : d'après un coup fumant qui était arrivé à Visnja, au père de Charly, à la sœur d'Eusebio. Eux, n'étaient jamais en cause, jamais en avant. Ce qui était en avant, c'étaient, d'après l'expérience des uns, les besoins des autres, le manque commun. D'appui. De conseil. De parlote.

Voilà ce que Joëlle a bien vu dès la première rencontre. Quand elle a dit : « Il est trois heures.

Ceux qui veulent aller au ciné-club peuvent partir. » Tout le monde est resté. La discussion a duré tout l'après-midi. Avec ceux qui déconnaient un peu et ceux qui étonnaient beaucoup. Ils employaient des mots qu'on ne leur connaissait pas, qu'ils n'écriraient jamais dans un devoir de français et qui venaient à eux au bon moment. On le voyait à l'approbation muette d'un copain, au mouvement de tête d'une copine indiquant nettement : « C'est bien ce qu'il dit. C'est le mot juste et c'est ce qu'on pense tous. » Dans les débats, les aphones ont autant d'importance que les Cicéron. C'est leur tête qui fait le climat. Chaud. Froid. Tempéré.

Ici, dans cet équateur aux fièvres variables, Joëlle remarqua vite Clorida, une petite Portugaise de l'hôtellerie qui, pendant les trois heures, ne dit pas un mot mais revint à la journée « Fenêtre sur... » de décembre, juste avant les vacances. Et encore en janvier.

C'est là que Joëlle se tourna vers elle :

« Et toi, tu ne parles jamais ? »

Clorida rougit, hésita. Il n'en fallait pas plus pour que Lafont reprenne la parole, pour que Yoyo lui porte la contradiction, pour que la conversation s'en aille, accaparée bientôt par Cassou racontant l'histoire de Gégène, le laveur dans la boîte à son père. Il a perdu sa femme. Il était écroulé dans le chagrin éthylique, Gégène, tellement sensible que les copains s'étaient cotisés pour une couronne somptueuse. Plus un petit casse-dalle ici ou là, histoire de pas le laisser seul. L'apéro enfonçait la douleur. Le vin rouge noyait les souvenirs. Malheureusement, au fromage, le désespoir faisait surface : Gégène pleurait à grosses larmes sa Raymonde irremplaçable. Jusqu'au jour où les condés sont venus le chercher à la tôle : c'est lui qui avait canardé sa mousmé. Tu parles si les potes regrettaient leur couronne!

Cette histoire et sa rigolade ont failli clore la séance. La sonnerie agitait le couloir.

Clorida s'est levée sans qu'on lui demande rien. Pendant dix minutes, elle a parlé du racisme, qui est partout puisque son père et sa mère peuvent pas blairer les Espagnols et qu'en hôtellerie, l'an dernier, un patron a refusé Djemila juste parce qu'elle est algérienne. Il disait qu'avec sa clientèle il pouvait pas se permettre. Alors, elle se demande si elle a bien choisi en faisant hôtellerie. Elle aime ça parce qu'il faut être chic et propre, et bien sûr, elle n'est pas si brune que Djemila et puis elle parle bien le français puisqu'elle est née à Conflans, mais tout de même, si, quand elle aura son C.A.P., on vient lui dire qu'on veut pas d'elle, qu'est-ce qu'elle pourra faire? Et encore pour elle c'est rien, elle est née après le 17 janvier 63 : elle est française. Mais son frère qui a vingt ans et qu'on appelle sous les drapeaux portugais? Est-ce qu'il pourra revenir? Et comme ça, dans sa famille, le garçon sera portugais et sa sœur sera française! Est-ce que c'est normal, ça? Et puis française jusqu'à quand si, par exemple, elle se marie avec un Portugais? Ou même avec un Chinois ou un Mexicain, parce qu'après tout, elle n'est pas raciste du tout, Clorida.

Parfois, un garçon lui montait un bateau. Une fille lui posait une question de couleur, une question d'appréciation, mais elle restait solide et animée sur sa décision d'avoir un métier. De bien le connaître. Ses parents comptaient sur elle, sur son salaire qu'elle leur apporterait en entier, ou presque. C'est bien naturel après ce qu'ils ont fait pour elle. Seulement, il ne faudrait pas que le racisme ou même le chômage flanque tous ses plats par terre. Après tout, on n'est pas responsable du lieu de sa naissance.

Joëlle n'essayait pas d'intervenir.

Elle écoutait.

En sortant, elle a entendu Clorida qui, prenant Juliette par le cou, lui disait avec des accents de joyeuse libération :

« Elle est formidable, l'assistante ! »

Et Joëlle qui, pourtant, vient de Villejuif et de Montreuil, des conversations Ripolin de papa, des préoccupations ménagères de maman, des parlures quotidiennes, des pensées H.L.M., des copains gobe-mouche, répète-jargon, caméléons du fond et de la forme, Joëlle ce soir-là a compris qu'elle n'avait jamais été privée de parole. Que, dans ce monde bavard qui télévise les causeurs, ce sont toujours les pauvres qui ne parlent pas. Ils s'en revanchent le soir quand l'O.S. Je-la-boucle-devant-le-patron devient le père Ferme-ta-gueule-famille. Quand la mère J'en-ai-marre devient la mère Fous-moi-la-paix. Joëlle a compris que ces gosses qui étaient venus vers elle étaient porteurs du même mal : la peur de ne pas être. C'est cette peur qui, jadis, avait poussé leurs aïeux dans la grève ou sur la barricade. Ils y avaient, de haute et ancestrale lutte, arraché le droit de ne pas mourir de faim. Ils n'y avaient pas gagné, encore, le droit de parler.

Ce droit, ils étaient contents que, pour trois heures, Joëlle le leur ait donné.

Ils eurent confiance en elle.

Pas tous, pas complètement, pas tous les jours.

La confiance, c'est comme l'ascenseur. Ça monte, ça descend, il y a des pannes, la porte se bloque. On l'ouvre en spécialiste et cela ne signifie pas que dans un jour, dans une heure, il n'y aura pas encore un blocage. Du moins, bien surveillé, huilé, entretenu, l'ascenseur va d'étage en étage, serviable et ouvert à tous.

Ainsi furent les apprivoisés, les copains. Les muets de jadis devenus les dialoguistes de classe, les orateurs de cour.

Les enfants qui parlent sont des enfants entiers.

Eliane s'obstinait.

Elle ne venait pas aux débats de Joëlle. Encore moins dans son bureau. A la cantine, elle se trouvait toujours un copain-confidence, une barbaque-résistance pour baisser la tête, regarder ailleurs quand Joëlle passait près de sa table.

« Comment ça se fait que tu ne te réveilles pas le matin? Tu te couches tard?... Tu bouquines?... Tu écoutes des disques?... Tu reçois des copains?

— T'es flic ou quoi? »

Pour jouer au tennis, il faut être deux. Pour la conversation aussi. Sans ça, on passe sa vie à ramasser la balle, à la lancer dans le vide, à passer de l'autre côté du filet. Pour rien. Pour se baisser à nouveau.

Joëlle se décida. Un samedi qu'elle était à Paris, elle entraîna Lionel rue des Martyrs.

C'était un bar feutré. Mi-mac, mi-couverture. Moquette rouge et dés en main. Tentures sur rue. Whisky à toute heure avec, aux murs, Bruant, Couté, Steinlein, Poulbot, Toulouse-Lautrec qui maintenaient le folklore. Ça ne faisait de mal à personne. Ça plaisait aux touristes dont on ne cherchait pas vraiment la clientèle. S'ils entraient on les servait. Sans montrer la surprise. Ni l'inquiétude. Au chic parisien. Avec quelques clients « au bonheur des dames ».

Dans ce bar où, à midi, on ouvrait seulement pour les amis du patron, Joëlle et Lionel entrèrent le soir, à l'heure de la boîte vide, du premier habitué, des nouvelles à voix basse, du 421 tranquille, celui qui petitement fait démarrer le comptoir.

Un changement visible s'était fait chez la mère Castano. Peinte plus large, maquillée plus gros, elle montrait, près de l'abat-jour peau de porc sur magnum Long John, une quarantaine agréable, stable, gaiement commerçante.

Elle était ravie, surprise, flattée par cette visite qu'elle avait bien sollicitée :

« Passez me voir un de ces soirs à Montmartre. On videra un godet. Je vous l'offre. Ça me fera plaisir et on sera à l'aise pour parler. »

Elle était à l'aise.

Elle parlait.

De tout. De rien. De Lionel qui, elle le voyait bien, faisait la gueule et qu'elle entreprenait en professionnelle de la conversation, en élégante habituée du déridez-moi-Madame.

« Je vous en sers un autre ? Ça ne vous fera pas de mal, allez : un bel homme comme vous. »

Elle se tournait vers Joëlle :

« Vous avez du goût pour une assistante sociale ! »

Au bout d'une certaine patience, Joëlle mit les pieds dans la soucoupe :

« Et Eliane dans tout ça ? »

Le fond de teint libéra d'un coup les rides de la barmaid. Elle soupira :

« Oh ! Eliane... Il y aurait beaucoup à dire...

– Eh ! bien, allons-y.

– Ce n'est pas l'endroit. »

Joëlle sursauta :

« Comment, ce n'est pas l'endroit ? Vous me dites qu'à l'école, ce n'est pas pratique. Vous m'invitez ! Je viens et... »

Mme Castano regarda vers le client qui, maintenant, tentait sa chance en solitaire, sur la piste où il attendait les as. Le bar n'était pas malhonnête. Elle pouvait même dire que, depuis six ans qu'elle est là, jamais, au grand jamais, elle n'a vu quelque chose de mal ou même de trouble. Néanmoins, en tant que mère, elle préfère qu'Eliane ne soit pas mêlée à tout ça.

Joëlle était un peu déboussolée. Il ne s'agissait pas de mêler Eliane à...

« N'insistez pas. Vous ne pouvez pas comprendre.

– Mais... »

Lionel quitta son tabouret :

« Puisque madame te dit que tu ne peux pas comprendre... »

Il avait sa tête en arc-de-triomphe, Lionel. Celle que Joëlle ne peut pas supporter. Style : pauvre pomme, si tu m'avais écouté, tu ne serais pas là à te faire éjecter en beauté. La prochaine fois, tu passeras tes samedis tranquille.

Rien que cette marque extérieure de charrier donnait à Joëlle le goût de s'incruster.

Au ton de Mme Castano, on comprit facilement que M. Max était le patron du saloon. Il arrivait de Vincennes.

« Vous voyez bien qu'ici on ne peut pas parler. »

Lionel le voyait parfaitement. Il entraîna Joëlle.

La barmaid retrouva l'indulgence de la femme d'expérience. Celle qui, à travers champ' et Martini, en a vu d'autres.

A l'intention de Lionel, elle lança :

« Il ne faut pas lui en vouloir : elle est jeune ! »

Comme le couple s'engouffrait sous la tenture de velours, franchissant la porte en s'engueulant déjà, Mme Castano ajouta dans les mondanités :

« Vous devriez venir le soir, vers dix heures c'est plus gai. »

Puis, elle servit deux babies. Un pour elle, un pour M. Max.

Le lendemain, Corinne frappa à la porte.

Elle aura seize ans en avril, Corinne. Elle voulait savoir si, quand on quitte l'école, on touche les A.S.S.E.D.I.C.

Joëlle remarqua qu'elle habitait près de chez Eliane. Elle lui demanda si, le matin, elle ne pouvait pas passer la prendre, la réveiller à l'occasion.

Corinne portait dans ses gestes et dans sa voix une indolence d'une rare malléabilité. Ses phrases mornes, son regard paresseux, disaient toujours « faire ça ou autre chose »... Elle accepta sans peine. Sans plaisir. Sans réaction.

Lorsque Joëlle annonça la nouvelle à Eliane, celle-ci haussa les épaules :

« Une idée comme ça, j'aurais pu l'avoir toute seule ! »

C'est ainsi que Joëlle venait à bout de ses difficultés. Les yeux toujours posés sur le résultat. L'oreille sourde et pas chatouilleuse.

Chez les Reboul, pourtant, le ton monta un peu. Avec sa voiture, dont soit dit en passant personne ne lui remboursait les frais d'essence, elle était allée à Lavoisier.

Mme Chaumeil lui en avait ouvert les portes.

Le proviseur l'avait reçue avec une franchise tatillonne et bavarde. En homme responsable et paperassier. Il avait consulté les notes de Michèle et avait dit combien il était regrettable qu'on n'eût pas inscrit cette élève avant la rentrée. Son admission n'eût fait aucune difficulté. Maintenant, évidemment, l'affaire était plus délicate. Néanmoins, compte tenu des bonnes relations que M. le proviseur de Lavoisier a toujours entretenues avec sa collègue de Gustave-Courbet, il voulait bien, au titre de la réciprocité confraternelle qui est de règle entre chefs d'établissement et à laquelle, il se devait de le reconnaître, Mme Chaumeil s'était toujours spontanément soumise, oui, M. le proviseur de Lavoisier voulait bien serrer un peu ses effectifs (l'électronique est très demandé, mademoiselle, vous devez le penser), et accueillir Michèle Reboul dont il parlerait lui-même aux professeurs, afin qu'elle n'ait pas à souffrir de sa rentrée tardive.

Joëlle avait remercié.

Il y avait, à deux rues de là, un foyer qui, par chance, pouvait recevoir encore une pensionnaire. Elle retint la place.

Michèle Reboul était aux anges.

M. le juge ne se pressait pas de répondre, malheureusement.

Joëlle l'avait appelé plusieurs fois. Il était en audience. En rendez-vous à l'extérieur. En conférence importante. On ne pouvait pas le déranger.

Enfin, un soir, il appela lui-même. Il avait fini par rencontrer Marcel Reboul qui, hélas ! refusait catégoriquement l'autorisation de laisser partir sa fille.

Joëlle avait remis l'article 375 sur le tapis. Mais Marcel Reboul n'admettait pas qu'on pénètre dans sa famille par effraction. Le père, c'était lui. Personne d'autre. Il savait ce qu'il avait à faire. Qui viendrait lui prendre ses enfants et contester ses droits trouverait à qui parler.

Dans ces conditions, M. le juge n'était pas chaud pour agir en force.

Toutefois, il avait promis de ne pas perdre l'affaire de vue.

Vous parlez d'une réponse à faire à une fille qui s'impatiente !

« Tu me laisses tomber, quoi !

– Je n'arrête pas de m'occuper de toi.

– J'irai jamais dans l'électronique, c'est ça, hein ?

– Je ne t'ai pas dit que... »

Michèle explosait. Il n'y avait pas que la coiffure qui la débectait, il n'y avait pas que la mère Jeanjean qui lui filait des boutons avec ses lotions faciales et ses fers à bouclettes, c'était tout le monde qui la faisait gerber, c'était toute cette société pourrie qui choisissait un métier pour vous, sans savoir si ça vous botte, ni même si vous saurez le faire et encore moins si vous aurez un emploi. Parce qu'une chose était sûre dans cette affaire : le travail scolaire n'était pas en cause et si Michèle Reboul s'était appelée Rothschild, avec les mêmes notes, elle y serait depuis longtemps en électronique.

Joëlle s'était avisée que la gosse avait sous la joue une mauvaise marque.

« Qu'est-ce que c'est que ça ? »

Michèle se détournait.

Une idée effleurait Joëlle :

« C'est avec ton père que tu t'es accrochée ? »

Michèle ne parlait plus.

« Il te bat ? S'il te bat, il faut me le dire. »

La protestation était tardive. Elle se voulait outragée :

« T'es folle, non ?

– Il ne te bat jamais ?

– Tu sais l'âge que j'ai ? »

Joëlle qui, avec les élèves, élevait rarement la voix, adoucit encore ses mots. Elle expliqua que, si le père Reboul la brutalisait, sur sa simple déclaration, le juge ordonnerait la mise en foyer.

Une grande réprobation, la peur, l'incrédulité marquèrent le visage de la gamine :

« Tu veux que je dénonce mon père ?

– Il ne s'agit pas de le dénoncer. Tu veux aller en électronique ? Bien. Je te dis simplement que si ton père te bat, si tu le dis au juge, tu y es demain en électronique. »

Michèle se mit à crier.

« Mon père ne me bat pas : retiens bien ça. Et si tu veux démolir ma famille, tu te trouveras d'autres faux témoins. T'as compris ? »

Michèle Reboul était partie, claquant, entre elle et Joëlle, une porte définitive.

Quand Lionel pouvait se libérer, le soir, il attendait Joëlle devant le bahut.

Il reconnaissait des gosses qui étaient venus le voir à son bureau, l'année précédente, pour passer des tests ou avoir un avis, une information. Il en avait vu d'autres dans leur classe, en 5ᵉ, en 3ᵉ parfois.

Certains lui lançaient un « Bonjour ! » plein d'entrain. D'autres passaient devant lui avec un air furtif, intimidés, ou gênés d'être là, de n'avoir pas suivi son conseil. Quelques rares venaient lui serrer la main.

Il remarqua vite deux petites qui, il est vrai, faisaient tout pour être remarquées.

Elles adoraient le commentaire à haute voix, la conversation faussement commencée entre elles et qu'elles poursuivaient en passant, mine de rien et bien sûres d'être entendues :

« T'as des gars, le soir, ils préfèrent attendre leur nana dans la rue que de rentrer vite à la maison pour ranger l'appartement et faire chauffer la bouffetance.

– Des fois, c'est pas leur faute : c'est la mère qui les a mal élevés ! »

C'était fait avec tant de naturel, l'air sérieux et sans regarder personne que, le premier soir, Lionel douta d'avoir bien entendu.

La deuxième fois, il comprit qu'il était au centre du débat :

« J'ai lu dans le journal que, y a des fossiles, ils attendent à la sortie de l'école pour draguer.

– Seulement si on les pique on les fout en cabane.

– Ouais mais ça fait rien : ils recommencent, c'est comme une drogue. »

Pour rien au monde, elles n'auraient ri.

Il le fit pour elles. Pas fort pour ne pas trop encourager l'amateur : avec l'attendrissement muet du jeune adulte qui, déjà, se rappelle ses jeunes jeux, qui, déjà, découvre qu'il a des souvenirs.

Elles continuèrent ainsi, de soir en soir, avec plus ou moins d'invention, plus ou moins de bravoure, mais toujours la taille libre, le blue-jean moutonnant à l'aise dans leurs seize années de grâce, de blagues, de banlieue.

Bientôt, pourtant, il se rendit compte que le divertissement devenait public, que les nymphettes jouaient à vue d'œil : pour les copains avertis qui, avec des airs éparpillés, dans la cour et sur le trottoir d'en face, se marraient doucement.

Ce soir-là, les deux gamines s'arrêtèrent à quelques mètres de lui, se lançant dans l'une de ces conversations papelardes, aux éclats amortis où l'on comprend que les audacieuses n'ont pas encore perdu tous leurs effarouchements :

« Vas-y, toi.

– Non, toi.

– Tu te dégonfles.

– C'est toi qui te dégonfles. »

La grande se décida.

Avec, dans l'œil, le rire qui excuse l'effronterie :

« M'sieur, c'est vrai que vous êtes orientateur ? »

Lionel ne fut pas liant :

« Non. »

Il en fallait plus pour désarmer Béatrice, deuxième année d'hôtellerie, seizième année de rues, au petit bonheur la cité :

« On m'avait dit que vous étiez orientateur.

– Je suis conseiller d'orientation. »

Les nuances, c'est bon pour les flambards. Ici, on est pour le direct compréhensible. Entendons-nous bien et partons du bon pied :

« Enfin, vous orientez ? »
Lionel consentit :
« J'oriente. »
C'est là qu'il fallait amener le poisson. Béatrice lança sa ligne :
« Bon, alors, vous pouvez me dire où est le nord ? »
M. le conseiller d'orientation entendit quelques rires. Il indiqua la direction du Bourget :
« Le nord, il est là. »
Il baissa sa main :
« Et mon pied, il est ici. »
Béatrice haussa les épaules :
« V'z'êtes pas sympa. »
Et elle s'en fut, récupérant au passage sa copine qui ne se tenait plus.
Lionel pensa soudain qu'il n'avait plus l'âge de jouer avec les enfants.

Dans la rue Edouard-Vaillant, Michèle pensait qu'elle ne parlerait pas de l'assistante à son père. Sans ça, il allait encore la dérouiller.

Le matin, Corinne se pointait chez Eliane.
Elle sonnait.
Souvent, Eliane ouvrait tout de suite.
Quand elle n'ouvrait pas, Corinne savait que la copine dormait encore, alors elle posait son doigt sur la sonnerie et elle ne le sortait plus. Ce n'était pas méchant. C'était même fait avec une invariable nonchalance.
Néanmoins, dans une robe de chambre chancelante, cheveux cassés, voix obscure, la mère Castano parut sur la porte de sa chambre :

« Dis..., ta copine, elle va nous courir comme ça longtemps le matin à venir tambouriner ? »

Eliane haussa les épaules :

« Elle vient me réveiller.

— Oui, mais elle me réveille aussi, figure-toi. Je suis comme tout le monde : quand je me couche à quatre heures, j'ai besoin de dormir. »

Eliane fit face :

« Tu veux que j'y aille au bahut ou que j'y aille pas ?

— Oh ! C'est pas pour moi que tu y vas : c'est pour toi, non ? »

L'affaire fut vite montée.

Les deux antagonistes s'engueulaient en femmes d'énergique habitude. Le reproche du jour ramenant les reproches anciens :

« C'est pas moi qui fais des cancans à l'assistante !

— J'ai pas fait de cancans !

— Tu fais que ça !

— Eliane, ne me parle pas sur ce ton ! »

La mère criait.

La fille n'y voyait pas d'inconvénient : quatre à quatre elle descendait les escaliers, son sac U.S à l'épaule, une pomme dans sa main.

Corinne la suivait, aussi indifférente aux chamailles qu'elle l'était à toutes choses.

Son feuilleton, c'était Jean-Luc. Elle en rêvait. Elle en parlait. Elle bassinait même les copines.

« Tu vois pas que c'est un frimeur ?

— Plus il est vache, plus je l'aime. »

A cette heure surprenante, elles le rencontrèrent, droit sur sa mob, blouson Teddy, gomina robinet, plus rocky que jamais.

« Oh ! Jean-Luc ! t'es tombé du lit, ce matin ! »

Il allait à l'agence pour l'emploi. Qu'il appelait la Maison des Jeunes.

Il embrassa Eliane.

Corinne demanda :

« Et moi ? »

Jean-Luc ne prit même pas la peine de la reluquer :

« J'aime pas me baisser. »

Et Corinne qui, c'est vrai, n'était pas grande, s'enfonça un peu plus dans son cataclysme.

« Momond ! N'embête pas tes camarades.

— J' les embête pas. »

Mlle Bridge montre ceux qui travaillent :

« Ecris. »

Momond se lève comme un ressort :

« Mais c'est qu'est-ce que je fais ! »

Mlle Bridge soupire.

Elle quitte sa chaise, prend une craie.

Elle écrit sur le tableau vert :

« C'est CE que je fais. »

Momond lit avec des yeux ronds.

Il conclut, dans la plus grande évidence :

« Mais c'est qu'est-ce que je dis ! »

Il se rassied.

A la cantine, selon l'actualité du jour, les conversations des profs vont du foot au loto, des congés, qui cette année tombent mal, à la C.A.M.I.F. qui, il faut bien le reconnaître, offre des articles très avantageux. Un « heureusement ! avec ce qu'on gagne !... » suffit à faire dévier la chronique vers les salaires dont l'horizon rétréci provoque toujours quelques soupirs.

Ceci fait penser discrètement aux M.A. qu'ils aimeraient bien, eux, avoir la sécurité de ces basses rémunérations plutôt que de distribuer leur science dans le casuel.

Sylvie, la prof de math, en profite pour lancer la question syndicale sur le steak frites.

Il y a toujours alors une effarouchée Jocelyne, une mère Chandler dont le mari est chirurgien-dentiste, pour demander qui a vu Belmondo hier soir à la télé. Et la conversation revient pacifiquement sur M. Desbois qui réussit bien les desserts — ce qui est assez rare chez les cuisiniers — et surtout sur la C.A.M.I.F. qui, vraiment, fait des prix très avantageux.

A quelques tables de là, Michèle et Eliane se faisaient intimes. La cerise, ça unit :

« Entre mon père qui veut que je reste et ta mère qui veut que tu te casses, on est mal barrées toutes les deux. »

Michèle s'inquiéta :

« Tu l'as dit à personne que mon père me cognait ?

— Non. Pourquoi ?

— Parce que je te l'ai dit à toi, mais faut pas le répéter. »

Eliane promit.

Corinne arrivait, blanche et placide et molle comme le yaourt qu'elle prenait sur son plateau.

« Dis, Corinne, je vais te refiler la clef de chez moi. Comme ça, le matin, ma vieille nous fera plus son cirque. T'auras pas besoin de sonner.

— Qu'est-ce que je ferai alors ?

— Tu entreras. Et tu me secoueras. »

On imagine mal Corinne en train de secouer quelqu'un. On ne l'imagine pas non plus refusant quelque chose. Le non est le premier gène de la révolution. Comment Corinne serait-elle révolutionnaire, elle qui absorbe le malheur comme une éponge éternellement sèche ?

Johnny demanda :

« C'est vrai que dans les restaurants chinois, on sert des ailerons de requin ? »

Yoyo avait l'assurance du connaisseur :

« Ouais, tous les vendredis. »

Johnny était perplexe.

Il réfléchissait longuement avant de poser ses questions. On eût dit qu'il examinait auparavant toutes les possibilités. Ce n'est qu'après, lorsqu'il n'avait pas lui-même trouvé de réponse satisfaisante, qu'il se décidait à aller plus loin.

Son regard se perdit dans les profondeurs des mers de Chine.

Il se lança :

« Comment ça se mange des ailerons de requin ?

– Tu manges les ailerons. Et tu laisses le requin sur le bord de ton assiette. »

Toute la table rigola.

Thomas regarda Yoyo.

C'est une fille marrante comme ça qu'il lui faudrait.

Le soir, Joëlle se pointa dans la caravane.

Avec la mère Chaumeil, elles avaient examiné le problème.

Après, elle avait fait la quête. Par là, elle entendait qu'elle avait cavalé dans tous ces bureaux qui, sur leur porte, affichent « AIDE à ceci », « AIDE à cela » et qui semblent surtout vous attendre pour que vous les aidiez à trouver des papiers. Il leur en manque toujours un.

Néanmoins, après bien des visites et des contorsions, des coups de fil et des insistances, elle avait fini par retomber sur ses pieds.

Elle était sûre d'avoir trouvé la faille.

Le père Reboul l'accueillit en homme qui a su tenir à un juge le langage d'un vigilant père de famille.

Il avait eu vite fait de disposer les gosses autour de lui, présences soumises et chiffonnées, aux ongles bien remplis, aux yeux stables, définitivement arrêtés sur l'arrivante, la mère dans un coin, assise sur des vêtements pauvres qui lui servaient de coussins, tenant, sous son air d'absence accablée, son rôle de muette.

Sur le ton de l'homme qui ne veut surtout pas qu'on le prenne pour un prince mais seulement pour ce qu'il est – citoyen responsable – Marcel Reboul déclara :

« Je vous écoute, mademoiselle. »

Joëlle exposa les faits.

Lorsqu'elle eut terminé, il y eut, dans l'odeur de crasse et d'oignons, un grand silence.

Ce silence seul dit à Joëlle que l'affaire était gagnée.

Marcel Reboul pourtant voulait être bien assuré. Avant de dire un oui définitif, il devait lever toute équivoque :

« Vous êtes sûre qu'on peut avoir deux bourses... pour la même personne ? »

Joëlle répéta que, dans un cas semblable, à la bourse nationale obtenue par l'intermédiaire de l'Académie, pouvait s'ajouter une somme de l'aide sociale. Le total des deux bourses permettrait à Michèle de manger, de se loger, de payer ses transports.

Marcel Reboul connaissait sa fille. Il demanderait des comptes. Si elle en avait de trop, il saurait le lui faire rendre. Pour élever ses frères et sœurs. Pour le moins, il ferait l'économie de sa nourriture.

Après un long silence, en manière d'acceptation publique, il déclara :

« Ils font pas une mauvaise affaire dans l'électronique. Elle est sérieuse, Michèle, quand elle veut. Je suis sûr qu'ils seront contents d'elle. »

On ne sait pas ce qui pouvait se passer dans la tête de la mère Reboul. A la voir vivre ainsi, hors de toute conversation, ignorant ceux qui l'animent, ses yeux allant sans intérêt aucun de la chatte accoucheuse à un horizon éternellement lointain, hors caravane, on pouvait se demander même s'il s'y passait quelque chose. Si elle entendait les mots. Si elle savait que leur mission est de porter des questions, des réponses, des propositions. Elle semblait s'être, une fois pour toutes, affaissée dans un univers dénudé, insipide, fait de tous les gestes mécaniques qui assurent les tâches matérielles, l'esprit réduit au lancement étourdi d'une phrase creuse.

C'est elle qui avait parlé :

« Alors... elle laisserait la coiffure ? »

C'est vrai que la chose devait être inhabituelle; le motus devint général. Absolu. Le regard des enfants allait avec crainte du père à l'assistante. Se demandant lequel des deux saurait dénouer la situation. Mettre fin à l'angoisse : le gros Marcel avait reçu l'intervention de sa femme comme une insulte à son autorité, une inadmissible infraction à son « je te dis de fermer ta gueule ».

Tout le monde comprenait cela. Sauf peut-être la mère Reboul. Elle vivait tellement dans le vide qu'elle ne pouvait pas voir quand elle en sortait.

Pour elle, pour les autres, pour Michèle sans doute, à moins que ce ne soit pour rien, elle murmura :

« Moi, j'aimais bien la coiffure. »

C'en était trop, Marcel explosa :

« Les femmes, faut que ça jacte ! »

Il avait envie de déplier son bras en direction de l'insolente. Heureusement, devant le monde, il savait se contenir. Il se contenta de soulever les épaules, montrant d'un mouvement de tête une indulgente pitié.

Avec l'aisance de ceux qui traitent d'égal à égal, entre compétences, il se tourna vers Joëlle :

« Ah ! vous devez en entendre de drôles, dans votre métier ! »

Joëlle n'eut pas la force d'approuver.

Elle se demandait ce qui avait poussé la mère Reboul à cet écart.

Une étrange idée lui vint : peut-être que, dans son néant, cette femme soudain avait senti un vide à la pensée de se séparer de son enfant. Sa grande. Son alliée sans doute. Dans tous les cas, son habitude.

Le mercredi, Lionel reçoit des gosses. Des parents. Des gosses avec leurs parents.

Vittalino était venu seul. Bien posé sur ses quatorze ans. Le corps sportif. L'œil affirmé. A la recherche.

Avec des « r » un peu graves, une douce prononciation, la mine réfléchie, il expliquait que, chez les immigrés, les fils de maçons deviennent maçons. Les fils de chauffagistes deviennent chauffagistes. La mère d'Amalia nettoie les trains en gare de Lyon : déjà, elle veut emmener Amalia avec elle. Elle dit qu'elle peut la faire entrer.

Vittalino ne trouve pas ça très bien.

Ce qu'il aimerait, pour lui, c'est un métier qui aide les fils de Portugais à faire ce qu'ils veulent.

Lionel est surpris.

Les gosses et leurs parents viennent toujours pour eux. Certains, il en est sûr, viennent en cachette des voisins, de l'entourage. En se disant que des bons conseils il ne doit pas y en avoir pour tout le monde et que mieux vaut ne pas éveiller les ambitions. Ils croient que, si l'élève travaille bien, s'il s'applique à rattraper son retard, s'il refuse les jeux et les entraînements, il fera son trou. On lui donnera une place où il prouvera qu'il n'est pas plus bête qu'un autre.

Le pire est qu'on ne peut pas les détromper. Parce que si la société ne récompense pas toujours les bons, on peut être sûr que, dans les basses classes, elle ne décore jamais les mauvais.

On pousse donc les candidats sur la voie prometteuse du travail et de la discipline où, s'il y a mauvaise surprise, on ne l'apprend qu'à l'arrivée.

La requête de Vittalino est tellement inattendue, le garçon a dans les yeux une telle attentive certitude que Lionel lui demande de revenir mercredi prochain.

Vittalino n'est pas déçu. Il comprend que les choses sérieuses doivent se faire sérieusement. Il reviendra avec ses notes. Il ne savait pas qu'il fallait les apporter.

Lionel le raccompagne entre les lithos engageantes : métiers de l'imprimerie, du commerce, artisanats du fer.

La secrétaire est partie. Une fille est assise sur la banquette de skaï.

Lionel n'attend plus personne. Il pense que ce doit être pour un collègue. Martin sans doute : il file toujours des rendez-vous à des heures impossibles.

La fille se lève.

Il la regarde : c'est la petite au blue-jean ondulant, aux taquineries inventives. Celle qui, devant le bahut, avait, avec sa copine suiviste, voulu faire rire la galerie.

Elle est seule. S'efforçant au sérieux. Gênée par le passé. Satisfaite d'être là. Venue sans complexe : vous allez pas me faire la gueule pour une rigolade de gamine.

« Tu avais pris rendez-vous ?

— Non. Fallait ?

— En principe. Ça ne fait rien. Entre. »

Ils passent entre les locos en couleurs, l'acier en fusion, le concours de dactylos.

A l'intérieur encore, les murs parlent métier. Vérificateur des P.T.T. Projeteur stagiaire à Saint-Cloud. Clarinettiste faisant le picolo pour l'orchestre national. Ecole vétérinaire de Fontainebleau. Sous verre, devant le radar d'Orly, un jeune homme vu par un peintre souriant déclare : « Eh ! Oui !, je suis garde-barrière dans l'aviation ! »

« Qu'est-ce que tu veux ?

— Ben... Je veux être orientée. »

Lionel n'aimerait pas qu'une morveuse se fiche de lui. Ni de sa profession :

« Si c'est encore pour me demander où est le nord-ouest... »

Béatrice sait qu'elle a eu tort. Mais on va pas rabâcher. Aujourd'hui, on doit bien voir qu'elle fait dans le raisonnable.

Elle est en hôtellerie. Elle préférerait autre

chose. Quoi ? Elle ne sait pas. Dans tous les cas, faire tous ces chichis pour servir une cuisse de poulet à des gars qui la bouffent avec les doigts, ça lui va pas. Ni d'avoir le patron toujours sur les épaules. Ni de faire douze heures par jour. Quelquefois plus. Ni même de ramasser un pourboire. Maintenant ça va parce qu'on rigole avec les copains mais elle sait que plus tard ce sera pas son job d'être larbin. Autant arrêter tout de suite.

« Depuis quand ça te plaît plus ? »

Elle le regarde.

Elle baisse les yeux.

Elle agite ses santiags.

Elle lève la tête.

Elle le regarde :

« Depuis que je vous connais. »

Elle ne baisse plus les yeux. Elle calme ses pompes.

Elle attend : des paroles de ce genre, ça devrait faire de l'effet.

Lionel pense : il fallait bien que ça arrive un jour. Avant, les conseillers, c'étaient des anciens instits. Des pépères. Ils ne risquaient rien. Maintenant, à quelques années près, on a le même âge que les clients.

« Je t'empêche de mettre le couvert ? »

La fille a l'air de dire que l'heure n'est pas à la bagatelle. Elle connaît la vie et faudrait pas profiter de ce qu'on n'est que deux dans le bureau pour s'en aller sur des terrains insalubres.

Elle a remisé ses provocations tape-à-l'œil derrière son souci de l'avenir, une préoccupation frontale, d'autres idées graves peut-être

Lionel se sent à côté des rails. Ayant du mal à trouver le bon wagon. Ne sachant pas sur quel pied monter.

« On m'a dit que vous faites passer des tests...
– Ça arrive.
– Je peux en passer moi aussi ?
– Pourquoi pas ? »

Béatrice hésite.

Elle met les mains sur les coins de sa veste. Elle les laisse là. Sa poitrine de laine se gonfle. Se dégonfle. Elle vit au rythme de son pull.

Il y a ainsi, de part et d'autre, plusieurs respirations attentives.

Elle demande :

« Il faut que je me déshabille ? »

Lionel ne sait pas si elle parle sérieusement ou si elle continue le jeu. Comme devant le bahut. Pour elle, cette fois. Pour voir où ça va. Pour aller avec. Il pense que, peut-être, elle ne sait pas très bien ce qu'est un test. Elle se croit chez le docteur, quelqu'un de ce genre. Important comme le docteur puisqu'il a le droit de dire « déshabillez-vous ! » à des gens qui ne se déshabillent jamais devant personne.

Il se demande si elle le drague vraiment ou si, comme toutes les filles de toutes les époques, elle ne voudrait pas, une fois encore, jouer au papa et à la maman.

Dans la voiture entourée de nuit, de piétons actifs, de rues perdues aux immeubles troués, aux fenêtres allumeuses, devant le nez rouge d'un bar-tabac ou le gigantesque « attention, 8000 enfants dans cette cité », il pensait :

« C'est Joëlle qui va se marrer quand je vais lui raconter ça ! »

Quelques secondes après, il se disait : « Non, Zorro comme elle est, elle ne va pas rigoler du tout. Elle va s'inquiéter pour la môme. Elle va vouloir voler à son secours. Alors que la môme justement n'en a peut-être rien à secouer. Elle a peut-être fait ça pour rien. Pour rigoler un peu et le raconter aux copines. Une sorte de feuilleton-télé qu'elle aurait vu toute seule. »

Et si Joëlle était jalouse ?

L'idée l'amusa. Parce que, dans les titillements des jeunes années d'amour, la jalousie de l'autre, c'est toujours un peu rigolo. Ça vous donne un rôle appréciable de héros coquin.

Joëlle est trop loyale pour être jalouse, trop accaparée pour perdre son temps, trop gaie pour jouer le drame.

Oui, c'est ça : elle va se marrer.

Joëlle n'a pas ri du tout.

Parce qu'il ne lui a pas parlé de Béatrice.

Ça n'est pas venu.

La mère Boi-Boi est passée, comme d'habitude. Pour dire un petit bonsoir et demander, l'œil affectueux, si Joëlle n'a pas un peu engraissé.

Elle est gentille, Mme Boyer. Elle chipote sa demi-retraite dans son studio H.L.M. sur le même palier. Elle est maternelle. Elle appelle Joëlle « mon petit ». Elle lui signale la semaine du beurre à EURO, le 10 p. 100 sur les aspirateurs. Elle s'offre à faire des courses inutiles. C'est une bonne voisine.

Malheureusement, elle a toujours un « Jeune, il ne faut pas prendre de poids » qui tombe sur les hanches de Joëlle. Un « Il me semble que vous vous empâtez » qui lui sape le moral. Surtout lorsque, pour atténuer le choc, Boi-Boi ajoute :

« Remarquez, Joëlle, vous avez de la chance : vous, ça vous va bien d'être ronde ! »

Dès qu'elle a été partie, ils se sont mis à table.

Lionel a raconté la visite de Vittalino.

« Bien sûr, a dit Joëlle : on parle toujours des assistantes sociales, mais il y a des assistants sociaux. C'est une profession mixte. Dans notre promo, il y avait un garçon. Il y en a toujours un ou deux. Ton Vittalino pourrait être assistant. »

Comme elle était sur le sujet, elle a indiqué qu'il y avait des associations d'immigrés qui recherchent des aides spécialisés. Ou même des organismes comme le Service social nord-africain.

Alors elle a oublié sa fatigue. Elle a posé des questions sur Vittalino, dit qu'elle aimerait bien le rencontrer. Lionel a estimé qu'elle avait assez à faire avec les élèves du bahut sans s'occuper de ceux de l'extérieur.

Mais elle revenait à Vittalino. A ces Vietnamiens ou à ces Yougoslaves qui, fréquemment, prennent la tête de leur classe. Pour les Viets, sans doute, on peut avancer que leurs parents, depuis toujours, parlent le français. Mais les Yougs qui, si souvent, épatent leurs enseignants ? Et les Santos, les Boubakir, les Menouchian, les Ranzuli, les Korzen qui, soudain, dépassent les leurs et les autres ? A titre individuel. Ceux-là vont soulever des montagnes, franchir des crevasses à chaque pas, éviter les avalanches qui en engloutiront tant, indifférents aux menaces de tous les glaciers pour se hisser au sommet de leur mérite. Ce sont les articles de promotion. Ils deviendront patrons miroitiers ou même mécaniciens-dentistes et feront, en même temps que leurs affaires, la fortune des bons apôtres, éternels amateurs de cirque qui, applaudissant sur la piste l'acrobate au quadruple saut périlleux, se tournent vers vous pour murmurer : « Vous voyez bien que c'est possible. »

Ils en étaient là de leur monde à refaire lorsque Mme Boyer est revenue.

Elle avait oublié de dire qu'une dame était passée en debut d'après-midi.

Mme Boyer a, pour désigner les individus, une gamme de mots variant, chez les hommes, du « monsieur », voire du « seigneur », à « une sorte d'Espagnoulas » qui ne s'applique pas seulement aux Espagnols mais évoque, d'une manière générale, l'espèce la plus dangereuse de la société : celle qui est visiblement différente.

Ce soir, Mme Boyer avait buté sur le mot « dame » : cette hésitation signifiait que, si la visiteuse n'était pas tout à fait digne de l'appellation, elle méritait mieux toutefois que le mot « femme », en dessous dans le répertoire.

De cela, de ce qui avait suivi, Joëlle avait conclu que la visiteuse de l'après-midi, malheureuse et maquillée, à la bonne conversation, était Mme Castano.

« La pauvre personne a bien de la peine à ce que j'ai compris. »

Avec la confusion d'une pénitente devant un mot honteux, Mme Boyer baissa la voix :

« Sa fille est une voleuse. »

Joëlle était indignée : une mère qui voulait tellement aider sa fille ! Une femme si soucieuse de respectabilité ! « Je suis d'une bonne famille », disait-elle à tout bout de phrase. Et on la croyait. A son parler qui venait de l'aisance. A ses robes taillées dans la qualité. Achetées sans doute à Soldegriffe. A ses rides qui étaient moins celles de l'âge que celles de la déchéance.

La mère Boi-Boi ne s'y était pas trompée : si elle participait à sa peine, c'était, pour une bonne part, parce que cette peine venait des horizons appréciables de l'honorabilité :

« Pauvre dame, je me mets à sa place... J'ai eu deux enfants... Dieu merci, ils se sont toujours bien tenus... Mais je le disais souvent : il vaut mieux les voir morts qu'en prison. »

Des propos comme celui-là écrasaient Joëlle.

Sans doute dépassaient-ils la vérité de la voisine : Joëlle ne doutait pas que, au jour du drame, comme toutes les mères, loin d'opter pour les chrysanthèmes, Mme Boyer eût choisi de porter des oranges. Mais, dans ces mots dont l'intransigeante morale l'attendrissait de l'image de ses parents, elle voyait, une fois encore, l'incompréhension totale, la méconnaissance absolue montrées à ce monde mineur, rejeté, sacrifié, que toutes les bonnes consciences veulent ignorer : ce monde où l'adolescent va vers l'incarcération avec le naturel donné par quinze années de conversations familiales. Ici, le père sort de Fleury comme, ailleurs, le frère entre à l'E.N.A. On fait un coup comme, ailleurs, on fait un placement. On choisit d'habiter Fresnes comme d'autres choisissent d'habiter le VIIIe : pour être plus près. De la prison ou de l'entreprise, c'est selon. La naissance. L'ambition. L'ambition que donne la naissance. Pour toi, c'est la bourse. Pour moi, c'est la vie. Pour toi, c'est le filon. Pour moi, c'est la loterie : la taule ou la chance. Quand, toi et moi, nous dirons « On sort de centrale », on n'arrivera pas du même endroit.

« Et vous, monsieur Lionel, qu'en pensez-vous ? demanda Mme Boyer.

– Oh ! moi, répondit Lionel, ce n'est pas la même chose : je ne veux pas d'enfants. »

C'est pour ça que, ce soir-là, il n'avait pas parlé de Béatrice.

Parce que Joëlle n'avait plus rien dit de la soirée.

III

Lorsque Joëlle était môme, le père Mazart l'avait descendue un soir de 14 Juillet pour lui montrer la rue, la musique, les majorettes de la République agitant leurs cannes à pommeaux au son de la trompette guerrière. Le peuple souverain s'avance.

« Viens. On va suivre le défilé. »

La mère gardait le grand frère qui, sans considération pour l'anniversaire de la prise de la Bastille, avait les oreillons.

Ils étaient partis, heureux l'un de l'autre, la main de l'enfant dans la rude main du prolo-midinette, sensible à la fanfare, aux drapeaux, à la fête du quartier, à la fierté d'être père et de se bien conduire en conduisant son enfant vers son joli plaisir.

Depuis, dans le rire, la table familiale avait souvent évoqué cette soirée terminée dans les larmes. On la racontait pour les amis nouveaux qui ne la connaissaient pas encore et, aussi fréquemment, pour les amis anciens qui la connaissaient déjà. Le rabâchage c'est la joie des amitiés durables. La sécurité des conversations.

Ce n'est pas cela, ce n'est pas l'anecdote cent

fois répétée aux dépens de Joëlle qui, en elle, avait restitué ou même entretenu le souvenir.

Ce départ de la rue des Fédérés où ils habitaient, cette marche dans la tranquille rue Kléber, l'espoir au cœur gonflé, les yeux à hauteur des boîtes aux lettres, l'impatience trempée de musique, Joëlle les revoyait, les ressentait, les vivait encore chaque année à l'approche du 14 Juillet. Et son père qui, comme elle grandissait, racontait cette histoire avec beaucoup plus de moquerie, son père ne savait pas, puisqu'elle faisait semblant de protester, combien elle était heureuse de se rajeunir dans ce bonheur de famille qui avait toujours été le sien.

Ils étaient arrivés à la Croix-de-Chavaux dans l'indifférence des pavés, des fenêtres tranquilles, des passants accoutumés et rares. Cela avait troublé le père Mazart qui, en vieil habitué des préaux et des trottoirs, des collages et des distributions de tracts, avait rencontré un copain :

« La retraite ne passe pas par là, cette année ? »

L'autre, qui rentrait chez lui sans conviction nationale, avait gonflé les joues en signe d'ignorance.

« On va aller jusqu'à la mairie », avait murmuré le père Mazart.

Mais la rue Rouget-de-l'Isle n'avait pas de Marseillaise. Elle allait sans tambour ni trompette entre les trottoirs vides de toute révolution.

« C'est curieux », marmonnait parfois le père.

Et la fille, qui l'entendait, pressentait un malheur.

Au coin de la rue Victor-Hugo, l'espoir revint un peu. Il y avait un couple très âgé. Solitaire dans le carrefour comme savent l'être ceux qui ont beaucoup vécu. Ils étaient assis sur des pliants qu'ils avaient apportés avec eux et qu'ils avaient posés sur le bord du trottoir, tout près de la chaussée vide, pour être au premier rang. Il avait un veston décrépit, bariolé de gloriole à l'endroit du cœur. Elle, en veste de laine et toque inattendue, avait glissé sa main ridée sous le bras de son héros comme pour dire avec tendresse : je dois soutenir mon vieux.

« Vous attendez la fanfare ?

– On l'attend », répondit la femme qui, ne voyant rien venir du côté de Jean-Jaurès, se tourna vers Robespierre. Elle avait, dans les yeux, la patience des âmes populaires.

Mais Robespierre aussi était muet. Montreuil était abandonné.

Une panique s'empara de Joëlle.

Elle se rappelle très bien que son père lui a dit : « Qu'est-ce que tu as ? Tu as peur ? »

Comme elle tremblait plus fort, il a ajouté, pour la câliner : « Attends, je vais demander à ce type. »

Joëlle avait crié « Non ! Non ! Ne demande pas ! » et elle avait tiré son père par le bras, de toutes ses forces de quatre ans, l'empêchant de traverser la rue, pour le garder pour elle toute seule dans son affreux pressentiment.

Lorsqu'ils étaient arrivés à Jean-Jaurès où, devant un troquet, un groupe de jeunes pouvait encore faire illusion, il en avait été de même.

Deux flics placides discutaient sur le terre-plein.

Le père Mazart allait vers eux.

Joëlle avait encore crié « non, non ! » Elle s'était accrochée à la manche paternelle. Mais elle n'était pas de force.

Quand il était contraint de s'adresser aux flics, papa Mazart se faisait un devoir de les tutoyer :

« Tu sais pas s'il y a la retraite aux flambeaux, ce soir ? »

L'autre, exprès, l'appela monsieur. Pour montrer que la politesse était du bon côté :

« Je n'ai entendu parler de rien, monsieur. »

Le deuxième ajouta :

« S'il y avait quelque chose on le saurait, monsieur. »

Et Joëlle, qui voyait d'un coup son angoisse se transformer en certitude, Joëlle se mit à pousser un long sanglot de catastrophe. Une plainte aiguë, un reproche strident s'échappèrent de sa gorge. Partie du terre-plein, en une phrase rancunière, ils inondèrent toute la place :

« Mou-ou-ouh ! Si tu l'avais pas demandé, y en aurait eu une retraite ! »

Oui, depuis vingt ans, cette histoire faisait rire la famille, les voisins de Montreuil, ceux de Villejuif, les copains de chez Ripolin, de la fédé, tout le monde. Y compris Joëlle qui, depuis quelque temps pourtant, se demandait si un aspect de son être n'était pas annoncé déjà par l'aventure.

Cette façon d'éviter le point noir de crainte, de repousser la réalité mauvaise sous le silence ignorantin, cette peur d'éveiller le malheur en parlant de lui la surprenaient. Chez elle qui se croyait à l'abri de toute superstition. Audacieuse dans sa profession, elle se découvrait timorée devant son amour. Elle s'en voulait. Mais elle ne pouvait que le constater : depuis qu'elle avait compris que Lionel ne voulait pas d'enfant, elle n'abordait plus ce sujet.

Sans doute, une fois, lui avait-il dit qu'elle pouvait arrêter de prendre la pilule. Mais c'était un matin de réconciliation, l'été dernier. Une spontanéité passagère. Une espèce de « pour te faire plaisir... » sur lequel il n'était jamais revenu et dont elle ne voulait pas. Adepte assurée de la contraception, elle ne défendait, chez la femme, le droit de dire *non* que pour magnifier à l'avance, chez le couple, le moment de dire *oui*.

Gouailleuse, libérée, argotique, Joëlle portait au plus profond d'elle-même une idée ancienne : l'enfant, c'est la plus belle aventure de la vie. Ce sont les rêves à deux qui donnent jour aux plus belles réalités. Elle ne voulait pas d'un demi-attendu.

Elle se réveilla deux fois dans la nuit. Elle fit un cauchemar. En déduisit que la chambre était trop chauffée. Elle ouvrit la fenêtre. Mit le radiateur à zéro. Elle se fit un tilleul, renversa la boîte de gâteaux, lança un juron déchiré, plaintif, au bord des larmes.

Elle découvrit alors la plus insupportable injustice que le Ciel ait jamais créée, lui qui pourtant en créa bien d'autres : le sommeil inébranlable du responsable de vos insomnies.

Au matin, Lionel s'habilla dans le froid.

Il posa une question.

Une deuxième.

La troisième s'imposait :

« Tu fais la gueule ? »

C'est le biais des petits malins. Ils vous peinent, vous défoncent, vous déchirent; ils n'ont pas, à votre égard, de balourdises assez cruelles pour leur délectation puis, l'œil goguenard, faussement surpris, ils vous demandent :

« Tu fais la gueule ? »

Habileté diabolique pour vous mettre dans le camp des fortes têtes de turc, l'épouvantable catégorie des caractères de cochons de trouble-fête.

Ah ! Les fines mouches ! Comme elles volent à l'aise dans la chiennerie ! Ah ! les renards, comme ils sont plaisants dans leur naïve conviction d'avoir inventé un jeu qui est, en fait, celui de l'éternelle humanité ! Le prince humilie, étrangle, méprise, bafoue mais veut se garder le droit d'écrire sur le front qui se relève : « Mauvais esprit. » Et le pire est bien quand le mauvais esprit, devenu à son tour renard argenté, demande à la volaille soigneusement plumée par ses soins :

« Tu fais la gueule ? »

On voit dans quelles extravagances allait, ce matin-là, le cerveau de Joëlle.

Martyr silencieux, elle partit dans le matin glacé, au-delà des grilles du L.E.P.

L'apostrophe orthodoxe de La Belote et du père Touzin ne sut même pas changer son humeur :

« Vous pouvez me raconter ce que vous voulez, lorsque vous avez devant vous une classe qui ne comprend rien, eh bien !... »

Le père Touzin avait, dans le geste et le langage, la précision nécessaire à toute mécanique :

« Je n'ai jamais devant moi une classe qui ne comprend rien.

— Vous avez de la chance ! »

La chance du père Touzin, c'était d'avoir Mlle Bridge devant lui : elle partait au quart de tour.

Il s'en serait voulu de perdre cet avantage :

« Non seulement ils comprennent, mais lorsque, par malheur, il y en a un qui ne comprend pas, je me dis : c'est ma faute. »

La Belote, on le sait, œuvrait dans le classique :

« Evidemment, en technique, c'est facile ! »

Magnanime, M. Touzin offrait un marché :

« Si vous voulez, un jour, vous démonterez Victor Hugo devant moi et moi, pendant ce temps, je démonterai un moteur de 4L. Et puis, après, on fera l'échange : on verra qui s'y retrouve le mieux. »

Mlle Bridge haussait les épaules, tournait les talons. Talons rouges. Il y a des gens avec lesquels on ne peut pas discuter.

Joëlle s'enferma dans son bureau.

Daoudi avait trois absences dans la semaine. Surprenant : trois fois en mécanique. Nancy ne venait plus. Mme Chaumeil avait appris qu'on l'avait hospitalisée. Elle demandait si Joëlle pouvait passer la voir. Richard recommençait à manquer le matin. Visiblement, il faisait la bleue en compagnie de Thomas : ils s'éclipsaient aux mêmes heures.

Lionel ne parlait peut-être pas sérieusement. Elle avait eu tort de ne pas lui répondre. Ce n'est pas en le rembarrant qu'elle arrangerait la situation.

Elle devrait organiser une conférence avec les profs. Beaucoup ne comprennent pas son rôle. Ils la prennent pour une infirmière. Une bonne sœur. Quelques-uns la prennent pour une planquée.

Au cours du dernier « Fenêtre sur... » elle a parlé d'organiser un camp de vacances. Peut-être pas loin de Paris. Quelque chose qui sorte les gosses de la vadrouille. Les mômes ont approuvé, mais beaucoup préféreraient se faire un peu de fric. Ils lui ont demandé si elle ne pourrait pas leur trouver un job. Quel job ? Dans le coin, toutes les A.S. doivent avoir la même demande. Un camp non plus ça ne doit pas être facile à mettre sur pied. Avec quels moyens ?

Lionel aime la faire marcher, c'est sûr. Dans ses blagues, il n'a pas toujours très bon goût. Il est capable de lui dire n'importe quoi pour le plaisir de lui voir faire la gueule. (C'est vrai qu'elle devait faire la gueule.) Là, tout de même, c'est lancer le bouchon un peu loin.

La mère Chaumeil est super. Avec les gosses. Avec les profs. Avec les femmes de service. Ça la change du protal de Jules-Verne qui se prenait pour le soleil d'Austerlitz. Même quand son bahut allait vers Waterloo.

Hier, tout de même, la protal lui a demandé si elle n'avait pas tendance à en faire trop. A l'extérieur du L.E.P., notamment. Est-ce la faute de Joëlle si l'A.S. de secteur a trois fois l'âge de la retraite : une fois pour elle, deux fois pour les autres ? Elle fait du service social par téléphone. Sur répondeur automatique. Et puis, pour les mômes, on ne peut pas craindre la drogue, les sectes, la violence, tous les entraînements qui les empêchent d'apprendre sérieusement leur métier et se désintéresser d'eux dès qu'ils s'en vont vers la sortie.

Et puis, si elle parle carrément à Lionel, si elle lui pose franchement la question et qu'il lui réponde « négatif », comme il adore le faire, quelle sera la solution ? Ne vaut-il pas mieux attendre un peu ? Après tout, rien ne presse. Le temps peut changer.

« Allô ? Vous ne pouvez pas donner la bourse ? Le dossier...

– Le dossier est parfait et les notes de la petite très encourageantes. Le cas est intéressant.

– Alors ?

— Alors, vous m'avez dit que Michèle Reboul avait un père autoritaire, brutal, qui refusait de la laisser partir dans un foyer...

— Aujourd'hui, il accepte.

— Il accepte, oui... Mais puisqu'il accepte, nous n'avons aucune raison d'accorder une bourse. »

Joëlle sursaute.

Au bout du fil, la secrétaire est formelle : Si la petite est battue par le père, le juge lui enlève l'enfant, la confie à un foyer et on donne une bourse. S'il n'y a pas de cas de force majeure, il n'y a pas lieu d'intervenir.

« Ce serait trop facile, mademoiselle, vous le comprenez bien : à ce compte-là, tous les parents mettraient leurs gosses en pension et c'est l'Etat qui serait chargé de les entretenir. »

Joëlle est écœurée.

Par la fenêtre, elle aperçoit Daoudi qui zone devant le bahut, son sac U.S. sur l'épaule. Pas pressé de rentrer. Jean-Luc est avec lui. Il roule de plus en plus. L'air satisfait du Je-me-démerde, du Je-vous-emmerde. L'air fouineur du petit revendeur. Un sans pitié à la sauvette.

Soudain, la récré vibre dans le couloir. Les classes explosent. Les composants sont précipités dans la cour. En jean. En anorak. En bleu. En tablier. Et toujours le casque de la mob à la main, porté d'une classe à l'autre pour éviter la fauche.

Joëlle ferme son bureau à clef.

Un poupard se fait la voix dans des vagissements à fendre l'âme. Il couvre le chahut de sortie, le « Va te faire voir, enfoiré ! » lancé en toute amitié, la partie de foot dans le hall, le sac d'un nouveau tenant lieu de ballon. C'est Muriel qui a encore confié son môme à Marguerite, l'infirmière. L'autre pomme a dû lui répéter que c'était interdit, que le gosse risquait les épidémies et qu'elle le prenait pour la dernière fois. Faut pas la prendre pour une nounou et elle n'a pas envie d'avoir des histoires avec la dirlo. De ce côté-là, pourtant, elle n'a rien à craindre : quand le gosse gueule trop fort, la mère Chaumeil fait un détour pour ne pas passer devant l'infirmerie. Pour ne pas avoir l'air d'être au courant.

Ça n'empêche pas que ça ne peut pas durer et qu'il va falloir trouver une solution.

« Daoudi ! »

Daoudi se retourne. Tout charme dehors :

« C'est lui ! »

Joëlle est insensible, ce matin, aux enchantements maghrébins :

« Qu'est-ce que c'est que cette histoire : tu recommences à faire la bleue ? Je croyais qu'on s'était arrangés tous les deux ? »

Le gosse fonce vers les évidences gaies :

« Je fais pas la bleue puisque je suis là !

– Ce n'est pas à dix heures qu'on rentre. Tu as encore manqué le cours de M. Touzin... Ça ne va pas avec « papa » ?

– Oh ! si. Si. Ça va très bien.

– C'est la mécanique qui te déplaît ?

– Oh ! non. Non. La mécanique, c'est chouette. Même, je suis un champion. »

Il faudra plusieurs silences, plusieurs « alors ? », un impatient « bon, je ne vais pas t'attendre une heure » pour qu'il se décide. Dans un murmure :

« Ça me fait mal.

– Ça te fait mal ? Où ça te fait mal ?

– Aux oreilles. »

Joëlle sent le scepticisme qui monte.

Ceux qui les accablent disent : tous les enfants

sont menteurs. Ceux qui les admirent disent : tous les enfants sont inventifs. Entre ces deux opinions, va, sinueuse et pointillée, la frontière qui sépare le mal du bien, la folie du génie, le rêve de la réalité. Sur cette ligne brumeuse, les Méditerranéens ont l'avantage de l'aisance. Ils mentent avec une conviction ensoleillée. Imprégnée de candeur. Ponctuée de « J' te jure » de la voix et des yeux auxquels on donnerait Allah sans confession.

« C'est vrai cette histoire ou tu me montes un bateau ? »

Daoudi a la main sur le cœur, les deux mains sur les oreilles, la main sur le front, les mains sur le ventre : quand les moteurs tournent, quand le tour se met en marche, le bruit lui donne la migraine. Le mal de tête descend dans l'estomac, dans les reins, dans tout. Il a chaud. Il a froid. Dans ce déluge de gestes et d'incommodités, « J'ai la rate qui s'dilate » s'accompagne à la darbouka : Ouvrard porte la djellaba.

Joëlle n'a pas beaucoup d'expérience, mais elle connaît ce processus : on trouve des excuses au coupable, alors le coupable s'arme de ces excuses pour se rendre plus coupable. Comme s'il regrettait de n'avoir pas utilisé à plein son capital. Le délaissé que l'on aide veut plus d'aide encore. L'enfant soudain embrassé s'habitue aux caresses. Il en demande d'autres. Malades de pauvreté, nous sommes, le lendemain, des convalescents assoiffés de richesses. Il ne sera plus jamais chaste celui qui, une fois, a fait l'amour. Il ne sera plus jamais dévoué citoyen celui lui, une fois, a commandé. Les opprimés associés formeront, si on leur en laisse le loisir, la grande compagnie des oppresseurs. Le « Ote-toi de là que je m'y mette » est une vieille loi du monde et le grand balancier de la nature porte aux sommets tantôt la droite, tantôt la gauche du cadran, en ayant soin toutefois d'avoir plus de force de frappe lorsqu'elle passe dans le bas.

Mais le docteur est formel : Daoudi a une otite chronique. Il aura toujours des otalgies. On n'aurait jamais dû l'envoyer en mécanique.

Joëlle demande :

« Il faudrait le diriger vers autre chose ? »

Le toubib porte la quarantaine rangée, l'illusion refroidie, le déboire latent des turbulents de 68. Douze années de cabinet commun et de visites en Z.U.P., de dispensaires et de centres hospitaliers, lui ont appris la situation géographique des choix : entre ça et rien.

Il regarde Joëlle :

« Autre chose ? C'est quoi autre chose ? »

Daoudi est ferme :

« Moi, je veux rester en mécanique. »

Le père Touzin poussera sa gueulante :

« C'est pas en faisant la planche que tu y resteras en mécanique ! Les mécanos c'est pas des nullards ! La prochaine fois que tu manques, je te vire ! Pour de bon. »

Plus bas, il dit à Joëlle :

« Il a raison de vouloir rester. Il a manqué un cours sur trois et c'est lui le plus avancé. Il pourrait aller plus haut. »

Les yeux du père Touzin sont partis vers l'avenir improbable de Daoudi. Après son C.A.P., il le pousse vers l'enseignement long. Daoudi passe son bac technique. Par la force des maths et de la mécanique, il obtient une bourse. Il devient ingénieur. Pour le moins, prof dans un L.E.P.

Le père Touzin vit au temps des instituteurs parthénogénétiques : ceux qui, tout seuls, fabriquaient leurs descendants. On les voyait, dès l'automne, chercher la bonne graine, la trouver à coup sûr, la féconder au cours des longs mois de classe, après lesquels, avec pleins et déliés tracés à la plume sergent major, ils écrivaient sur le front de l'impétrant : « Tu seras maître d'école, mon fils. »

Aujourd'hui, la bonne graine se fixe sur les bancs de la fac, fait H.E.C., l'E.N.A., plaît et bosse avec la perspective, bientôt, d'ouvrir ses ailes au fric, de servir le fisc, dirigeant l'Etat ou l'entreprise pendant que, dans l'amertume de sa stérilité nouvelle, de ses changements de programmes permanents, de ses classes surchargées de nerfs à vif, l'instit n'a plus de désir, même de se reproduire.

Ah! Oui, il est bien mort l'instit à la jeunesse ancienne. Maître d'école et maître des parents. L'homme au savoir-privilège, aux connaissances prestiges partagées aujourd'hui avec les expériences de chacun, la scolarité pour tous et les images sur le vif du monde à domicile.

Mort? Non : le père Touzin est là. Avec la blouse bleue portée comme une blouse grise. Son « Faut que ça rentre » qui sous-tend chaque phrase et lui permet d'être ce qu'il est : un instituteur de leçons de choses.

Les choses, ce sont le carburo et le radiateur, les soupapes et les bougies, l'embrayage et l'arbre à cames. Il n'est pas question de les faire tourner en silence : Daoudi doit mettre son casque.

« Comme tout le monde », renchérit la mère Chaumeil.

Parce que c'est quand même rageant, une mentalité pareille : un casque est fourni à chaque élève, sans frais. Il est léger, on le porte sans gêne aucune. Il supprime les assourdissements et laisse filtrer, très distincte, la parole du prof, du copain. Bref, les mécanos des 24 heures du Mans n'ont pas mieux, et vous savez où ils sont les casques ? Dans une grande caisse en bois. Tous pêlemêle. A l'entrée des vestiaires.

« Et si des parents portaient plainte parce que leur fils devient sourd ? » demande Vanovre qui est toujours d'humeur cassandre.

Mme Chaumeil fait une note : elle rappelle que le port du casque est obligatoire dans les ateliers. MM. les professeurs sont chargés de veiller à la stricte application du règlement.

Le père Touzin fait la gueule : en chaudronnerie, il comprend. Mais en mécanique, sauf pour les essais à fond, le casque n'est pas indispensable. Au contraire. Et puis... si les élèves le mettent, il va falloir que les profs le portent aussi. Sans ça, toute la journée, il entendra dans son dos des « Papa, il a les oreilles trop grandes : elles rentrent pas dans le casque ».

Janine Dubreuil a, comme La Belote, fait des études de lettres. Elle enseigne la législation du travail. Pour deux raisons essentielles : le L.E.P. est assez riche en prof de lettres et, surtout, comme on ne forme jamais de profs de législation du travail et qu'il faut, malgré tout, enseigner la matière, il faut bien que quelqu'un se dévoue : le dévoué, c'est toujours le plus jeune, le dernier entré, le M.A. Celui qui est le moins formé et qui, de toute façon, ne peut pas refuser.

Voici quelques années, les jeunes profs d'Histoire enseignèrent beaucoup la législation du travail : lorsqu'on découvrit que l'enseignement de l'Histoire n'avait absolument aucune utilité pour la formation des O.S. à mettre sur le marché.

Aujourd'hui, l'Histoire va revenir à l'école. L'embêtant est que les étudiants se sont détournés de cette voie désormais sans issue : on n'aura plus de profs. Ça fait rien : on fera enseigner l'Histoire par les profs de math. Ou de gymnastique. Les jeunes, dans tous les cas. Ceux qui, en ce moment, enseignent la législation du travail.

Janine se dépatouille comme elle peut : la veille des cours elle lit la leçon. Elle essaie de retenir quelques points essentiels, ce qui l'a frappé. Après quoi, elle explique qu'il est amusant de constater que le droit de grève (1864) est antérieur au droit syndical (1884).

Amusant ou pas, les grands de mécanique s'en foutent complètement. La moitié n'écoute pas. Les autres écoutent à moitié. Elle est sûre que, dans le fond, Malcovick et ses copains jouent au tarot. Elle a vu une carte dans la main de Nanar. Si elle y va et qu'il refuse de lui remettre le jeu, les autres rigoleront. Elle transpire.

Au premier rang, Cassou a étendu sa jambe gauche sur deux chaises. Son pied droit est sur le bureau.

Obliger l'élève à participer, voilà un bon principe. Janine Dubreuil s'approche du baba cool :

« Cassou, que fait l'ouvrier à l'usine? »

La réponse va de soi :

« Il s'emmerde, m'dame. »

La salle s'esclaffe.

Janine Dubreuil rougit.

Elle ne doit pas perdre la face. Elle doit frapper un grand coup. Impliquer l'un des meneurs, le champion du bordélisme :

« Malcovick, que faites-vous ? »

Malcovick lève à peine les yeux :

« Je fais comme il a dit, m'dame. »

Les rires redoublent.

Janine a une méthode. Elle l'utilise dans les moments difficiles. C'est-à-dire toujours. Ou presque. Feignant de ne pas entendre l'insolence, elle adopte l'attitude de celle qui aurait, au contraire, perçu la bonne réponse. Et elle enchaîne :

« L'ouvrier se syndique. Bien. »

Grisée par ce résultat encourageant, elle veut approfondir la question :

« Pourquoi se syndique-t-il ? »

Cassou, auquel maintenant on ne demande rien, se fait un devoir de répondre :

« Pour emmerder le patron, m'dame.

– Pour défendre ses droits, parfait ! » poursuit Janine qui est lancée.

Elle pivote à mi-allée, évitant de regarder vers le fond, de regarder quiconque, ses yeux n'acceptant de rencontrer que les yeux de Johnny, de Simone qu'on appelle Jabouille. Là, une seconde, elle trouve non pas une amitié, mais un pacte de non-agression, une pensée inoffensive et même, ce qui est pire, une espèce de compréhension dans le malheur, une solidarité muette qui signifie : « On n'approuve pas ce qu'ils te font. On ne peut pas le dire parce qu'on aurait des ennuis et, après tout, ce sont nos copains, mais nous, dans tous les cas, on ne t'emmerdera jamais. »

« Est-ce que l'affiliation à un syndicat est obligatoire ? »

La première réponse est un « oui ». Comme on peut voir qu'elle n'entraîne pas une adhésion spontanée de la prof, quelques « non » malins fusent aussitôt. Janine Dubreuil attend. Il y a des « peut-être », quelques « bof », des indifférences. Janine se saisit de la répétition d'un « non » pour triompher. Heureuse d'avoir une si bonne classe :

« Non, bravo ! Pourquoi l'affiliation n'est-elle pas obligatoire ? »

Johnny est sincère. Quelques autres, éduqués à base de conversations familiales, rejoignent son point de vue :

« Parce qu'il faut payer une cotisation ! »

Janine Dubreuil hausse les épaules :

« Ne dites pas de bêtises ! »

Le visage de Johnny se marque d'une douloureuse déception. Il était si heureux d'avoir trouvé, lui qui ne trouve jamais rien ! Il n'avait pas mérité ça, la prof s'en rend compte.

Elle met sa main sur l'épaule de Johnny. Elle adoucit sa voix.

Elle va lui donner l'occasion de se rattraper, de flamber devant les camarades. Elle va l'aider à donner, pour une fois, une bonne réponse :

« L'affiliation à un syndicat n'est pas obligatoire parce que nous vivons dans un pays de li... »

Johnny Audebert devient rose, transpirant. Ses yeux bleus se dilatent. Son front se fige sous la poussée encéphalique, mais plus encore dans la panique paralysante, celle qui, à l'avance, vous dit : « A quoi bon ? Tu ne trouveras pas. »

Pour le remettre en selle, Janine Dubreuil crispe sa main.

Elle répète :

« L'affiliation à un syndicat n'est pas obligatoire parce que nous vivons dans un pays de li... de li... »

Au bout de la salle, Cassou se met à gueuler :

« De limaces ! »

Les mécanos sont pliés en deux. Ils tapent sur les tables.

Janine profite du vacarme pour se pencher un peu plus sur Johnny. Elle se relève aussitôt, comme un paysan qui, de sa terre bien ensemencée, emporte la bonne récolte :

« Nous vivons dans un pays de liberté ! Très bien, Johnny ! Nous vivons dans un pays de liberté ! »

Ce qu'elle peut dire n'a plus aucune importance : la sonnerie a retenti.

Cassou est déjà à la porte. Tout de suite suivi par Malcovick qui crie « Salut, Nanou ! » à l'intention de la prof. Par Nanar. Par les taroteurs et les je-m'en-toutistes, les chahuteurs, trop grands pour se faire faire la leçon par une gonzesse, pressés d'aller respirer l'air de la récré où va circuler bien vite l'écho de leur exploit. On va les regarder en caïds, colporter à leur sujet des « Ça craint ! » des « Craignos ! » rigolards et admiratifs. Même Jabouille, même Johnny peut-être se joindront à la fête du canular, à la citation à l'ordre de la vanne. Sur laquelle, maintenant, tombe comme la foudre la plus stupéfiante nouvelle : le port des casques est obligatoire dans les ateliers.

Incrédules, les héros du jour se doivent de résister. Cassou et Malcovick sont là depuis trois ans. Ils en ont vu d'autres.

« A partir d'aujourd'hui, tout le monde doit mettre le casque », dit le père Touzin, lorsqu'ils rentrent en classe.

La plupart des élèves se dirigent vers la caisse en bois.

Cassou et Malcovick sifflotent en finissant de boutonner leur combinaison.

« Tout le monde doit mettre le casque », répète le père Touzin. Un ton plus haut.

Nanar et quelques autres se décident.

Cassou et Malcovick ont aujourd'hui l'esprit travailleur. Ils prennent l'un une clef, l'autre une pince, et se dirigent vers le 8 cylindres. Un turbo qu'on vient d'installer.

« M'sieur, vous l'avez détraqué ? On cherche la panne ?

– Mettez votre casque, ordonne le père Touzin.

– On en a pas besoin.

– On est pas des minus. »

Le père Touzin les prend droit dans le collimateur :

« Si, dans trente secondes, vous n'avez pas votre casque sur le tête, je vous vire. Vous reviendrez quand vous l'aurez. »

Les deux grands traînards s'en vont vers la caisse de bois.

Le père Touzin travaille dans la sobriété :

« Le 8 cylindres, le 6 cylindres et la R 10 dans le fond sont détraqués. Vous formez trois équipes et vous trouvez les pannes. Si vous avez besoin d'un renseignement, vous me demandez. »

Toutes les combinaisons bleues enserrent les moteurs. Quelques têtes aux oreilles casquées, déjà, se penchent vers le mystère à injection, le carburo suspense, le rébus à l'allumage. Mais, dans les walkmans à prise sur le vif, dans ces radios libres à informations de source sûre et de contrôle aléatoire, une rumeur s'inflitre, se répand, emplit l'écoute douce de chacun : c'est Daoudi qui est responsable de tout.

C'est pour ça que Daoudi, ce soir, rentre chez lui en pleurs. Mais sans reproches. Il ne dira rien à personne,

C'est inutile : chacun sait dans la cité, et tout d'abord au parking, que les grands de mécanique lui ont filé une dégelée. Pour lui apprendre à se plaindre. Au toubib ou à un autre, ils n'en ont rien à foutre.

Ce qui est visible dans tous les cas, c'est que Daoudi a un pull déchiré, la gueule noire et balafrée. Et surtout, un filet de sang a formé, sur chacune de ses joues, une croûte encore fraîche, sorti de ces oreilles dont la fragilité a causé tout le mal.

« Tu aimerais avoir des enfants, toi ?

– Cette question ! Bien sûr que j'aimerais avoir des enfants ! Peut-être pas une douzaine mais...

– Avec ce que tu vois autour de toi, tu as du courage ! »

Joëlle hausse les épaules.

Ce qu'elle voit autour d'elle lui montre une vérité : leur fils à eux sera un privilégié.

C'est une vérité qu'elle n'aime pas mais qu'elle accepte d'évidence parce que, chaque jour, elle côtoie la Z.U.P. : l'enfant d'une assistante sociale et d'un conseiller d'orientation est un privilégié.

Plus bas, elle ajoute, pour elle seule : l'enfant

d'un couple qui se fait lui-même, au choix, à l'épiderme, à la conversation, au rire, au lit, à table, à la vue d'ensemble et à la peau dure, est un privilégié.

Elle ne développe pas ses arguments. Aucun homme n'acceptant facilement la défaite, quand on veut la victoire de ses actes, on n'inflige pas à l'avance la victoire de ses paroles.

S'il y a encore une différence entre l'homme et la femme, elle est là tout entière : pendant que l'homme, parleur ancestral, a des victoires orales, son épousée, modeste et appliquée, se contente des succès de décision. L'un dit ce qu'il veut. L'autre fait comme elle l'entend. C'est la grande fête de la Liberté.

La mère Castano est venue au bahut, un matin vers onze heures. Elle n'était pas maquillée.

Elle avait l'air inquiet, douloureux, nerveux du premier jour. Un tic étrange faisait sautiller son œil. Mme Castano le sentait. De temps en temps, elle agrandissait les paupières, ayant la sensation, sans doute, de maîtriser le mobile turbulent.

« C'est grave. C'est très grave. Et puis ce n'est pas facile à dire. »

Lors de l'entrevue dans le bar montmartrois, le comptoir séparait à peine les deux femmes : Joëlle était sûre que le visage de Mme Castano n'était pas ainsi agité.

« Enfin, voilà... j'ai peur. »

A Montmartre, au contraire, elle était confiante, gentiment protectrice. Le maquillage n'y était pour rien. Quelle couche de fond de teint faudra-t-il pour masquer pareil tourment :

« Un jour, on me l'a ramenée entre deux

agents. Maintenant, j'ai toujours peur que ça recommence. Je suis une femme honnête, moi, vous comprenez ?

— Qu'est-ce qu'elle avait fait ? »

Tiens, parbleu, elle avait fauché ! Et ce n'était pas la première fois ! Dans la bande qu'elle fréquente, ils fauchent tous.

« C'était important ?

Mme Castano est au supplice :

« Des bonbons. »

Elle tord ses doigts. La modicité du délit aggrave sa réprobation : à coup sûr, cela ne valait pas le risque du déshonneur :

Une idée vient à Joëlle :

« Mais... c'était il y a combien de temps ?

— Il y a cinq ans. »

Mme Castano voit bien ce que pense Joëlle. C'est une idée qu'elle n'admet pas. Son père était ingénieur des Ponts et Chaussées. Jamais il n'accepta la moindre enveloppe sur les travaux qu'il commandait. Et pourtant, comme on dit, il n'aurait pas lancé la mode. Jamais, même, il ne toléra qu'un cantonnier vînt faire son jardin.

Joëlle ne peut que décerner un brevet de droiture à semblable incorruptible. D'un autre côté, on sait bien que tous les enfants du monde ont toujours fauché des confitures à leur grand-mère. Est-ce la faute des gamins d'aujourd'hui si les déracinements et les appartements de poche suppriment les grand-mères ? Est-ce leur faute si la rue et la grande surface sont leur univers comme, jadis, le pré ou le verger du voisin ? Il y a cinq ans, Eliane avait onze ans, dix peut-être, alors...

« Bon, je vous parle entre nous : la semaine dernière, j'ai trouvé des collants neufs dans son sac. Comment les avait-elle achetés ? »

Mme Castano ne donne pas d'argent à sa fille. D'abord parce qu'elle pense que ce serait un mauvais principe. Ensuite parce qu'elle ne peut pas lui en donner. Avec quoi ? Est-ce que vous trouvez que les affaires vont bien ?

« ... Il y a quinze jours, j'ai trouvé une bouteille de pastis dans sa chambre. Une bouteille neuve. Où l'avait-elle trouvée ? »

Oui, Mme Castano se tracasse pour Eliane. Elle se demande toujours où elle est. Ce qu'elle fait.

Ce qu'il faudrait, c'est qu'elle puisse la surveiller. Rester à la maison. Au moins la nuit. Mais comment voulez-vous ? Aujourd'hui, quand on a une place, on la garde, n'est-ce pas ?

Bien sûr, il y aurait une solution...

Joëlle la voyait venir :

« Vous voudriez vous séparer d'elle ? La mettre en pension ? »

Avec tout ce qu'elle avait entendu, ces griefs qui n'en étaient pas, ces plaintes exagérées, ces démarches et ces rétractations, ces inquiétudes puériles qui ressemblaient à des prétextes, Joëlle était sûre d'avoir mis dans le mille.

A sa grande surprise, Mme Castano protesta :

« Moi !... Oh ! Non ! Je ne veux pas la quitter ! »

C'était plus douloureux, plus agité, plus craintif encore que le malaise sans raison. On eût dit que le danger, soudain, s'était précisé devant Mme Castano. Elle ne pouvait plus le regarder. Ses paupières, qu'elle tentait vainement d'immobiliser, ne parvenaient plus à cacher son tic, à contenir ses nerfs.

Elle craqua.

Sa véhémence des traits et du langage s'affaissèrent d'un coup. Elle resta sans parler.

Puis elle murmura :

« Remarquez... si c'était pour son bien... »

Joëlle pensa : ou cette femme est une remarquable comédienne ou elle est complètement paumée.

Elle dit :

« Il y a de bons foyers...

– Je sais. J'ai été moi-même en pension jusqu'à dix-sept ans. Je suis d'une bonne famille, vous savez...

– Si vous voulez, je peux m'en occuper... »

Ce fut le même cri. Spontané :

« Non !... Oh ! non ! Je ne veux pas m'en séparer.

– Alors... quelle est votre solution ? »

Mme Castano passa sa main sur sa fatigue :

« Je ne sais pas... Je ne sais plus... Rien... Il faudrait que tout ça s'arrange... Dans tous les cas, vous êtes très gentille de m'écouter... ça ne doit pas être marrant pour vous non plus. »

Mme Castano ouvre son sac. Elle en tire une bouteille d'eau de toilette. Bonne griffe.

Joëlle refuse.

Mme Castano y tient. C'est un client du bar qui lui en apporte de temps en temps. Les femmes, c'est toujours sensible au parfum. Au revoir mademoiselle. Vous êtes très aimable.

Il y a, comme ça, des parents qui vous déroutent. Beaucoup de femmes seules qui ne savent plus où elles en sont. Ou qui, au contraire, se retrouvent parfaitement dans un labyrinthe qu'aménagèrent les Dédale de leur existence. Où nul Thésée ne se retrouverait :

« Je voudrais vous parler de Françoise... »

La mère explique :

« Françoise, c'est celle que j'ai eue avec mon premier mari. »

Joëlle jette un regard sur ses notes :

« C'est ça : c'est la sœur de Marielle. »

La dame rectifie :

« La demi-sœur.

– Ah ? Marielle, c'est avec votre deuxième mari ?

– Non. Avec le troisième. Avec mon deuxième mari, c'est Jean-Bernard que nous avons eu. »

Joëlle veut suivre. Elle a besoin de précisions. Elle considère ses papiers, ne trouve pas le prénom sur ses listes :

« Jean-Bernard, oui... mais... il n'est pas au lycée ?

– Non, Jean-Pierre est au lycée. »

La visiteuse aussi veut que tout soit clair :

« Jean-Pierre c'est avec mon troisième mari... Et aussi Gabriel. Mais Gabriel n'est pas à moi. »

Joëlle commence à perdre pied.

La maman le voit :

« Gabriel Ferrandié. Il est en deuxième année de mécanique. Lui, c'est seulement le fils de mon mari... de son second mariage. »

Cette fois, Joëlle se noie. Emportée par le courant à plusieurs lits.

Elle cherche à s'accrocher. A saisir une branche généalogique, un tronc commun, un radeau, quelque chose, pour repartir du bon pied :

« Bon. Mais alors aujourd'hui vous venez me parler de qui ? »

La visiteuse est formelle :

« De Françoise : la fille de mon premier mari. »

Bien que la vérité l'oblige, tout aussitôt, à apporter une intéressante précision :

« Je dis « sa fille » parce qu'il l'avait reconnue mais... »

La pénitente baisse les yeux :

« ... en fait, j'étais enceinte lorsque je l'ai rencontré ! »

Des aventures semblables, c'est la goguette dans la grisaille. Le sourire dans le fiasco. Comme les moteurs du père Touzin, l'homme fonctionne avec soupapes. La pression de l'infortune s'échappe en fumée de Gauloises, en pernifle à 45°, en poire qui se fend, en tire-bouchon qui se gondole. Sans ça, la culasse explose. Celle de l'homme et celle de la société. La risette c'est l'évite-cataclysme.

Ce n'est pas l'attribut éblouissant du juge.

Il a écouté Joëlle en habitué des concerts classiques. Pas de réactions pendant le morceau, pas même d'applaudissements à la fin des mouvements. Son visage ressemblait aux verres de ses lunettes. C'était la même expression. Les révoltes, la passion, les suppliques, la raison que la soliste croyait devoir emporter le succès se transformaient là en mémorables glissendos, en lamentos sans consistance, sans effet, sans rien.

Joëlle pensait : il ne m'écoute pas.

Le juge se disait : il n'y a pas comme le Français pour crier « Vive la liberté » d'une main — si j'ose dire — pendant que, de l'autre, il écrit au juge, au ministre, à la police, à la télévision pour demander d'ordonner... ou d'interdire.

Elle ajoutait : on se défonce pour les mômes, on leur trouve un bahut, un foyer, des bourses, des soutiens, on va voir les parents, on discute, on se fait jeter pendant que monsieur coince la bulle dans un bureau design et en plus, quand on vient au rapport, il plane comme Saint-Ex avec ses sacs postaux. Il s'en va sur la planète pour même pas en revenir comme l'a fait, par économie, la fusée Ariane.

Il murmurait : cette petite travaille bien. Elle a la foi. Elle veut agir dans l'intérêt de l'adolescente. Je ne peux que l'approuver. Mais elle ne se rend pas compte que, parce qu'il n'y a pas d'enseignement d'électronique à moins de deux heures de trajet du domicile de sa protégée, en d'autres termes parce que l'Etat est, ici, défaillant, elle demande à un juge, c'est-à-dire à l'Etat, d'arbitrer le débat, de s'introduire dans une sphère familiale pour aller contre le désir des parents. Cela est ancestral : quand ils se battaient en duel, nos pères croyaient dur comme lame que le doigt de Dieu désignait le vainqueur. Aujourd'hui, ils remplacent le doigt de Dieu par la main de l'Etat. Le fond est le même : ils aiment que la puissance organise la discipline. Pensant à part soi que, comme il en est pour les accidents de la route, la discipline n'est pas pour eux. Ils chantent en chœur « Vive la liberté » dont ils espèrent profiter et, en catimini, ils appellent le fouet que fera marcher le voisin.

Joëlle demanda :

« Vous m'écoutez, monsieur le juge ? »

Il la regarda :

« ... Et si le refus de ce père de se séparer de sa fille était dicté par une grande affection ? S'il agissait seulement dans le but de protéger son enfant contre tous les dangers de la cité ? »

Joëlle haussa les épaules, prête à lutter :

« Lui ? C'est une brute. »

Comme ça l'arrange ! pensa le juge.

Tranquillement, il laissa tomber :

« Ce n'est pas ce que dit sa fille : elle affirme n'avoir jamais été battue. »

Joëlle n'en revenait pas.

« Vous... avez vu Michèle ?

– J'entends toujours les enfants avant de prendre une décision, mademoiselle... C'est la moindre des choses. Non ? »

Ils se turent tous les deux. Elle, parce qu'elle n'osait pas demander quelle était la décision prise. Lui, parce qu'il revoyait, devant la banlieue en chantier, le petit visage de Michèle Reboul. Si heureux lorsqu'il lui avait annoncé qu'elle irait en électronique. Se fermant d'un coup lorsqu'il lui confiait qu'elle irait malgré le désir de son père. Dehors, les pelleteuses défonçaient la terre jaune. On la voyait s'effriter au-dessus de la benne profonde. Ici, le regard de Michèle se fermait sur une tristesse inoubliable. Toute la physionomie se bloquait sur un obstacle insurmontable, insupportable. C'était comme si la jeunesse fuyait cette adolescence éprouvée. Comme si elle abandonnait le bureau trop lumineux pour rejoindre la Z.U.P. qu'elle ne devait pas quitter, la caravane salingre où, une fois pour toutes, une grue malfaisante l'avait déposée.

Ce que le juge revoyait en ce moment sur le visage de Michèle Reboul, c'était la peur. Celle que lui inspirait son père. Et celle qu'il avait provoquée lui-même en échancrant soudainement le col de la fille. En gueulant : « Qu'est-ce que c'est que ça ? », le doigt sur une plaie dont l'origine ne faisait, pour lui, aucun doute.

Michèle alors s'était écroulée.

Il se tourna vers Joëlle :

« Vous pouvez lui chercher un foyer.

— Je l'ai, monsieur le juge.
— Bien, je m'occupe du reste. »

Le reste c'était la régularisation administrative. Il n'y avait pas que ça.

Lorsque Joëlle fut sortie, le juge resta longtemps devant ce monde à terre ouverte qu'on bâtissait sous ses yeux.

Il pensa à cette campagne ancienne que les hommes avaient détruite pour bétonner des dortoirs gigognes, des parkings réveille-matin, des écoles sous avions, des fenêtres sur autoroutes, des hôpitaux sur voie ferrée, avant de penser qu'il faudrait peut-être, entre ces Fleury gigantesques, ces Fresnes au quotidien, prévoir un lexique nouveau à base de chlorophylle et d'agriculture biologique pour écrire la légende d'une carte perforée d'espaces verts et de journées de l'arbre. Hier détruisant le hameau pour en faire une ville, ils veulent aujourd'hui des villes qui rappellent le village, avec des places publiques baptisées *agora* pour montrer que l'ancien ne suffit plus et que, comme sous Napoléon, on revient à l'antique.

Il pensa à Michèle Reboul, issue de caravane fixe et de père au point mort qui, pour rejoindre la voie du travail-vocation, doit plus compter sur une société en mouvement que sur une famille arrêtée aux plus anciennes lois du despotisme. Ce n'était pas la première fois qu'il se disait cela : les humbles, qui souffrent toutes les injustices, souffrent encore celles qu'ils perpétuent eux-mêmes en respectant, les derniers, des morales et des traditions venues d'un autre temps.

Il pensait à ce siècle qui, bientôt, parlera du tour du monde comme de la promenade du dimanche et qui, plus que jamais, laisse les mêmes à la même place, leur déniant même le droit de choisir celle qui les fera vivre.

Il avait dit à l'assistante qu'en allant à l'encontre du vœu des parents, il s'exposait à leurs poursuites : mieux que quiconque pourtant, il savait que les familles désarmées devant l'éducation d'un enfant sont plus désarmées encore devant la justice qui la leur retire.

Mais, dans le cas présent, il voyait très bien que Marcel Reboul ne pouvait pas désarmer. Contrairement à ce qu'on peut croire, le succès n'est pas seul à renforcer les orgueils. Marcel Reboul avait nourri le sien de tous ses échecs. C'est ce qui, loin de faire de lui un battu, lui avait donné cette force étonnante, cet absolutisme coléreux de l'homme déchiré qui, puisque l'existence lui donne tort, n'a plus, pour survivre, que l'issue de gueuler qu'il a raison. Sur tout, sur tous.

Le juge pensait à Joëlle : il se demandait pendant combien de temps on peut, ainsi, faire des métiers de dévouement.

Joëlle se posait la question parfois. Pas souvent. Il fallait vraiment qu'elle galère à fond, qu'elle ait le mental à zéro, que Lionel soit injuste, que l'administration se répande comme c'est pas possible sur son bureau, sur son chemin.

Quand elle avait la pêche, elle ne pouvait pas penser que son métier la lasserait un jour, car le cas pathétique, l'affaire écœurante, la démarche cent fois stérile qui en faisaient ramer d'autres, étaient précisément ce qui, plus loin, plus fort, la faisait repartir.

Ce matin, elle s'éclatait.

Elle avait annoncé la bonne nouvelle à Michèle et la petite avait eu beau se recroqueviller encore un coup, on comprenait bien que, cette fois, c'était pour la forme. La dernière parade. Le recul devant la fortune : il y a une différence très grande entre le moment où on la refuse de loin et le moment où on la voit de près. Où elle s'offre à vous. Impure peut-être, mais à portée de la main.

Pour compléter le nirvana, Lionel était arrivé pour bouffer au restau. Il s'était arrangé par téléphone avec le père Guinard pour avoir deux places. C'était dans son caractère de gentillesse alternative. Il avait l'écorce rude tempérée par le geste doux. L'invention tendre venait souvent en excuse muette.

M. Guinard avait fait installer la deux-couverts, celle qu'il consentait parfois à ajouter au service. Pour faire plaisir aux clients. Pour habituer les élèves aux impondérables de l'hôtellerie. On la glissait dans un coin où il était nécessaire de l'équiper d'une lampe. Manger face à face, bon et au choix, mains sous abat-jour et genoux sous la nappe, est toujours une petite fête d'amour.

Joëlle et Lionel s'y adonnèrent avec cette discrétion qui double le plaisir. Qui vous fait complices et en voyage, deux parmi les autres et déjà seuls.

« Bonjour, monsieur l'orientateur. C'est gentil de venir nous voir, monsieur l'orientateur. »

Béatrice était passée, tout sourire dehors, corsage cloqué et jupe balançoire, épanouie de surprendre Lionel en situation tendre.

« Tu la connais ? demanda Joëlle.

– Elle est venue me voir au bureau. Je t'en ai parlé.

– Je ne me rappelle pas. »

M. Guinard leur servit un kir. Il y tenait.

A la table voisine, Béatrice exposait :

« Entrecôte à la bordelaise ou ris de veau sur canapé. »

Elle se tourna vers Lionel avec une bonne humeur ravissante :

« Vous devez aimer les canapés, monsieur l'orientateur ? »

Joëlle montra une surprise à voix basse :

« Mais... elle te fait du rentre-dedans ! »

Lionel répondit que la terrine aux noix était superbe.

Béatrice allait de table en table, maître d'hôtel d'un jour, son carnet de commande à la main, sourire d'une innocence rare, malice au second degré, sachant, lorsqu'on regardait ses yeux, que d'autres la voyaient de dos...

Elle accueillait un couple à la quarantaine pépère, venu là sur recommandation téléphonée par l'adjoint au maire :

« Par ici, messieurs, dames : nous vous avons réservé la meilleure table. »

M. Guinard fonça sur elle comme l'impôt sur le littérateur. Il avait acquis dans sa pratique de professeur l'art discret des apartés, une manière inimitable de saluer la clientèle pendant que, bouche en coin, il engueulait son élève :

« Quand tu dis à un client que tu lui as réservé la meilleure table, ce n'est pas la peine de crier comme un putois : tu vas couper l'appétit aux autres ! »

Un sourire aux arrivants ponctuait immanquablement ce reproche et, dans cette attitude qui réalisait l'alliance si rare du commerce et de la dignité, il faisait forcément penser à un personnage de Feydeau, à un chef de rang sorti de la Belle Epoque.

Joëlle et Lionel choisirent le soufflé.

Béatrice observa qu'il faudrait attendre un peu.

Elle planta ses yeux dans les yeux de Lionel :

« Ce n'est pas mal d'attendre!... Il y en a qui aiment ça... Pas vrai, monsieur l'orientateur? »

Elle n'attendit pas la réponse. Hôtelière efficace, bien pourvue en enjouement, déjà elle était à l'office où elle commandait le soufflé.

Joëlle commença à faire la tête.

Lionel observa que c'était bien mal le récompenser de sa venue.

Joëlle fit remarquer qu'elle ne faisait pas la tête parce qu'il était venu mais parce qu'elle se sentait de trop.

Lionel maintint son point de vue : s'il n'était pas venu – croyant faire plaisir – rien de tout cela ne serait arrivé.

Ils continuèrent ainsi à parler et à éteindre la lampe, à la rallumer et à déplacer les couteaux, à confectionner des boulettes de pain en inventant des arguments puérils qui, dans le jeu des amants, font de la mauvaise foi un éternel atout.

Elle arriva à Lavoisier avec son dossier complet et son énervement à fleur de peau.

Ça n'était plus l'attitude de Lionel qui était en cause. Ni même celle de la fille trop heureuse de s'amuser à peu de frais. Ce qui agaçait Joëlle, c'était sa propre attitude, c'était d'être montée sur ses grands chevaux. Pour un manège qui n'en méritait pas tant. Le propos de M. le proviseur la ramena sur terre :

« Malheureusement, mademoiselle, on n'entre pas en électronique dans un L.E.P. comme dans un moulin.

– Monsieur le proviseur, vous m'avez dit vous-même...

– Je vous ai dit effectivement que je pouvais prendre Mlle Reboul dans mon établissement mais... c'était il y a deux mois... Un mois après la rentrée, en travaillant sérieusement, elle pouvait rattraper. Aujourd'hui, c'est exclu. »

Joëlle était désemparée.

Elle plaida les difficultés familiales, l'enfant intéressante, intéressée, studieuse...

« Raison de plus pour ne pas la faire entrer en cours d'année dans des études qu'elle ne suivra pas et qui la rebuteront. »

Le protal qui – il se plaisait à le répéter – avait, pour sa consœur Mme Chaumeil, beaucoup d'estime, était, à la fois, ferme et compréhensif :

« Vous savez, mademoiselle, rien n'est perdu : qu'elle revienne l'an prochain. Sous réserve qu'elle soit toujours au niveau en math, je me ferai un devoir de l'inscrire en premier. »

Joëlle ne voulait pas s'avouer battue.

Elle cria à l'injustice.

Le protal se fit pète-sec : en acceptant en cours d'année une élève retardataire, il exposait tout le monde, y compris les professeurs et les autres élèves, à de graves déboires. Il n'était pas dans ses habitudes de perturber lui-même la bonne marche de son établissement.

Il conclut :

« Je regrette, mademoiselle : vous avez trop tardé ! »

Il était trois heures et demie quand elle sortit.

Il lui fallait une heure et demie pour revenir à Gustave-Courbet : ça ne valait pas la peine.

Elle avait besoin d'acheter un cadeau pour son neveu. Elle trouverait ça rue des Pyrénées. Sinon, elle irait jusqu'au boulevard.

Au bout de la rue Bellegrand, il y avait un cinéma. Trois salles. Elle décida de se changer les idées.

Elle entra au hasard. On jouait *Kramer contre Kramer*. Elle n'avait pas besoin de ça. Ce père qui se battait pour conserver son enfant faisait, dans l'ombre, tortiller les mouchoirs. Ce qui provoquait les pleurs des cartes vermeilles trouva chez elle de profonds sanglots. Ce n'était pas une bonne journée.

Pour Daoudi non plus.

Jean-Luc avait appris l'histoire du casque, la dégelée qu'il avait reçue des grands de la mécanique. A titre de shérif, il s'offrait à le protéger. Il avait avec lui des gros-bras, des leaders de la Seine-Saint-Denis. Pour un paquet de taffes par jour, on assurerait sa protection.

Daoudi ne voyait pas comment il offrirait des clopes quotidiennes, lui à qui ses parents ne donnaient jamais un sou.

Il s'était ouvert de l'affaire à Eliane. Parce qu'elle était teigneuse et que, plusieurs fois, elle l'avait aidé quand les autres l'appelaient crouille ou bougnoule.

Eliane avait dit à Jean-Luc de laisser Daoudi

tranquille. Le shérif avait répondu que le monde allait bien quand chacun s'occupait de ses fesses.

Parce que c'est vrai qu'Eliane était teigneuse, elle avait insisté. Alors, sans prévenir, Jean-Luc lui avait balancé l'une de ces baffes qui ne vous laissent pas indifférent.

Michèle, qui passait par là dans la joie d'aller en électronique, s'était jetée dans le chamaillis avec la générosité des nouveaux élus. Elle avait demandé à Jean-Luc s'il était pas un peu gogol. Jean-Luc, en tant que shérif, lui avait demandé si elle en voulait autant.

Alors avait commencé une bagarre plutôt verbale où les filles prétendaient qu'un gars qui tape les femmes est lui-même une gonzesse, où Jean-Luc se disait dégoûté de voir des pépés qui se respectent pas se mettre dans le camp des Reubeus.

Si, dans les périodes difficiles, le racisme est en cours c'est qu'il permet de se procurer des coupables à bon marché.

Une heure plus tard, sur le parking, Jean-Luc coinçait Daoudi.

Il ne lui voulait pas de mal. Au contraire, il était prêt à l'aider. S'il n'avait pas d'argent pour payer les clopes, il pouvait lui en procurer. Tu sais la cabine qui est au coin de la rue Edouard-Vaillant ? Le samedi, t'as toutes les mémères qui appellent de là et les Toss font la queue pour appeler leurs cousins.

« En la désossant un samedi soir, on ramassera un max. »

Daoudi tremblait. Il dit que son père allait être naturalisé, qu'il attendait depuis longtemps et que, lui, Daoudi, il voulait pas se trouver dans des histoires qui feraient du tort à son vieux.

Jean-Luc rigola. L'histoire qu'on naturalise les ratons, il la connaît depuis longtemps : des ratons, la France en veut pas, voilà la vérité. Alors la naturalisation c'est un truc des flics qui jouent les miroitiers pour que, avant tout, les crouilles et les autres se tiennent peinards. Et lui, pauvre macroute à la noix, il marche dans la combine.

Daoudi s'affermit un peu : naturalisation ou pas, son père a un permis de travail, ou une carte de séjour, enfin des papiers fragiles qui s'envolent à la première occase et vous raccompagnent à la frontière.

Jean-Luc commençait à s'énerver : après tout, si tu tiens à dérouiller, mon pote, ça te regarde. La seule chose, c'est que les gars de la Seine-Saint-Denis, maintenant ils sont branchés et c'est pas des mecs qu'on dérange pour rien. Alors si tu veux pas qu'il t'arrive des bricoles, tu me balances trois paquets pour demain. Avec ça et deux paquets pour ma commission, j'arrangerai l'affaire.

En shérif important qui a réglé un problème, Jean-Luc était revenu dans la bagnole. C'était son rêve sur cales. Assis à la place du conducteur, que lui seul avait le droit d'occuper, il caressait le volant comme un rêve d'avenir. Il l'empoignait comme une réalité brutale. Il s'accrochait à lui comme on s'accroche à une promesse. Les yeux fixés sur les yeux des H.L.M., sur la flaque éternelle de la rue Martin-Luther-King, il posait droit devant lui des phares imaginaires, des questions d'existence. Il passait la rue Foch, l'avenue de Verdun. Il allait à Deauville sans savoir où ça se trouve, arrivait au Havre parce qu'il y a des bateaux. Il traversait le Sahara, l'Egypte, les pays de pétrole, de diamants. Il allait dans le sable, les pays clairs de la télé. Sans jamais s'arrêter dans les hôtels à palmiers, les piscines maniérées, les boîtes à la con où les gens sont en smok et les filles en perlouses. Il allait seulement dans sa Landrover inépuisable, qui faisait le tour du monde en suivant les pistes montagneuses, les chemins libres de l'Arizona, du Far West, du pôle Nord où l'on va sur la glace et où on caresse les chiens. Quand il arrêtait dans un grincement de nerfs, il était arc-bouté sur son siège, transpirant, les jambes raidies, la pédale de droite enfoncée jusqu'au fond, dépassant le plancher peut-être, les bras forts pour ne pas que sa gueule s'abatte sur le volant : tous ces gens qui traversent devant vous en clients de l'Euro ou en cocus qui ramènent leur paie à la maison, on a beau les mépriser parce qu'ils vous reconduisent dans la cité, on ne peut pas les écraser pour autant.

Corinne sait qu'on est arrivé.

Elle est seule sur le siège arrière.

« Jean-Luc... t'as bien fait de cogner Eliane. »

Un dernier regard posé sur la pampa, Jean-Luc murmure :

« Je croyais que t'étais sa copine.

– Je la réveille le matin. C'est tout. »

Avec sa figure pensive de papier mâché, sa voix qui s'harmonise dans la faiblesse chronique, elle ajoute :

« Avant j'étais sa copine.

– Avant quoi ? »

C'est précis, la rancune. Même chez les anémiques :

« Avant que tu sortes avec elle. »

Jean-Luc soulève les épaules : il est sorti juste

un soir avec Eliane. « C'est un soir de trop, dit Corinne.

– C'est une tarte, elle veut rien faire. »

Ça rassure pas la chétive.

Elle reste un moment sans parler. Pas trop longtemps pour que Jean-Luc s'embarque pas encore pour Katmandou, pour Djibouti, pour tous ces pays à la gomme d'Arabie. Ou simplement pour qu'il descende pas de la bagnole, qu'il se tire pas en disant : « Je vais au tabac. » Ou en disant rien du tout.

C'est elle qui, maintenant, a les yeux sur Katmandou. Sur La Mecque. Dans tous les cas sur un truc qu'elle a vu et que, depuis, elle retourne dans sa tête :

« Jean-Luc... Si je veux... du fric, je peux t'en trouver. »

Il ne bronche pas. Il tire sur sa clope.

« Comment ça ? »

Il a beau ne pas le montrer, elle sait qu'elle accède à l'intéressante.

« Je peux en avoir. T'as qu'à me dire. »

Alors, il se tourne vers elle avec des yeux nouveaux. Qui ne rêvent plus. Qui ne brutalisent plus. Des yeux de récompense.

Comme il sait si bien le faire, avec son doigt affectueux, il caresse le visage de la môme courageuse :

« T'es chouette. Je savais qu'un jour tu serais chouette. »

Elle se laisse caresser.

Il la regarde pleurer.

IV

Comme les autres jours, Jeanjean a dit :

« Les filles, il va être l'heure. Remettez les têtes à leur place. Rangez les figurines. Nettoyez vos glaces. »

Les filles font ça avec plaisir. Parce que ça fait partie du métier et surtout parce que c'est la fin de la journée. En frottant la glace devant laquelle elles ont travaillé, elles en profitent pour jeter un coup d'œil. Certaines vermillonnent leurs lèvres. Quelques-unes par routine. D'autres pour dire. Pour rigoler. La plupart se contentent du coup de peigne.

Yoyo reste pour balayer.

Les femmes de service passeront après elles mais Jeanjean tient à ce que les filles prennent des habitudes. Plus tard, toutes n'auront pas une boniche, pas même une apprentie pour ramasser les cheveux. Même si elles en ont une, il faut qu'elles aiment la propreté du salon. Qu'elles aiment vivre dans sa coquetterie. Ça aussi ça fait partie du métier.

Ça fait partie de la mère Jeantet. Son môme a dix ans. Le mercredi, il joue au foot avec ses copains. Un vrai club. Avant le match, l'entraîneur leur fait tracer le terrain, à la chaux. Il y a des parents qui ont protesté. Il paraît que ce n'est pas pour ça qu'ils envoient leur gamin sur le stade. Pour faire équilibre, la mère Jeantet est allée féliciter le moniteur. Elle a même dit que si son môme tirait un peu au flanc, elle aimerait qu'on la prévienne. Elle n'a que trente ans. Elle dit que ce n'est pas une histoire de génération.

Chaque soir, elles sont deux qui restent. A tour de rôle.

La deuxième, c'est Michèle.

A voir ses yeux tellement bouffis qu'ils doivent lui servir de loupes, Yoyo a compris qu'elle devrait ce soir manier le balai pour deux. Elle n'en éprouve pas de grande contrariété : le chagrin, ça se respecte.

« J'aurais pas dû y croire », murmure Michèle dans son amertume du désespoir.

Yoyo arrête son balai. Elle ne sait pas si elle doit faire les deux parts du boulot pour vite partir avec la copine, la soutenir, l'égayer ou si elle doit lui parler tout de suite.

Michèle est lugubre :

« Je m'y voyais dans l'électronique : tu te rends pas compte. »

Ça c'est vrai, pense Yoyo figée sur son nettoiement. L'électronique, elle imagine ça avec des lumières qui s'allument partout, des touches qu'il faut choisir sans jamais se tromper et, surtout, des chiffres qui font la java tout autour de vous. Si on lui disait qu'on l'embarque là-dedans, c'est pour le coup qu'elle serait pas jouasse.

Elle s'approche de l'éprouvée :

« Tu connais Didier ? Un moment, il voulait pas sortir avec moi. Alors, je parlais comme toi. Je disais : « Tout m'est égal. La vie vaut pas d'être

« vécue. » Eh bien, maintenant je sors avec Thomas ! Et j'ai oublié tout ce que j'ai pu souffrir. Et même, quand je peux pas sortir avec Thomas, des fois je sors avec Didier. Et ça me fait plus rien. Pendant qu'il m'embrasse, je pense : « Dire que « c'est pour ce type que j'ai tant chialé ! »

A constater le désespoir persistant de sa copine, Yoyo se rend compte que le cas, peut-être, n'est pas tout à fait le même. Dans la consolation, c'est bien rare qu'on trouve le mot juste. C'est seulement pour dire qu'il faut pas désespérer. D'autant que quand on dit « T'iras l'année prochaine, en électronique », ça veut dire que c'est en septembre : il n'y a que six mois à attendre.

Michèle se déchaîne :

« Tu sais ce que c'est six mois à prendre des baffes ? Pour un oui, pour un non, pour une minute de retard, pour des nouilles trop cuites, tu sais ce que c'est : recevoir une tarte comme si on avait huit ans ? Et devant les voisins, devant les copains, devant n'importe qui... Tiens ! Regarde si je te mens ! »

En tirant sur son sweatshirt pour montrer les plaies qui n'ont pas été faites à main nue, Michèle pense : je suis folle, je montre ce que je voulais cacher, je dis ce que je ne voulais pas dire, je fabrique des témoins de ce que je tenais secret. Je suis folle : je vais contre mon père.

Comme si elle voulait aller plus loin encore vers l'irréversible, elle se met à crier :

« Oui, je sais ce que tu penses : j'ai menti à l'A.S., j'ai menti à la protal, au juge, je mentais à tout le monde quand je disais qu'il ne me tapait pas, mais maintenant, je me fous de tout. Tu peux le répéter si tu veux, on peut faire ce qu'on veut, je m'en fous ! Je m'en fous ! Je m'en fous ! »

Elle est tombée sur le large fauteuil des clients, la tête dans ses mains pour ne plus se voir. Pour ne plus rien voir. De la coiffure. De la vie. De tout. Qui la dégoûte, l'écœure, la fait pleurer.

Yoyo pose sa main sur les épaules de Michèle. Elle sait bien qu'on ne peut pas contenir les sanglots. Elle sait bien que la douleur, faut que ça s'exprime. Ce qu'elle voudrait seulement, c'est atténuer le désastre. Elle lève un peu les cheveux sans soins. Avec son âme de bonne pomme et ses quinze années de coiffure familiale, elle murmure :

« Tu sais pas ? Je vais te faire des papillotes ! »

Parfois, Lionel dit :

« Tous les gosses ont des rêves magnifiques. Tu ne les réaliseras pas tous. »

Joëlle le sait mieux que personne : les rêves magnifiques vont, ici, en sens interdit. Il se trouvera toujours un gardien de la paix des autres pour leur briser la tête avant de les remettre dans le droit chemin des voies sans issue.

Elle sait aussi que, venue la vigueur adolescente, les rêves magnifiques se remplacent par des gestes imbéciles. A triangle jaune : attention danger. La société croit le danger pour ceux qui le subissent. Il est plus grand pour ceux qui le provoquent. Et qui ainsi se détruisent. Sans jamais détruire la société. Ils n'en ont pas l'intention d'ailleurs. Ni la force. Ils ont seulement pour les soutenir la conviction qu'on leur a donnée. Celle de l'inutilité.

Lorsqu'elle parle de cela avec ses parents,

Joëlle s'asticote un peu. Avec son père qui a des idées arrêtées, des définitions précises, des responsabilités bien établies du côté de la banque et de ceux qui la servent. Avec sa mère qui ne ferait pas de mal à une mouche et qui se proclame adepte du « œil pour œil » tellement elle a peur qu'un soir, dans la rue, on lui crève les siens, on lui casse une dent, on lui prenne son sac. Joëlle lui en veut de cet horizon rétréci par la trouille. De sa justice-cimetière. Où tomberont les mêmes. Ensevelis dès l'enfance dans la fosse commune des perdus d'avance.

L'autre jour, dans le métro, les sièges en skaï étaient tous recouverts de calligraphie stylo feutre, style équation : x= ss, sperme = spasme, nucléaire = fin du monde. Il y avait un vieux qui s'indignait à juste titre qu'on abîme le matériel de la R.A.T.P. qui était aussi l'endroit où il allait poser son cul. Il a gueulé que ça allait faire augmenter le prix de la carte orange et comme il s'est vu, dans ce sombre avenir, soutenu par les générations moyennes de métromanes, il a dit tout d'un coup que les coupables, lui, il les alignerait contre un mur et pan, pan, pan, sans procès il leur tirerait dedans.

Dans ces moments, Joëlle panique. Elle se voit seule. Vaincue par les grands sur lesquels elle n'a jamais compté et par ce talion aux fleurs de populo. Elle pense : heureusement qu'on leur a sorti des mains la lame à Guillotin. Sans ça, ils allaient hacher tout le monde. Pour un oui, pour un non. Pour pas qu'on les confonde. Eux : ceux qui s'en sortent. Par le travail, bien sûr. L'honnêteté reconnue. Quelquefois la carambouille subreptice. Et qui, jarret mou et glotte trembleuse, crient « A mort ! » avec les loups. Sans savoir que la graine de violence est, en chaque homme, la règle et non pas l'exception. L'injustice travaille son champ. L'injure la fortifie. La misère lui donne la force des herbes sauvages qui, ne voulant pas mourir étouffées, se ravigotent en chardons, en ronces, en orties, en ciguë, en plantes carnivores qui envahissent le jardin et bientôt la maison. Vous pouvez, bien sûr, couper ces tiges folles. Mieux vaudrait, pour le calme de votre âme et la quiétude de votre société, que la graine mauvaise ne trouve pas d'engrais. Greffée dès son jeune âge sur la fleur parfumée, l'églantine devenant rose thé, le coucou par la culture se faisant primevère. Dans ce monde où, dès le berceau, les uns sont sacrés fils de Rodin, laissez, pour le moins, à ceux qui doivent mettre la main à la pâte le choix de leur pétrin. Les poètes deviendront jardiniers.

Joëlle en était là de ses réflexions horticoles lorsque la porte s'ouvrit sous la poussée de la colère :

« Alors, comme ça ma fille va plus en électronique ? »

Le Gros Marcel était entré dans le bureau ventre en avant, traits menaçants, muscles épouvantables. Il avançait vers la table de l'assistante qui commençait à s'inquiéter.

Dans ces moments-là, on donne volontiers dans les mondanités :

« Asseyez-vous, je vous en prie. Fermez la porte »

L'hirsute se mit à gueuler à l'intention du couloir, des classes, à l'intention de tout le bahut :

« J'ai rien à cacher, moi ! Je vous demande si ma fille va en électronique ?

– Ben... non... je suis désolée... »

Comme s'il n'attendait que ce mot pour enflammer sa mine, il explosa :

« Désolée ! Vous me faites marrer ! Parce que moi, je vous demandais rien, on est bien d'accord ? Bon. Vous venez chez moi, vous me dites : « Votre fille, faut qu'elle entre en électronique. » Je vous dis : « Allons-y ! » Et maintenant qu'on a pris toutes les dispositions, crac ! ça va plus ! Non, mais vous vous foutez des gens ! »

Joëlle a envie de crier aussi. Chacun son tour. Beugler à la face de ce père qui a joué le serre-frein pendant deux mois qu'il pourrait avoir la pudeur de se taire au moment où le train s'embarque sur une voie de garage ! Pour la première fois de sa jeune carrière, elle a envie d'insulter quelqu'un : dire à Marcel Reboul qu'il est un gros porc et qu'elle le prie de sortir ! Les conseils que, à l'école d'assistantes, lui donnaient Mme Fontaine lui reviennent en mémoire. Le buste large, les bras épais de Marcel Reboul s'accrochent à son regard.

C'est elle qui, maintenant, a la glotte incertaine. Elle murmure :

« Votre fille ira dans un L.E.P. à la prochaine rentrée. »

Alors, comme dans un zoom de la meilleure télé, comme sur un ring à la Cassius Clay, comme dans un Charles Bronson pour déménagements rapides, en un éclair elle voit le gros poing du père Reboul partir dans sa direction. Elle croit que son nez va éclater mais, heureusement, le poing se rattrape dans un clac sonore, main sur le biceps, formant le plus rude bras d'honneur qu'elle ait jamais vu :

« A la prochaine rentrée ? Comme ça à la prochaine rentrée ! »

Ce que Mlle l'assistante oublie c'est que Michèle Reboul va avoir seize ans, vous comprenez ? Et à seize ans, on n'est pas obligé d'aller à l'école, vous saisissez ? C'est tout ce qu'il avait à dire le père Reboul. Ciao.

Il pivote avec un air de matador solide et rondouillard.

Plus encore que tout à l'heure, Joëlle a envie de s'érailler la gorge dans une engueulade hystérique. A quoi bon ? Le matador est sorti. Et même : il serait capable de revenir !

Du couloir, on entend la voix lassée de Mlle Bridge :

« Momond, travaille ! »

Momond répond :

« Mais c'est qu'est-ce que je fais ! »

Mlle Bridge rectifie :

« C'est CE que je fais. »

Momond est véhément :

« Mais c'est qu'est-ce que je dis ! »

Le soupir de Mlle Bridge franchit les cloisons :

« Tu diras à ta mère de venir me voir. »

Momond acquiesce.

Depuis que la Belote a annoncé qu'on allait faire une virée au Louvre, il ne pense qu'à une chose : il va prendre le métro.

Yoyo s'est éclipsée du cours de technologie. Qu'un centimètre carré de peau contienne quinze glandes sébacées, elle veut bien le croire. Qu'il y ait aussi quatre mètres de nerfs, c'est peut-être vrai, mais ça la fait marrer.

Elle se regarde dans la glace des toilettes.

Un centimètre carré de peau, ça n'est pas grand

du tout. Avec ses doigts, elle trace un petit carré sur la joue. Là-dedans, il y a encore cent glandes sudoripares.

Elle n'a pas besoin de se presser puisqu'elle sait la leçon.

Une idée la requinque : pour trois mille points de sensations, la peau a deux cents points de douleur. Ça veut dire qu'on a des sensations quinze fois plus souvent qu'on souffre : c'est plutôt encourageant.

Ça lui donne l'idée d'aller voir Thomas au cours de chargement.

Elle n'aura qu'à passer à quatre pattes devant les fenêtres de Jeanjean.

Le quai est au bout du bahut. Dans un hangar sous lequel on a fixé des culs de camions. Sans cabine. Sans roue. Inébranlables. Les élèves ont des cartons, des caisses vides à leur disposition. Ils posent des étiquettes dessus avec un rouleau éponge. De temps en temps, il y en a un qui montre son travail au prof en demandant :

« Ça va comme ça, monsieur ? »

M. Soubise considère le collage et répond :

« Ça va, Raymond. »

Ou :

« Ça va, Rico. »

A côté, une équipe monte les paquets dans le camion fantôme, en regardant bien les étiquettes, les destinations. Il s'agit de bien mettre au fond ceux qu'on doit décharger en dernier. De placer les plus lourds sous les plus légers. Comme ils ont tous le même poids puisqu'on travaille avec des cartons vides, sur certains d'entre eux. M. Soubise a écrit : lourd. Il y a encore les fragiles qui ont une grosse étiquette et qui, bien qu'ils soient vides aussi, doivent être passés de main en main avec les plus grandes précautions. Lorsque le prof tourne le dos, on y fout des grands coups de pied dedans. Il y a toujours un guignol qui crie :

« Attention, tu vas casser les œufs ! »

Yoyo dit :

« Dimanche, on pourrait aller au cinoche à Paris. »

Thomas rougit. Hier soir, il a raccompagné Yoyo après le bahut. Ils se sont filé un patin. C'était la première fois. Ils ne sont jamais sortis ensemble. Aller au cinoche avec elle, ça serait vachement sympa.

Il se tortille :

« Dimanche, je suis pas libre. »

Yoyo, c'est pas l'angoisse coagulée :

« Ah ! bon, j'irai avec une copine. »

C'est Thomas qui commence à baliser. La copine, ça peut être un copain. Et puis quand même... si on pouvait aller se balader tous les deux...

« Puisque t'es pas libre...

– Je pourrais me libérer...

– Alors, on peut aller au cinoche ! »

Les élèves chargeurs ont aussi trois frigos et une machine à laver.

Le père Soubise explique à Mourad comment on fait glisser cette bimbeloterie sur le diable. Mourad fait répéter en se disant que pendant ce temps il coince un peu la bulle. En matière d'énergie, il n'y a pas de petites économies. C'est le gouvernement qui le dit.

Le père Soubise relève la tête. Il aperçoit Yoyo avec Thomas derrière le pilier. Il n'a que trente-cinq ans, Soubise. Il ne veut pas avoir l'air arriéré, mais tout de même, ils sont gonflés les bleus aujourd'hui. Lui, de son temps, il n'aurait jamais osé se tirer du cours pour aller patrouiller dans les corsages.

Thomas estime que, pour voir du cinoche, on n'est pas obligé de cavaler à Paris.

Yoyo est une experte : à Paris, c'est le pied. Ici, on voit que des masques.

Thomas est au supplice :

« Faut prendre le R.E.R. : c'est déjà dix balles.

— T'as pas de fric ? Je peux t'en passer. »

Ça, Thomas ne veut pas.

« Tu me rembourseras après.

— Non. Non. »

Il est ferme et définitif.

Une voix parvient du quai :

« Dis, Thomas, tu viens au bahut pour draguer ou pour apprendre un métier ? »

Yoyo se tire sans gêne encombrante. A l'aise dans ses baskets. Elle n'a plus qu'à repasser à quatre pattes sous les fenêtres de Jeanjean.

Thomas explique au prof qu'il est en deuxième année de chargement : maintenant il sait s'y prendre.

Soubise lève les bras au ciel : ils sont tous les mêmes. Ils croient savoir avant d'avoir appris.

Pour bien montrer à Thomas qu'il n'a pas encore acquis la manière, il lui dit de prendre avec lui trois copains et de charger le buffet terreur, celui qui, dès qu'on le touche, perd une porte, une planche, une poignée. On dirait un gag des Marx Brothers. Ou de Woody Allen.

« Et dépêche-toi, dit Soubise. Ça va être la récré. Il faut que le camion soit chargé pour la classe suivante. »

La classe suivante, ce sont les premières années. Ils doivent décharger le camion. En s'appliquant. Sinon, après, on ne retrouve plus les paquets.

La sonnerie libère les plus pressés. Ceux qu'on soupçonne d'attendre derrière la porte, prêts à bondir, arrivant dans la cour avant que le dring-dring ait pris fin. Peut-être avant qu'il ait commencé.

L'histoire de Dulong part de l'hôtellerie pour faire du bouche à oreille. Tout le monde se marre.

Il est puceau, Dulong. C'est pas qu'il soit le seul du bahut mais, avec ses lunettes fortifiées, sa compréhension à petite vitesse, son mètre quatre-vingts toujours penché sur les hors-d'œuvre, il a tout pour le rester.

Cet aprèm, il classait les bordeaux dans les casiers en déchiffrant la carte des vins. Pas celle qu'on tend aux clients. La carte de France qui est pendue au mur avec, dessus, le nom des terroirs. Sur laquelle, soit dit en passant, des êtres sans défense apprennent que les margaux et les pauillac ne sont pas des médoc mais des margaux et des pauillac.

Passons.

« Dudule, j'en ai ou j'en ai pas ? »

Il savait que c'était Béatrice.

Il se retourna.

Elle était devant lui. Avec ce tablier qu'on met pour bosser à la cuisine, après le service. Ou avant.

Elle avait l'air de travers, les yeux superbes et le front penché, la bouche ouverte comme autrefois Marilyn :

« Un soutien-gorge... j'en ai un ou j'en ai pas ? »

Dudule qui, on le sait, était un garçon méticuleux, ne se serait pas aventuré à donner une réponse au hasard :

« J'sais pas moi. »

Béatrice avait préparé son coup. Elle avait déboutonné son tablier. Tout le haut. Elle en entraîna un coin dans chaque main, bras écartés. Elle éclata de rire :

« J'en ai pas ! »

Dudule était cramoisi. Comme il le faisait pour trier les bouteilles ou pour choisir les hors-d'œuvre, il partit en avant, propulsant ses gros yeux de myope vers les contrées à découvrir.

« Hé là ! pas touche ! » cria Béatrice en lui tapant aimablement sur les doigts.

Elle rentra l'étalage et disparut aussitôt.

N'importe, les lunettes du grand Dudule restèrent émerveillées. Il mélangea les bourgogne et les cahors. Il plaça même les Jurançon dans la huche à pain.

Heureusement Didier se pointa pour rectifier le tir avant l'arrivée de M. Guinard.

Incapable désormais d'accomplir un geste sensé, Dudule souffla plus qu'il ne parla :

« Elle a le... houx... chon... bron et... run.

– Qu'est-ce que tu dis ? »

A la troisième tentative, l'explorateur réussit à se faire comprendre :

« Elle a le bout des nichons brun et rond, articula-t-il en passant son mouchoir sur son front.

– C'est depuis cet été », répondit Didier qui ne manquait pas d'imagination.

Avec son sang-froid, il expliqua que le maillot de bain de Béatrice se composait d'un slip bleu pâle et d'un soutien-gorge orange dont la particularité la plus gracieuse était fournie par deux rondelles découpées aux deux extrémités agressives, ceci afin de permettre le passage et même le repos des pointes. Béatrice ayant, en cette tenue, passé un mois chez sa grand-mère au soleil de Port-de-Bouc, avait constaté, au retour des vacances, ce brunissement en cerceaux à la fois charmant et tenace.

Epaté par ces révélations érudites, le grand Dudule rêva tout l'après-midi sur l'éponge du lavabo qu'il pressait dans tous les sens.

En une minute, la gent hôtelière fut informée de l'affaire.

Cela n'était pas suffisant sans doute : le grand Dudule aperçut Yoyo qui, à quatre pattes, sous les fenêtres de la mère Jeanjean, revenait de voir Thomas.

Il sortit précipitamment et, comme il connaissait Yoyo depuis Anatole-France, il lui cria :

« Eh ! Yoyo ! T'as les nénés bronzés ? »

La réputation de puceau du grand Dudule pénétra en un clin d'œil l'âme ouverte de Yoyo. Ça fit tilt. Elle pensa que le copain piquait droit vers l'obsession sexuelle :

« Me touche pas ! »

Dudule n'avait pas l'air menaçant.

Avec des gestes extatiques et même des mots de poète, il expliqua sa découverte.

Yoyo se précipita vers sa classe. On imagine sans peine le succès remporté par son récit auprès de vingt nénettes que la puberté taquine et qui, hors même la chronique de cette odyssée, ont une tendance permanente à transformer la salle de coiffure en volière.

Bref, à la récré, l'histoire était devenue un vrai tube. Dudule était vedette du show-biz. Quant à Béatrice, elle sortit à cinq heures sous les acclamations de ses fans :

« Vive Bébé !

– Glop ! glop ! Fais voir ton cache-nénés !

– T'as sorti les pastilles ? »

Parce que, dans les moments de grande émotion, nos racines les plus profondes ont la mémoire folklorique, Le Guervinec se mit à chanter :

Elle a les nénés ronds.
Vive Béatrice !
Elle a les nénés ronds
Vive les tétons !

Un tabac pareil a de quoi vous faire la tête enflée.

Béatrice resta modeste.

Lionel attendait Joëlle sur le trottoir d'en face.

Après un compréhensible V de victoire lancé de deux doigts à l'adresse de ses copains, elle traversa la rue :

« Bonjour monsieur l'orientateur.

– Je t'ai dit qu'on disait : conseiller d'orientation. »

En un jour pareil, on n'allait pas discuter sur des fantaisies.

« Comment c'est votre prénom ?

– Lionel.

– Bon, je vous appellerai Lionel. C'est plus sympa. Vous avez les résultats de mes tests ? »

Lionel les avait. Mais, en ce moment où les copains rigolaient devant le portail du bahut, où d'autres s'engouffraient dans le bus en criant des « Salut Bébé ! montre pas tes coups de soleil ! », il n'avait aucune envie de dire : « Viens me voir demain. »

« Je ne les ai pas encore. Je te convoquerai. »

Comme si ces morveuses possédaient, déjà, l'instinct des hommes et des sentiments, avec la sûreté d'un détecteur de faux billets, la suiveuse en pitrerie lui planta dans les yeux :

« Vous avez raison de vous méfier : peut-être, elle pourrait vous violer. »

Déjà, elles étaient parties. Bras dessus, bras dessous. Comme celles qui ont fait leur boulot et s'en réjouissent fort.

Lionel pensa qu'il n'allait pas se laisser chambrer indéfiniment :

« Béatrice ! »

Elle se retourna de la meilleure grâce d'un blue jean, d'un anorak, d'un cache-nez tricoté à la main, d'un bonnet à pompon :

« Vous m'appelez ?

– J'ai réfléchi... Tu peux venir à mon bureau demain à cette heure-là ?

– Vous y serez ? »

Il était sec :

« Si je te dis de venir, c'est que j'y serai.

– Bon. A demain... Lionel. »

Elle rejoignit sa copine qui, gaiement inquiète, lui demanda à voix basse ce qu'il lui voulait.

Joelle arrivait. De bonne humeur malgré la journée qu'elle s'était tapée. Elle désigna Béatrice :

« Tu es encore avec ton flirt ?

– Comme tu dis.

– Elle continue à te draguer ? »

Il haussa les épaules.

Ils s'embrassèrent.

« Qu'est-ce qu'elle te racontait ?

– Elle voulait venir chercher les résultats de ses tests.

– Qu'est-ce que tu lui as dit ?

– Que je les lui donnerai plus tard. »

Les amants préfèrent l'imprécision au mensonge.

A ce moment, la mère Murano arrivait au bahut. Joëlle la connaissait de vue : on la voyait souvent à la récré porter un sandwich à son fils. Ou autre chose. Elle devait avoir plus d'affection que d'organisation.

Elle traversa la cour dans son manteau-corset, culbuto grande gueule et ici impressionnable, prête à s'en prendre à la prof si elle exagérait vraiment, mais, en premier, à son fils qui avait tort sans doute puisqu'elle devait venir se mettre dans une situation pas agréable.

La salle des profs était vide.

Mlle Bridge la fit entrer.

Elle désigna un fauteuil bas et d'autant plus profond. La hantise des gros. Avant que la conversation commence, ils ont l'impression d'être engloutis dans un univers de bouclettes et de ressorts dont ils ne se relèveront pas.

Sans avoir préparé son discours, Mlle Bridge savait ce qu'elle avait à dire. Avec psychologie, elle fit sur Momond deux ou trois compliments inoffensifs.

Puis elle entra dans le vif du sujet :

« Il est gentil, Momond mais... il faudrait qu'il travaille... »

Elle n'alla pas plus loin. Du fauteuil baignoire s'élevaient en même temps deux bras courts et la voix rugueuse de Mme Murano :

« Qu'il travaille ? Mais c'est qu'est-ce que je lui dis tout le temps ! »

Mlle Bridge en eut la syntaxe coupée.

Elle posait sur la visiteuse un regard de douloureuse incrédulité.

La Murano le vit bien :

« Vous ne me croyez pas ?... Eh bien, pourtant c'est qu'est-ce que je lui dis !... tous les soirs, c'est qu'est-ce que je lui dis ! »

En face d'elle, Mlle Bridge était comme abêtie. La mâchoire bloquée, les yeux fixés sur le désastre qui s'étendait devant elle en jargon de banlieue, elle était dans l'impossibilité organique de dire un mot. Seul, son beau front d'intellectuelle vivait encore et, se gonflant de passion et de désespoir, il suffisait à dire que, dans ce naufrage de leçons inutiles, dans cette découverte grandiose de la tradition familiale magnifiquement perpétuée, la Belote appelait Prométhée à son secours.

Occupé peut-être à bâtir quelque L.E.P. de l'au-delà, à instruire les analphabètes du cosmos ou encore à façonner de terre glaise des mortels enfin aptes à la culture, Prométhée ne répondit pas.

Cela désola la prof.

Elle eut une nuit agitée.

Ce n'était pas Prométhée qui était enchaîné au sommet des montagnes, c'était elle, Mlle Bridge, qui remuait ses lourdes chaînes dans une académie bovine dont tous les membres, élèves et parents, montraient à ses discours des rires aux dents énormes qui fendaient, chez les jeunes, leurs têtes de veaux, chez les adultes, leurs museaux de bœufs.

Mlle Bridge se réveilla en sursaut au moment où elle s'approchait d'une forge gigantesque d'enseignement professionnel, avec, à la main, un chalumeau aspirateur. L'un de ces chenapans qui n'entendent rien à la mythologie lui disait :

« Prométhée ! Ho, t'as du feu ? »

Elle arriva au bahut dans la fatigue de l'insomnie et, rêve mis à part, raconta son entrevue avec la mère de Momond.

Un éclat de rire l'accueillit.

Cela l'encouragea.

Elle pensa à Rabelais, à Chamfort, ces conseilleurs de gaieté-remède.

Elle répéta son récit, obtint le même succès. Janine Dubreuil qualifia le dialogue muranien de surréaliste. La Belote en fut flattée et bientôt, comme la veille s'était répandue l'histoire du grand Dudule, on colporta, côté profs, l'aventure de la mère Murano que, sur-le-champ ou presque, on appela « la mère Qu'est-ce que j'dis ».

Thomas et Richard attendaient dans le couloir, convoqués par Joëlle.

Ils n'étaient pas encore entrés dans le bureau que Thomas tirait de son blouson une bouteille d'eau de Cologne. Il la faisait vingt-deux francs au lieu de trente à Prisu.

Joëlle se défendit :

« Je t'en ai déjà pris deux fois.

– Elle est super, tu sais.

– Peut-être, mais ce n'est pas pour ça que je vous ai fait venir. »

Le motif, c'étaient les absences communes des deux lascars.

Ils ne se firent pas prier. Ils avaient trouvé un job :

« Des bouquins porno. On fait la vente à domicile.

– Vous savez que c'est défendu ? Vous pouvez vous faire piquer.

– Ouais, mais ça marche bien. »

Le fric, c'est le grand moteur de l'illicite.

Richard expliquait :

« Faut venir quand le mari n'est pas là. Les femmes aiment bien. Elles achètent. »

Thomas portait une conclusion d'expérience :

« Ça leur apprend la vie. »

Joëlle resta insensible à cette action culturelle : job ou pas, s'ils continuaient à jouer l'Arlésienne, ils allaient se faire jeter.

« Qu'est-ce que vous deviendrez quand vous serez livrés à vous-mêmes ? Sans C.A.P., sans rien ? »

Les deux gosses n'étaient pas en peine :

« On vendra sur les marchés. »

C'était leur marotte. A tous. Presque leur ambition. Le samedi, le dimanche, les jours de fête, ils prenaient le tablier bleu des « fruits et légumes », ils se faisaient le ventre caoutchouc des poissonniers. Avec fougue, ils interpellaient les fauchés, les durs à la décision, les mémères chipoteuses :

« Un petit maquereau pour madame ?

– On propose la botte à deux francs ! Deux francs, deux francs la botte de cresson. »

La plupart du temps, l'aventure se terminait par la gueulante d'un patron sous prétexte qu'il manquait dix sacs dans sa caisse. Ou alors, si on avait affaire à un suspicieux, on mettait un copain au parfum : il venait acheter un tee-shirt à vingt balles, payait avec un billet de cinquante et on lui remettait la monnaie sur cent. Ça faisait jamais que vingt-cinq balles chacun de bénef, mais souvent c'était suffisant pour se faire piquer. Dans les métiers à la criée, les gibbons, ce qui leur manque, c'est la confiance.

« Vous n'allez pas tous vendre sur les marchés ! Et d'abord qu'est-ce que vous faites de l'argent que vous gagnez ? »

Pour faire diversion, Thomas proposa son eau de Cologne. Il peut même la faire à vingt francs.

Joëlle n'avait pas l'esprit au négoce.

Les deux détaillants baissaient la tête.

Il fallut un long moment, beaucoup d'arguments, de réflexion, de patience, de regards échangés dans une crainte coupable avant que Thomas murmure :

« L'argent, c'était pour les frères et sœurs. »

Le visage tout à fait caché sous sa tignasse sans peigne, il ajouta :

« La mère est morte. »

On a beau se méfier d'eux, de leurs mensonges faciles, de leurs inventions pour se sauver, il y a des moments, il y a des sujets, il y a des mots qui vous rendent crédules.

« Ta mère est morte... quand? »

Il y a cinq mois qu'ils vivent ainsi. Avec Gilles, le grand frère. Il était au bahut l'an dernier. Ici, on le connaît. Maintenant il a trouvé du boulot et il a dit qu'on se débrouillerait. Qu'il fallait rien dire à personne. Autrement, on mettrait les petits à l'Assistance. Ça, il ne faut pas.

Joëlle est consternée. Elle se demande à quoi elle sert vraiment si, dans un cas pareil, personne ne s'adresse à elle :

« Vous êtes fous! Tu aurais pu m'en parler. J'aurais fait quelque chose. J'aurais vu le juge... »

Elle n'en a pas dit plus. Sur le mot, Richard a bondi dans le couloir. Elle le suit. Il file dans la cour.

« Richard!... Richard! »

Lorsqu'elle arrive à la porte, elle voit Richard qui, sous le hangar, enfourche son vélomoteur et, sans un regard pour le bahut, s'en va vers la

Z.U.P. Vers la Marne. Derrière les anciennes carrières.

C'est la journée de l'agitation.

Joëlle suit la rue Marc-Sangnier en pensant qu'elle n'a pas acheté de cadeau pour son neveu, que Richard peut-être n'est pas allé loin. Elle l'espère. Demain, c'est l'anniversaire de Lionel. Elle fera un gâteau. Quand elle est revenue dans son bureau tout à l'heure, Thomas s'était tiré. Il avait juste laissé son eau de Cologne. Il n'espère tout de même pas qu'elle va lui payer, non ? Nancy est revenue chez elle. Céline a un copain toubib qui a fait sa thèse sur l'anorexie. Faudra qu'elle lui demande ses coordonnées, qu'elle aille le voir. Ce matin, il y avait encore le môme de Muriel qui chialait à l'infirmerie. La pauvre Margot, avec son ton de cheftaine, ses godasses et ses chaussettes qui lui donnent toujours l'air de partir pour les Grandes Jorasses, elle n'est pas capable de résister même à un moutard de trois mois !

« Je vous l'avais dit qu'un jour elle me volerait ! Je vous avais prévenue. Je vous avais demandé de la faire surveiller. Vous n'allez pas dire le contraire : je suis venue vous voir exprès. »

C'est la mère Castano.

Elle a jailli du Petit Caporal moins peignée, plus défaite, plus relâchée encore que les autres jours.

Joëlle n'a pas envie de se faire harponner au milieu de la rue :

« Madame, si vous avez besoin de me parler, j'ai un bureau. »

Elle veut partir.

L'autre la suit. Marche véhémente. Mots saccadés :

« Pour ce que ça sert d'aller à votre bureau! Vous ne croyez pas que j'ai autre chose à faire, non? Je travaille, moi, j'élève ma fille. Toute seule. Contre tout le monde... Même contre vous! »

Joëlle a, dans son attitude, toute l'indifférence de ceux qui se forcent pour ne pas répondre. Elle accélère. L'autre la prend à partie.

Des passants les entendent. Aux étalages, les clients se retournent. Les marchands lèvent la tête. Il semble à Joëlle que les vitrines sont des yeux énormes, prunelles de glace, pupilles de choux, de pommes, de plats cuisinés.

Mme Castano s'accroche à cette gêne. Elle la prend avec elle, l'interpelle, s'en sert comme d'un tremplin :

« Ça vous ennuie qu'on vous voie avec une barmaid, hein? Vous seriez déshonorée! Mais moi je sors d'une bonne famille, madame : mon père était ingénieur des Ponts et Chaussées... Il allait à la messe tous les dimanches! »

Les êtres agressifs sont toujours pitoyables. Dans leurs accusations les plus injustes, dans leurs injures les plus mauvaises entre, pour une part, quelque puérilité qui, déjà, fait penser à la démence.

« Deux cents francs, j'avais laissés. Ils n'y sont plus. Hier j'ai emmené Eliane à Paris avec une copine, Michèle. Après, elles sont parties toutes les deux. En riant. Elles pouvaient rire! Où sont-elles allées? Avec mon argent? »

Joëlle se décide à s'arrêter. Cela calme Mme Castano. Mais elle a la suspicion près de la névrose :

« Vous me prenez pour une folle? Je ne perds pas la tête, vous savez : il y a une semaine, je les avais posés là, je les voyais tous les jours.

– Si vous les voyiez tous les jours. Eliane les voyait aussi : pourquoi les aurait-elle pris spécialement maintenant?

– Parbleu! Parce qu'elle en avait besoin! »

Mme Castano a ce regard assuré par lequel les extravagants vous mettent au défi de les confondre.

Il n'est pas midi. Cette fois Joëlle ne doute plus que ce soit l'heure de défaillance de la barmaid.

La conversation va encore du calme à la tempête. Du cri à la confidence. Du positif à la confusion. Pour arriver à l'idée vague qui est peut-être l'idée fixe. Celle qui hante le cerveau de la barmaid, qu'elle caresse et que, dans le même temps sans doute, elle combat.

« C'est ça, qu'elle veut! C'est ça qu'elle a toujours voulu! Que je m'en aille, qu'on me mette en pension! En prison s'il le faut, pourvu qu'elle soit libre... Qu'elle puisse vivre sa vie, comme elle dit! »

Eliane marche dans le bureau de Joëlle. Toujours aussi nerveuse, toujours aussi mal embouchée.

Joëlle voit qu'elle n'ira plus très loin, qu'elle est au bout du rouleau compresseur. On va ouvrir les sas.

« Est-ce que c'est toi qui as pris l'argent?

– Je te dis que non! »

Elle a crié.

Joëlle la calme.

« Qu'est-ce qui s'est passé alors? »

Eliane est lassée. Non de parler de sa situation, dont elle n'a peut-être jamais parlé à personne, à aucun adulte dans tous les cas : lassée de repasser dans sa tête son film lugubre, à sortie interdite. A solitude permanente.

« Il ne s'est rien passé. Elle a inventé, comme d'habitude... Comme il y a un mois... quand elle a raconté à la voisine que j'avais une bouteille d'apéro dans ma chambre. Il y a deux mois, c'étaient des collants dans mon sac...

— Pourquoi raconterait-elle tout ça ?

— Je te le dis : pour qu'on m'embarque. Pour se débarrasser de moi sans avoir l'air... »

Une ironie douloureuse voulait dessiner un sourire :

« ... C'est que c'est une femme respectable, ma mère. Elle t'a jamais dit qu'elle était une femme respectable ? Que la famille avait un pavillon à Eaubonne ? Elle t'a jamais gonflée avec son père qui était ingénieur ? Elle t'a jamais fait son cirque ? »

Le conflit parental ne doit pas être perçu comme un drame. Joëlle affirme qu'il a souvent un caractère provisoire. L'éloignement peut parfois être bénéfique.

Eliane écoutait le laïus. Avec intérêt, semblait-il. Parfois même, elle approuvait.

Quand ce fut fini, elle déclara :

« Je ne partirai pas.

— Tu es amoureuse ? »

Elle hausse les épaules.

Dans sa voix, il y a une espèce de gouaille dérisoire, désabusée.

« Tu y crois à l'amour, toi ?

— Bien sûr que j'y crois ! »

Il y a sur les traits de la petite une surprise

incrédule, une interrogation minable, un « Tu te fous de moi? » désastreux qui ne chasse pas, au fond, une secrète, une lointaine envie d'imaginer.

Joëlle comprit que c'était le moment :

« Pourquoi ne veux-tu pas partir? Tu as une raison?

– Tu n'en parleras à personne? »

Quand on pose cette question, on n'attend déjà plus sa réponse.

La confidence était prête. A l'économie. Comme à Euro, juste ce qu'il faut :

« Ma mère picole. »

Joëlle n'eut plus besoin de parler.

Les paroles coulèrent comme le whisky dans le verre de la barmaid. Apaisantes comme lui sans doute. C'est ce métier qui était en cause. Et aussi le malheur. Le père qui était parti il y a dix ans. D'autres choses, on ne peut pas parler de tout. Dans tous les cas, c'est ça qui remonte toujours à la surface et qui fait que la mère dit toutes ces saloperies sur sa fille. Ça n'empêche que si sa fille se tirait toute seule, la mère serait perdue.

« ... Elle peut dire ce qu'elle voudra, je resterai avec elle, toujours.

– ... Qu'est-ce que tu veux que je fasse?

– La bouteille de pastis, c'est vrai qu'elle l'a trouvée dans ma chambre, mais c'est à elle que je l'avais fauchée. Je me disais : ça lui fera ça de moins. Quand les bouteilles sont entamées, des fois je me force à les boire... ou j'en offre aux copains... ou je les verse dans le lavabo... L'argent qu'on lui a fauché, en vérité elle a dû le reprendre elle-même. Quand c'est comme ça, elle sait plus ce qu'elle fait. Ou alors elle s'en est servi pour s'acheter son picolo et puis elle veut pas le dire. »

Joëlle revoyait Mme Castano dans ce bar, au

tout début de son service, où, sans doute, les premiers verres lui donnaient l'équilibre qu'elle attendait. Dans la nuit, la voix, la silhouette allaient se dégradant et quand la barmaid arrivait chez elle, au petit matin, c'était après avoir rangé sa voiture devant l'arrêt du bus, devant le commissariat, sur un trottoir, n'importe où. Ça faisait rigoler la cité, les copains d'Eliane. Quand ils font des réflexions, Eliane voudrait leur rentrer dans le chou. Leur filer des baffes. Elle filerait des baffes à tout le monde. On ne peut pas et puis ça ne changerait rien. Ce qui est sûr, c'est qu'elle ne partira pas.

Les soirs de pluie, la bande ne reste pas sur le parking.

Après le bahut, elle s'immerge dans un sous-sol sans usage, un grand truc dégueulasse où il n'y a que du béton et des ouvertures sur la nuit noire d'une rue truande. T'as une rampe sauteuse qui y descend. Ça sent la pisse. Y a pas de lumière. T'as des tordus qui prennent ça pour les chiottes municipales. Ceux qui ont pas peur de mettre les pieds dans un cageot pourri, un pneu à l'agonie ou même un rat en déconfiture, y descendent leur taxi.

Après huit heures, on y est tout à fait tranquille. Avec sa lampe qui s'use que si l'on s'en sert, Jean-Luc jette un coup d'œil sur les coussins, les boîtes à gants. Mais les enfoirés se méfient. Ils laissent pas grand-chose, juste un bouquin inutile ou un canard à la con.

Il y a aussi la vieille Jag qui fait un peu insolite au milieu des 104 délabrées, des 4L à la rouille.

Jean-Luc s'y installe avec des gestes de respect.

Il met les mains sur le volant et, au milieu des papiers qui font dans le sous-sol un océan à marée basse, il reprend son rêve de Sahara, de Pampa, de steppes à chiens voyageurs.

Comme la bagnole ne bougeait jamais, longtemps il a cru qu'elle avait servi à faire un casse, que les gars l'avaient planquée là pour pas avoir d'emmerdes, une fois leur coup réglé. Mais un soir, il a vu le gros pédé du Lavopoids qui montait dedans et se tirait avec. C'est comme ça qu'ils ont fait connaissance. M. Jean, il s'appelle.

Avant huit heures et le retour du dernier jobard à heure fixe, la bande se contente d'une Taunus complètement défoncée. Comme celle du parking. Une bagnole qui a fait longtemps le self-service pour bricoleurs. Ceux qui se font une tire en kit peut-être.

A son poste de taquineur de l'aventure, Jean-Luc a des rêves sans freins. Les pieds posés sur le tableau de bord, il a aujourd'hui autorisé Corinne à monter à ses côtés. A la place du mort. Depuis qu'elle lui a ramené les deux billets de dix sacs, elle a eu de l'avancement.

« Jean-Luc, tu m'emmènes dimanche à la Main bleue ? J'y suis jamais allée. »

Elle imagine pas comment c'est. Elle voit bien qu'il doit y avoir des tables dans le noir, des projos, des couleurs qui tournent sur vos têtes, un bar avec des tabourets miradors. mais, quand elle y pense, elle a beau se dire qu'on doit y rencontrer tous les rouleurs de Montreuil et de Bobigny, c'est plus fort qu'elle, elle voit ça rempli de cowboys et de filles à volants. C'est la télé qui fait ça sans doute.

« J'y vais pas.

– Où tu vas ? »

Le vent qui vient de la rue truande s'enfonce dans le sous-sol : le sable du grand erg se lève devant la voiture. C'est la tornade. Le sirocco.

Les professions de foi se désagrègent de leur paquet, venues là aux dernières élections, s'en allant aujourd'hui en tracts fragiles et isolés qui se plaquent contre le mur du fond, au ras du sol, dérisoires eux aussi dans leurs rêves, leurs ambitions démesurées pour candidat en perdition.

« Tu peux me trouver du fric encore comme t'as fait ?

– Je sais pas. »

Elle revoit son geste. Dans le silence du matin.

« L'autre fois, je savais que je pouvais... mais... je veux pas me faire piquer, tu comprends. »

Jean-Luc regarde la foireuse :

« L'autre fois, tu t'es pas fait piquer.

– Non mais... si je recommence... »

Dans la poche de son blouson, Jean-Luc prépare son doigt à la caresse. Il y a des moments où il a envie de faire plaisir à Corinne. Elle est môme. Elle a pas de nénés. Elle est un peu nase mais, quand même, ses cheveux bien roux qui font des frisures bien rondes sur son cou bien blanc, c'est assez chouette.

« Si tu me trouves du fric, je t'emmène à la Main bleue. »

Sur le siège arrière il y a que Kléber. Il a quatre ans.

Des fois, son frère le sort.

Après, il l'attend dans la bagnole.

Mais il préfère celle qui est sur le parking du haut. A travers les vitres, on voit la pluie.

Ici, on voit rien.

Joëlle a eu de la peine à trouver.

L'impasse se poursuit après le stade Auguste-Delaune. Faut le savoir. Lorsqu'elle y est allée, sans conviction, elle a cru que c'étaient des boxes, des garages municipaux, à plat sur deux files avec des toits en tôle ondulée et, entre eux, un chemin passoire.

Heureusement qu'il y avait de la lumière. Et aussi de la fumée qui blanchissait la nuit, le long du toit. La pluie brillait dans son cumulus malingre.

On entre de plain-pied. Une cuisinière insolite, fumeuse et réchauffante, lance son tuyau à travers la fenêtre.

Les enfants sont tous là : avec une fille appliquée qui tente une soustraction à deux chiffres. Elle suce son bic. Avec retenue. Son frère dit qu'il doit apprendre la table de cinq. Là aussi, les ensembles ont fait faillite. On semble s'en apercevoir.

Les deux petits sont sans voix. Ils regardent la demoiselle qui, en entrant, leur a mis la main sur la tête. Leur a demandé :

« Comment t'appelles-tu ? »

Thomas tient la main du dernier.

L'aîné, c'est Gilles. Joëlle le connaissait déjà. Il venait à la sortie de Jules-Verne pour attendre une fille. Marlène. Ou Rolande peut-être. Maintenant, il travaille.

« Quand c'est arrivé cet été, je venais juste d'avoir mon C.A.P. »

Il s'est retrouvé tout seul avec la marmaille. Heureusement, tout au fond dans l'impasse, il y a un voisin qui connaissait un boulanger à Argenteuil. Son fils partait au service militaire. C'est lui qui livrait. C'est un boulanger qui fait des collectivités. Le voisin a expliqué le cas. Alors le boulanger, qui est un brave mec, a pris Gilles.

« J'ai eu de la chance. »

Réflexion faite, Gilles n'est peut-être pas tout à fait sûr. Ou alors, pensant au décès de la mère, il a peur d'avoir fait une offense. Il retire la chance :

« Enfin... ça va, quoi.

– Ça va tellement bien que ton frère risque d'être renvoyé pour absentéisme. »

Gilles estime que ce n'est pas la faute de Thomas :

« Le matin, je pars à cinq heures. Thomas s'occupe des frères. Il les lave, il les habille, il les emmène à l'école, à la crèche. Et puis... cette fois, c'est vrai, avec Richard ils ont eu l'occasion de gagner un peu, alors...

– Et tu n'as jamais pensé qu'on pouvait t'aider ? »

Gilles a un silence sceptique.

Thomas met dans la cuisinière des rafles de maïs. Il y a des paysans qui les jettent, après Sucy-en-Brie. On les ramasse tous ensemble. Le patron boulanger avait prêté sa camionnette. Ces trucs-là, ça tient bien le feu.

« Tu ne sais pas qu'il y a des assistantes sociales ? »

La fille à la soustraction à deux chiffres, le mathématicien à table de cinq, les petits, Thomas, tout le monde, sans y paraître, s'est approché de Gilles. On l'entoure et on s'abrite. On le protège et il nous soutient.

« Je voulais pas qu'on prenne les petits... à cause de la mère... L'Assistance publique, elle aurait pas voulu. »

Gilles s'arrête un peu. Il ajoute :

« Moi non plus. »

Tous les yeux se posent sur Joëlle. En même temps. Un regard de famille.

Le service social œuvre dans le concret :

« Et, depuis cinq mois, vous vivez comme ça ?... Avec quoi ? Tu touches les allocations ?

– Oui... oui... bien sûr. »

Joëlle a vu la réticence. Elle insiste.

« Evidemment, on touche les allocations, dit Gilles. Sans ça, à sept, je ne sais pas comment on ferait.

– Tu as la charge légale de tes frères, alors ? »

Le silence est revenu. Le regard familial part de plus en plus du même point. De la même crainte. Du même rempart.

Thomas retrouve sa conviction de camelot volubile :

« Tu sais, t'as pas à t'inquiéter pour nous. On se débrouille très bien. Gilles ramène sa paie. Moi, je fais le parfumeur à domicile. J'ai des petits jobs, on se...

– Gilles, je te demande si tu as la charge légale de tes frères et sœurs ? »

Il ne l'a pas. Mais ils n'ont rien fait de mal. Simplement pour les allocations, après la mort de la mère, ils n'ont rien dit. D'ailleurs, personne n'a rien demandé. On leur donne l'argent sans difficulté.

« Et... quand il faut signer ? »

Thomas prend tout à sa charge : c'est lui qui signe. En sixième, déjà, il avait appris à imiter la signature de la mère. Pour les mots, les absences. C'était pratique et la mère avait une signature facile à imiter : elle écrivait comme un enfant.

Joëlle voit venir le juge, les gendarmes, les

menaces, les ennuis, la catastrophe. Lionel n'a pas fini de l'appeler la Tour de la Défense.

« Vous êtes fous !... Je crois que vous êtes fous tous les deux. »

Les matheux sont maintenant serrés contre le grand frère. Chacun tient une main, une manche, une épaule. On caresse ou on s'accroche, question d'âge. Dans tous les cas, personne ne lâchera personne. On l'entend bien quand la famille à un regard devient la famille d'un même chœur :

« Non, Gilles, il est pas fou.

— Thomas non plus, il est pas fou. »

Le tout petit s'en mêle :

« C'est toi que tu es folle. »

Ayant ainsi retourné l'acte d'accusation, il assène à l'accusateur un de ces arguments imprévisibles qui vous laissent pantois :

« D'abord, t'as même pas de chocolat. »

Joëlle se sent coupable.

Dans la caravane où le gros Marcel ronfle comme un poêle Godin d'avant-guerre, où, dans son sommeil même, la mère Reboul ne pense à rien, où les petits ont des rêves qui s'entrecroisent comme leurs jambes et leurs mains mêlées sous les couvertures rugueuses, sans draps, Michèle pense depuis longtemps. Dans le noir, dans la vie, dans ce métier qu'elle voulait faire et qu'elle ne fera jamais.

Sa décision coule de source :

« Demain, j'irai pas au bahut. J'en ai marre de leurs conneries. »

V

Le lycée entre dans la cité avec sa force professionnelle. Voilà la vérité.

Celle de la mère Chaumeil, du père Vanovre, du père Touzin, de la plupart des profs, de Sylvie et peut-être même de la Belote. Parce que la Belote, elle est snobinarde mais elle ne dit pas que le travail qu'on fait ici est inutile. Elle dit qu'elle préférerait en faire un autre. Ailleurs.

Le père Touzin, c'est ça qui le renverse.

Lui, s'il était ministre, au lieu d'envoyer comme profs dans les L.E.P. des jeunots qui n'ont pas de formation, et quelquefois pas de diplômes, il organiserait un grand concours entre tous les agrégés de France sans dire de quoi il s'agit. Juste en promettant une augmentation. Et après, celui qui aurait le N° 1, au lieu de le nommer à Janson-de-Sailly, il le filerait à Clichy-sous-Bois. Pour lui faire la surprise. Le N° 2, au lieu de le mettre à Louis-le-Grand, il lui ferait faire ses premières armes à Charenton. Ou même à Longwy. Là où, vraiment, on a besoin de costauds. C'est ça qui serait égalitaire et rénovateur. Ça rendrait service à tout le monde. En premier aux agrégés. Qui ne rénoveraient pas pour autant le travail manuel mais qui, pour le moins, rénoveraient un peu ceux qui s'apprêtent à le faire. Avant d'aller au lycée déverser leur savoir sur les têtes de files, ils viendraient ici le compléter au contact des corps de métiers. Avant leur cours sur la navette spatiale, ils prendraient le bus de Villemomble. Avant de se gargariser du côté de chez Swann, ils apprendraient Zola sur pièces. A l'étau. Au tour et au moulin.

« Monsieur Touzin, vous êtes un soixante-huitard !

— Je sais : ça fait trente ans qu'on me le dit ! »

Le père Touzin aime tellement voir enrager la Belote, il aime tellement l'entendre crier à l'écorche-parlure, que parfois il lui tend ainsi des perches sournoises, des noélogismes hardis, heureux sans jamais rien en montrer lorsque la prof s'en empare à l'aveuglette et, montant sur ses grands chevaux, ses grands auteurs, ses grands exemples, lui donne une leçon de syntaxe.

Ce matin, Mlle Bridge est trop en colère pour remarquer quoi que ce soit : on vient de commettre un crime de lèse-Proust. Pour elle qui, à l'ombre des chimères en fleurs, passe ses soirées de rêves entre des Saint-Loup imaginaires et des Guermantes à palmes académiques, Bergotte rentrée, Vinteuil du langage, il y a là plus qu'aucune âme littéraire ne peut en supporter.

Elle entre dans sa classe.

Le père Touzin entre dans son atelier. Heureux de voir les mômes qui passent leur cotte en parlant de leur foot ou de leur karaté, en demandant au copain si sa nénette, par hasard, s'habille pas chez Emmaüs !... En demandant aux carrossiers s'ils peuvent pas leur procurer un peu de pâte à bomber le verre. C'est Verdot qui en a besoin pour ses lunettes !

Dans ces moments, le père Touzin pense à son temps d'apprenti. Aux mômes qui changent à la vitesse grand V parce que change le monde qui se reflète sur eux. Si leurs jeux sont plus cruels c'est que la société ne cache plus sa cruauté. Elle s'en fait gloire parfois. Une règle toujours. Que les agrégés restent où ils sont. Le père Touzin n'a pas assez confiance en eux pour leur confier ses poulbots. Ils les dévoieraient comme ils dévoient le monde. Avec des mots étonnants, des idées coûteuses et des résultats imprévus. Un vrai métier ne se nourrit pas d'extravagances.

« Cyrille, quand a-t-on trop d'avance ? »

Cyrille est formel :

« Quand on arrive à sept heures du mat', m'sieur ! »

Les copains rigolent.

Le père Touzin secoue la tête. Laissons-les s'amuser un peu. Le matin, ça met en confiance. Dans un instant, j'élèverai la voix et je les reprendrai en main. Tous ensemble. Au même moment.

Puisque M. Hernandez est malade, on va grouper les premières et les deuxièmes années.

« Dépêchez-vous, les grands. Le patron n'est pas riche. »

Cassou arrive de l'atelier voisin dans une voiture imaginaire. Il fait des vroum, vroum comme aux 24 heures du Mans, passe les vitesses avec changement de régime et sait freiner à mort pour éviter un copain.

« Cassou, t'as fini de nous emmerder ? »

Il en faut plus pour arrêter Cassou :

« Vroum, vroum, vrou-ou-ou... Vous entendez comme il tourne bien, m'sieur ?

— Tu nous casses les pieds avec ton moteur.
— Faut mettre le casque, m'sieur.
— Cassou, je te fous mon pied au cul ! »

Cette fois, la voix du prof est passée par-dessus le moteur de Cassou. Ça n'arrête pas pour autant le conducteur :

« Vous pouvez pas, m'sieur : je suis sur la banquette ! »

Le père Touzin esquisse un mouvement.

Cassou s'enfuit.

Il s'arrête derrière le turbo où, pour ne pas perdre la face, il dessine tous les gestes du parfait pilote : freinage, débrayage, point mort, contact. Il descend. Met la clef dans sa poche.

Le père Touzin, qui en a plein le dos, arrive en douce. Il lance son pied.

... Alors, Cassou, qui peut-être n'attendait que ça, repart autour de l'atelier, faussement blessé et imitant le cri plaintif de l'ambulance.

Les gosses se marrent.

Joëlle entre :

« Est-ce que Richard est là ce matin ?
— Je ne l'ai pas vu. »

Cassou profite de cette diversion pour ranger son S.A.M.U., sa formule 1, sa fantaisie.

Le père Touzin pense : il sait qu'il est allé trop loin. Maintenant, il va se tenir peinard.

Dans son fichier, Joëlle trouve l'adresse de Richard. Elle ira ce soir.

Tout à l'heure, Aïsha est venue. Elle a laissé sur le bureau une photocopie de lettre de l'inspecteur d'Académie avec un dossier de bourse pour Yamina qui est à Anatole-France. Aïsha sait que Joëlle n'a pas à s'occuper de ça mais il n'y a pas d'assistante à Anatole-France et la mère voudrait bien qu'elle vérifie le dossier des bourses. Elle dit que, pour la peine, elle lui enverra des cornes de gazelle.

Il a semblé à Joëlle que Aïsha avait autre chose à dire. Mais la petite est repartie comme ça, avec son henné sur mèches roussoyantes, ses mains à l'intérieur définitivement marqué et qu'on dirait colorées de safran.

« Entrez. »

Rien ne pouvait surprendre Joëlle davantage.

Mme Mazart est là. Intimidée par sa démarche, son audace, ce lycée dans lequel elle a risqué de rencontrer un personnage d'autorité. Intimidée par la position de sa fille qui, dans un établissement aussi officiel, possède son propre bureau.

Mme Mazart met en avant le sourire un peu forcé de celle qui, sous la bonne blague, veut cacher l'essentiel :

« Je ne veux pas te déranger mais, tu comprends, depuis que je ne travaille plus, l'après-midi j'ai envie de me promener, de voir du monde... Et tout d'un coup, après déjeuner, j'ai pensé que je ne connaissais même pas l'endroit où tu travailles. »

Joëlle pense : après tout, c'est peut-être vrai. Entre deux coups de fil, elle explique que le bahut n'a que cinq ans. C'est un des mieux. Ses frères pourront même être tout à fait réussis le jour où on décidera d'en confier la conception à des architectes qui ont une vague idée des besoins d'un établissement scolaire. Pour le moins à des architectes qui, avant de donner libre cours à leur génie créateur, auront à consulter des membres de l'enseignement. Alors, sans doute, on ne verra pas tous les bureaux du protal et des conseillers d'éducation tournés vers la cour sans qu'un seul regard de responsable puisse se poser sur la rue, l'entrée, le garage à vélos, le parking des voitures de profs, bref, tous les points morts qui, demain, peuvent devenir des points chauds. On ne verra pas de halls et de couloirs interminablement sombres qui, au matin, donnent aux élèves l'impression désastreuse d'entrer en prison. On verra peut-être des pièces insonorisées et non plus des salles de classe qui soient de véritables salles de réception du cours du voisin tant les voix, ici, jouent les passe-murettes, les casse-pieds, les lasse-tout-le-monde :

« Il y a plusieurs façons de faire des boucles.

– Par exemple, avec une voiture A.

– En premier, vous enroulez la mèche jusqu'à la racine.

– En deuxième, vous aurez une voiture B. Puis une voiture C. Que se passe-t-il ?

– On roule la mèche avec un bigoudi.

– C'est ça.

– Et si on n'a pas de bigoudi ?

– On met son clignotant. »

Il y a des profs qui ne supportent pas. Des élèves que ça fait rigoler. D'autres qui disent : où y a de la gêne, y a pas de plaisir. Quand, en cours de technologie de mécanique, arrive le cours sur les maladies du cuir chevelu, ils lancent, à l'intention de la classe à côté, que l'huile de vidange fait d'excellents shampooings.

Il n'importe. Désormais, Mme Mazart imaginera sa fille en train de travailler :

« Je saurai où tu es... Je te verrai, quoi.

– Allô ? »

C'est Lionel.

Il ne peut pas venir déjeuner. Il est trop en

retard. Il a encore quatre personnes qui l'attendent au secrétariat. En ce moment, il est avec sa fiancée.

« Avec qui ? » demande Mme Mazart interloquée.

Joëlle explique :

« C'est Béatrice que j'appelle comme ça. Une petite de l'hôtellerie. Elle fait une fixation sur lui. »

Mme Mazart ouvre des yeux ronds :

« Elle fait quoi ?

– Elle est amoureuse de lui, si tu préfères. »

Le naturel de la fille abasourdit la mère. Les mœurs nouvelles la choquent. Le libéralisme a des limites.

Joëlle dit qu'à quinze ans toutes les filles sont amoureuses.

C'est peut-être vrai, pense Mme Mazart. Mais elle estime aussi qu'il y a assez de garçons à aimer sans se lancer justement à la tête du... de l'... de l'amant de sa fille. Et en plus, ils appellent ça une fixation ! Ah ! La jeunesse d'aujourd'hui a de ces mots !

La défaillance de Lionel a un avantage : Mme Mazart prend sa place au restaurant.

Joëlle est heureuse de lui montrer la salle, les jeunes serveurs, de lui présenter M. Guinard.

Mme Mazart ne veut pas penser qu'il s'agit d'une hôtellerie pour apprentissage. Elle n'a jamais mangé dans un tel luxe. On ne l'a jamais servie avec tant d'égards. Elle voit que sa fille a bien réussi. Elle est émerveillée. On lui sert des gambas grillées. Elle n'en a jamais mangé.

Elle n'a que plus de difficultés à en venir au fait.

Cela arrive avec le navarin aux pommes :

« Joëlle, je sais tout. »

Joëlle se dit : je savais qu'elle avait quelque chose sur le cœur. Mais elle ne voit pas ce qui, au moment d'attaquer le navarin, motive cette emphase.

« Tu es malheureuse avec Lionel. Il te fait souffrir. »

Joëlle repose la première bouchée :

« Tu dis ça pour rire ou quoi ?

– Tu es malheureuse parce qu'il ne veut pas d'enfants. »

Cette fois, Joëlle est sidérée. Comment sa mère a-t-elle pu apprendre une chose pareille ?

« Je le sais parce que je le sais. »

Elle n'a pas loin à chercher : la mère Boi-Boi.

« Ce que je t'en dis, c'est pour ton bien, tu comprends... »

Les mères parlent toujours dans l'intérêt de leurs enfants. C'est avec ces paroles dans leur intérêt qu'elles leur empoisonnent l'existence.

Mme Mazart a le conseil volubile. Elle parle en femme d'expérience. Les hommes ne sont pas méchants. Ils sont seulement un peu égoïstes. C'est bien connu. Il convient d'aborder franchement le sujet avec Lionel... De le mettre en face de ses responsabilités. Ou alors... Mme Mazart a une idée qui serait peut-être encore meilleure :

« Tu prends toujours ta pilule ?

– Oui. »

Elle se penche, écarte son assiette, suggère :

« Eh ! bien voilà... tu arrêtes... sans le lui dire... »

Joëlle est suffoquée. Le navarin aux pommes n'a plus le même goût.

Mme Mazart reprend le sien d'un bon appétit :

« Dans la vie, il faut savoir ce qu'on veut. »

Aujourd'hui, Béatrice est sommelier.

Elle passe près de Joëlle. Elle voudrait savoir si c'est vrai qu'il faut laisser la porte ouverte.

Joëlle ne comprend pas.

Mme Mazart comprend qu'il s'agit de la « fiancée » de Lionel.

Béatrice explique :

« Je suis allée voir Lionel ce matin... pour mes tests... En entrant, je ferme la porte derrière moi. Lionel s'est levé pour aller l'ouvrir. Il m'a dit qu'il fallait que ce soit comme ça. C'est vrai ? »

Joëlle ne sait pas. Comment saurait-elle ?

Béatrice éclate de rire :

« ... Peut-être qu'il aime le risque ! »

Elle s'en va dans sa jupe balançoire, heureuse de semer, ici ou là, des graines de gaieté, des pommes d'amour, des fruits défendus...

Mme Mazart est offusquée.

Si M. Guinard était près d'elle, elle lui dirait que son personnel se conduit d'une manière provocante et inadmissible. Une serveuse de restaurant n'est pas une grue et Joëlle doit sans tarder mettre de l'ordre dans son ménage. Mme Mazart parle d'expérience.

Joëlle ne le sait que trop. Avec son frère, quand ils avaient une quinzaine d'années, ils disaient : 1954 : Diên Biên Phu et départ du fiancé Mazart avec la boulangère !

Ça s'était passé deux mois avant le mariage. Les choses s'étaient arrangées de justesse. Il avait fallu une année avant que Mme Mazart accepte de manger à nouveau du pain.

C'est pourquoi elle se réjouit d'être venue. Il est temps d'agir. Si Joëlle n'a pas le courage de voir les choses en face, Mme Mazart parlera à Lionel. Elle n'a pas peur, je te prie de le croire. De toute façon, une chose est sûre : les bons ménages ne s'installent pas sur des malentendus. On a, dans la famille, l'exemple de tante Huguette... Tu te souviens de ta tante Huguette...

Derrière la chaise de Mme Mazart, inflexible dans sa veste blanche, Didier attend le moment où il pourra présenter la carte en murmurant : « Madame prendra un dessert ? »

Des leçons de M. Guinard, il a retenu que le serveur n'interrompt jamais la conversation d'un client.

Avec certains clients, on attend plus qu'avec d'autres.

Ban moin an ti bo
Deux ti bo
Tois ti bo, doudou
Ban moin an ti bo
Deux ti bo
Tois ti bo...

Ce qui, de l'escalier, n'était qu'une berceuse incertaine, devient, comme on ouvre la porte, une biguine, une clarinette, un chant des îles, une odeur de punch et de tabac, une fête, une messe familiale, une surprise calme et enfumée, qui sort de l'appartement avec, pour l'arrivante, sur des dents à la blancheur tonique, le sourire ample de Margote, poupée noire et plantureuse, enroulée de jaune et rouge, madras vert, fier, sur la tête, avec pointe guillerette vers le plafond et deux anneaux qui descendent des oreilles en signe d'alliance gigantesque.

« Bonjour ! »

C'est presque un : « Je t'attendais, toi que je ne connais pas. Entre. On va faire connaissance. »

Dans tous les cas, on sait qu'on est arrivé.

La marmaille antillaise le sait aussi : ayant accompli sa mission de guide spontané, elle repart dans l'escalier avec une agilité multiple sur petites jambes.

« C'est pour Richard Toussaint.

– Ah ! Richard ! Comment il va, Richard, mon amie ? Il n'est pas avec toi ? »

Joëlle explique que, justement, elle le cherche. Il a quitté l'école la veille.

César s'avance avec, dans la main, une boîte de petits pois qu'il a peinte, décorée et emplie de gravier. Elle est ainsi devenue son chacha avec lequel il accompagne le chant de tous :

Ban moin an ti bo
Deux ti bo
Tois ti bo

Il est aussi cordial, aussi gai, aussi accueillant que Margote :

« Oh ! Richard, on sait jamais où il est, mon amie. Entre, tu vas boire le punch planteur. »

Joëlle n'en a pas envie mais elle comprend qu'on ne lui a pas demandé si elle veut le boire : on lui a dit qu'elle allait le boire.

Elle est entrée sans le savoir.

La porte s'est fermée derrière elle. Elle voit mieux le décor fait d'une pièce vide, de la montagne pelée pendue au mur, d'un musicien dans l'ombre dont on ne distingue que les doigts agités, effilés, à bout de nacre, qui sautent, tapent, roulent sur le bongo. Les autres, les silhouettes souples qui biguinent et calipsotent en chantant, voix douces et pieds légers, ce sont les cousins.

« Tous les cousins, mon amie. Ils sont venus pour le retour de Fetnat. Tu vas boire le punch et manger le boudin. C'est Margote qui fait le boudin comme là-bas. Avec le sang que Basile rapporte. Il travaille à Rungis mon amie. Fetnat est arrivé hier à Roissy. Il a rapporté le fruit à pin et la patate douce. Et aussi la goyave. Goûte la goyave, mon amie. Goûte, c'est pour toi. »

Joëlle prend la grenade antillaise dans une main. Dans l'autre, elle a son verre.

« Tu es le professeur de Richard ?

– Non, l'assistante sociale.

– C'est gentil de venir chez nous. Quand on verra Richard on lui dira que tu es passée ! »

Elle tente de remplir sa mission :

« Je crois que vous ne me comprenez pas : Richard a disparu. On ne sait pas où il est. »

César s'amuse de cette constatation.

Margote revient avec du punch coco. Il ne faut pas le confondre avec le punch planteur. D'ailleurs, sans goûter, on ne peut pas voir la différence.

César et Margote sont contents que l'assistante ait bien jugé Richard :

« On ne sait jamais où il est, mon amie ! s'exclame César.

– C'est un indépendantiste ! » surenchérit Margote.

Tous les cousins disponibles approuvent avec conviction, suivant du regard ce diable de turbulent de Richard qui, un jour ici et un jour là, se débrouille toujours pour retomber le beurre au-dessus.

« Mais... vous n'avez pas peur ? »

La famille rit plus fort. Un Antillais à cheveux

gris vient par là, suçant, au bout de son arête, une tête de maquereau. C'est ce qui donnait à la fête du rhum et de l'ananas ce parfum de poisson qui intriguait Joëlle.

« Richard, ça ne fait pas un jour qu'il est parti : ça fait un mois. Et avant, il était parti plusieurs fois.

– Il revient toujours ! Tu comprends, mon amie, il est gentil, Richard. Je suis son oncle.

– Et moi, sa tante.

– Il voudrait pas nous faire du tort. »

Le clarinettiste devient saxophoniste. Un jeune homme prend le chacha et l'agite. Deux cuillers à soupe dans une main, une autre cuiller dans la main gauche qu'il fait vibrer entre les deux cuillers de la main droite, un danseur se métamorphose en musicien. Il complète l'orchestre dans lequel le bongo fortifie sa course. Une mama créole arrive avec le plat d'acras : les beignets au maquereau expliquent l'arête du vieux, l'odeur pour tous. Ils valent à la mama une ovation.

Sur le buffet, au milieu d'une demi-douzaine de coquilles de lambies destinées peut-être à faire chanter ici la mer des Antilles, César prend un cadre sur pied, une photo à rubans :

« C'est mon père, mon amie. Il était sergent. Mort pour la France, mon amie. Il est à Saint-Omer, mon amie. Tu peux le voir dans sa tombe avec la décoration et toujours les fleurs, mon amie. »

César est ample dans ses phrases. Est-il fier de son père ou fier d'être français ? Se justifie-t-il ? Prévient-il le mauvais sort ? Une seconde, on a senti un raidissement. Des muscles au service d'une inquiétude.

Il emporte la photo.

Il revient. Généreux. Sourire plus large que la bouche :

« Prends les acras. Ça chasse tes soucis.

– Et bois du punch avec l'orange. Celui-là, c'est moi qui le fais.

– Peut-être, Richard va revenir un soir.

– Richard, il aime le punch. »

Margote fait sauter sa poitrine bariolée :

« Une fois, il en avait bu et il était ivre comme une perdrix, mon amie ! »

Ce souvenir met l'assemblée en joie. On s'attendrit sur le diablotin. On assouplit les mouvements, les pas. La danse ondule des épaules aux chevilles, remonte. Le jeune homme au chacha chantonne pour Joëlle :

Vini, Doudou à moi.
Vini, console-moi.

Joëlle est un peu gênée. Margote explique que le secret du boudin antillais, c'est le pain trempé dans le lait. C'est lui, les oignons hachés et surtout le piment qui donnent la saveur au sang du cochon.

Une gosse d'une douzaine d'années biguine à son tour. Sous son madras rayé, le visage est celui d'une enfant mais, quand elle tourne et retourne en tenant sa jupe, on voit sa croupe déjà femme qui danse en connaissance de cause.

Une autre petite Noire arrive de la pièce à côté, suivie d'un garçon, d'une jeune Créole. Tout le monde danse.

Dans cet exotisme familial, Joëlle apprend que

Richard est arrivé voici trois ans en métropole. Depuis, il se débrouille seul. Son école ? Je sais même pas où elle est, mon amie !

De toute façon, Fetnat a ramené des bananes jaunes. C'est la spécialité. La mama est en train de les faire cuire. Tu vas pas partir sans les goûter, mon amie !

Au cours d'assistantes, Mme Fontaine leur disait toujours que quelle que soit la situation, elles ne devaient jamais montrer leur surprise. Surtout ne rien dire qui puisse passer pour un jugement. S'efforcer de minimiser les drames. Eviter la panique.

De ce côté-là, avec Margote et César, il n'y a rien à craindre.

Un chien passe dans les phares. En entendant soudain la voiture, il a un mouvement de tête. Comme pour dire : « Tu ne vas pas faire ça. » Joëlle freine.

Elle ne retrouve plus la rue où elle est venue tout à l'heure. Les chemins, les impasses, les allées, les passages, ici tout se ressemble. Faits de lumières trop faibles pour la nuit, trop espacées. De grilles et de haies rectilignes. Qui vous condamnent à marcher droit. De flaque claire en flaque sombre. Personne à qui demander son chemin. Vous pouvez tourniquer pendant des heures. Vous revenez au même endroit. Vous croyez reconnaître. Vous êtes ailleurs. Loin. A un carrefour aussi nu. Aussi perdu.

Il n'empêche que si Richard Toussaint disparaissait de ce monde vide, personne ne s'en apercevrait.

Il n'est pas seul dans son cas.

Les gars comme lui, les flics les appellent les touristes. Mômes venus d'un autre continent avec, dans la poche, l'adresse d'un vague cousin, un tuteur fictif qui signe un papier pour rendre service et, en cas de coup dur, se garde bien de réclamer le colis. Filles arrivant en France « pour faire leurs études » et qu'aucune école ne verra jamais puisque le but de leur voyage est de tenir le ménage, d'élever les enfants d'un parent sur le chemin de la réussite. Celle du travail au noir. Des appartements badigeonnés en douce. Des jardins entretenus dans la nuit des heures supplémentaires. Des petits boulots à la tâche de pas te faire piquer. Avec les tuyaux qu'on se refile, venus de fournisseurs pour plomberie à robinets clandestins. Des planches récupérées dans le démontage des stands, porte de Versailles. Des fils électriques à prises multiples, ici ou là, neuf et occasion.

Joëlle retrouve enfin la rue des Cressonnières, le minuscule square du Sergent-Godillot dans lequel la municipalité a mis d'anciens préfas à la disposition de quelques associations.

Une ampoule à auréole émaillée laisse tomber sur la porte sale, écorchée, sur le gravier rare, une clarté timide, qui balance au vent.

Eliane sort.

Elle serre la main d'un garçon. Plus âgé qu'elle. Plus grand.

Ils se disent quelques mots.

Il ne lâche pas sa main. Sa physionomie donne confiance. On le voit à Eliane. Elle approuve de la tête.

Une horloge sonne. Très loin.

Les deux jeunes gens se séparent.

Le garçon rentre dans le préfa dont la porte sale se referme sous la lampe grise.

« Ça a marché ? »
Eliane ne répond pas tout de suite.
Joëlle démarre.
Le square s'en va.
Eliane sort de ses pensées.
« Oui, ça a marché.
– C'était sympathique ? »
Il y a un stop.
Un camion passe. Tardif.
On repart.
« Oui, très sympathique. »
Une croix à rayures rouges et blanches annonce un passage à niveau. On passe sur la voie ferrée qui sort d'un chantier. Le mur du cimetière conduit aux entrepôts frigorifiques. Une demi-douzaine de Nords-Africains sautent du dernier bus. Musette sur l'épaule, ils se dirigent en vitesse vers le chemin des Paveurs, le chemin dépavé. La cité d'urgence est au bout. Est à bout. Est tabou.
Un mec sans éclairage va sur sa bécane poussive. Il pédale les pieds à plat, sur la plante, les pointes écartées. Il ressemble à la fois aux paysans d'avant 2 CV et aux ouvriers du début du siècle, du début du cycle. Sac en bandoulière. Pinces à vélo. Bleu sous canadienne. Casquette à visière noire. Il rentre chez lui après quelques arrêts bistrot. Verre routine. Comptoir abonnement.
Joëlle a failli l'embarquer.
« Ce sera dur », dit Eliane.
Elle a le visage farouche que Joëlle lui connaît depuis le premier jour. Elle réfléchit avec un sérieux étonnant.
Elle dit :
« Je ne sais pas si ça peut réussir. »

Joëlle a le choix entre les paroles stupides et le silence qui ne l'est pas moins.

Elle transige, opte pour la parole au raccourci :

« Courage. »

Eliane répond :

« Tu parles comme lui. »

Lui, c'est Philippe. Le garçon qui, tout à l'heure, était avec elle sur la porte du préfa.

Il lui a donné son numéro de téléphone.

Lorsque Joëlle laisse Eliane devant chez elle, il est un peu plus de neuf heures. Elle ne pensait pas que ce serait si long. Elle aurait dû prévenir Lionel.

En passant devant la chaufferie, Eliane a aperçu Corinne qui discutait avec Jean-Luc.

Elle a envie d'aller les rejoindre. Juste pour passer un moment. Jean-Luc la débecte tellement, Corinne est tellement zombie qu'elle monte son escalier. De toute façon, elle a besoin de réfléchir. C'est mieux d'être seule.

Derrière la chaufferie, Corinne prend une tarte sonore, méchante. Une tarte de dépit. De mépris.

Déjà, elle sait où est l'honneur des filles :

« Ça m'est égal que tu me tapes.

– Tu m'avais promis le fric. »

Corinne n'a pas pu. Quelqu'un est arrivé.

« Minable !

– Je me suis pas dégonflée. J'ai été surprise. »

Jean-Luc ricane. Il savait qu'avec une pétasse pareille, il n'y avait rien à faire.

« Je te jure que quelqu'un est arrivé. Je te jure que je veux t'aider. J'y reviendrai. Je te le promets. »

Elle se blottit contre lui.

« Je ferai ce que tu voudras. »
Il se détourne. Il la détourne. Il l'expédie :
« Lâche-moi, t'es trop tarte. »
Corinne ne s'avouera jamais battue. Physiquement. Moralement.
Elle reste dans son rêve. Dans sa fuite organisée. Dans ce premier pas. En boîte. Ça la grandirait. Ça la ferait, peut-être, comme les autres. Fière d'être là. D'y être avec Jean-Luc.
« Tu m'emmèneras dimanche à la Main bleue ?
– T'es punie. »
Elle a une idée qui peut la sauver :
« Et si je te trouve l'argent, Jean-Luc ?... Si je te le trouve ? »
Une gifle énorme lui répond.
Elle ne bronche pas.
Il la regarde dans les yeux.
Il a envie de s'expliquer. Pour elle. Pour lui. Pour rien.
« T'as une tête à gifles. C'est pas ma faute : quand je te vois, j'ai envie de te filer des baffes. »
Il n'a jamais été aussi sincère.
Elle le comprend. Elle a, elle aussi, sa vérité :
« Ça m'est égal que tu me files des baffes. J'en prends depuis toujours. Ça m'est égal. Je veux être avec toi. C'est tout. »
Au-dessus d'eux, la chaufferie s'en va en fumée. Autour, la cité s'éteint à titre individuel. Nuit à la carte. A travers les volets à glissière, la plupart des appartements n'ont plus que la lumière de la télé. L'ombre bleue d'un feuilleton. Ou d'autre chose. Chacun sa chaîne.
Jean-Luc descend les trois marches qui vont aux caves.
Corinne croit qu'il va revenir.
Elle l'attend.

Au bout d'un moment, elle pense qu'il va peut-être faire sauter un cadenas.

Elle va voir s'il n'a pas besoin d'aide, de quelqu'un pour lui faire le guet.

Il a allumé la minuterie.

Il est à l'autre bout du couloir.

Elle y va.

Une porte est ouverte. Ça n'est pas pour faucher : c'est une cave vide. Juste, dans un coin, un sommier délabré. Avec grains roses empoisonnés à la tête du lit. Une corde jaune qui s'effiloche sur un clou. Un bâton.

Jean-Luc fait un signe.

Corinne entre.

Un jour, il lui a dit qu'il aimait pas faire l'amour dans une cave, que c'était bon pour les Ripous, les Zonards, les Kawas. Ceux qui baisent comme des chèvres. Avec la femme à tout le monde. La meuf de la cité Edouard-Herriot qui, l'après-midi, monte dans les étages pour se faire un retraité, un célibataire provisoire, un cacochyme de la sécu. Le soir, elle traîne par là, repérant le papa qui range sa mob, qui se rafistole une table, qui répare son vélo. Elle lui offre cinq minutes d'entracte. Entre deux rustines.

Corinne tire sur sa fermeture Eclair.

La minuterie a fini son service.

On entend un coup sourd. Un deuxième. Un troisième.

Et bientôt, la voix de Corinne :

« Non, non ! Pas si fort !... Tape pas si fort... Jean-Luc ! Arrête ! Arrête ! »

Le père de Daoudi arrivait dans les caves par l'escalier intérieur.

Il entend les cris. Il pense qu'il attend ses papiers pour la naturalisation. Heureusement, il n'a pas allumé. Il renonce à aller jusqu'au vide-ordures. Il pose son paquet sur la dernière marche. Avec les épluchures qui tombent. Les têtes de harengs fumés. La bouteille de sidi brahim que les gosses ont cassée.

Quand il est revenu dans l'escalier intérieur, les cris continuent. Il n'allume pas ici non plus. Il monte les étages en pensant à sa prochaine naturalisation.

Lionel n'a pas fait la gueule.

Il avait préparé le repas. Des boîtes, et puis des crêpes qu'il avait prises à Platouprêt. Il n'y a qu'à faire réchauffer.

Il en a fait sauter une en tenant un billet de cent francs dans la main. Il a dit que c'est comme ça qu'il faut faire pour jamais manquer de pognon. Et puis, il a répété qu'elle va se crever, qu'elle en fait trop, qu'elle se prend pour Zorro. Le numéro dans la tradition.

Il a des caresses d'habitude et des caresses inattendues. Il parle ou il se tait. C'est selon. Lui aussi, le soir, pense à son métier. Elle le voit bien.

Ils se couchent.

Il demande :

« Qu'est-ce qu'elle te voulait ta mère ? »

Joëlle sent la fatigue dans ses muscles, ses veines, sa tête, sous ses paupières.

Elle répond :

« Rien. »

Elle ferme les yeux en passant sa main entre les jambes de Lionel. Il ne faut pas non plus qu'il pense qu'elle le délaisse.

Ce matin, elle a expliqué à Michèle que, l'an prochain, son père aurait le choix entre trois solutions : lui chercher un boulot; même minable il n'est pas sûr qu'il le trouve. La laisser au bahut à ses frais pour qu'elle ait son C.A.P. de coiffure. Ou la laisser aller en électronique aux frais de la princesse : c'est cette solution qu'il choisira.

La petite a eu l'air de la croire.

Joëlle a l'affection digitale de plus en plus légère. C'est seulement une façon de dire : « Je t'aime bien mais on verra ça demain. » Elle exagère son bâillement, les signes extérieurs de paresse.

Michèle a promis de ne plus sécher les cours. C'est une bonne chose.

Joëlle s'endort.

Lionel se dit que Béatrice aurait bien aimé que la porte reste fermée. Après, elle aurait pu raconter n'importe quoi aux copines. Peut-être à juste titre. Quand il est allé l'ouvrir, elle a eu l'air de se foutre de lui.

Avec ces gamines, on n'est jamais trop prudent.

Dans sa cuisine à solitude étroite, Eliane écrase une blatte. C'est bête. C'était la seule chose qui bougeait.

Elle a mangé son yaourt. Sa pomme. Elle a bu un verre d'eau.

Ça lui a donné une idée.

Elle est allée voir les bouteilles d'apéro. Elles ont l'air au niveau.

Et puis, elle a fait toutes les cachettes. Celles qu'elle a découvertes une à une. Et sa mère en inventait d'autres. On ne sait pas si c'est par honte ou par commodité. Par prudence ou par confort. Pour ne pas faire de la peine, pour pouvoir continuer en douce.

Elle n'a trouvé qu'une bouteille de porto. A moitié vide, à moitié pleine c'est l'éternelle question.

Eliane sait maintenant que tout cela est inutile. Les alcooliques ont tous vingt trucs pour laisser aux bouteilles l'apparence de la virginité. Pour donner à penser qu'ils se rangent. Pour rassurer les autres en même temps qu'ils se rassurent eux-mêmes. Pour rester seuls avec leur hantise et leur recours.

Philippe tout à l'heure lui a longuement parlé de tout ça.

Il s'arrêtait souvent pour la laisser parler. Elle n'osait pas. Il la mettait en confiance avec la douceur des évidences. Avec tout ce qu'il savait. Avec le drame qu'elle dévoilait à peine et dont il continuait le récit avec des maux vécus par d'autres. Par lui sans doute, mais il n'a pas parlé de lui.

Depuis une demi-heure, elle regarde le téléphone. Elle met la main sur l'appareil. Elle la retire.

Elle a pris *France-Soir*.

Elle l'a posé.

Elle compose le numéro.

« Allô, Philippe ? Eliane... c'est déjà moi. »

Un reproche lui répond :

« Pourquoi dis-tu déjà ?... Je te l'ai dit : appelle-moi quand tu veux. Dès que tu en as besoin. Tu ne me dérangeras jamais. »

Eliane est heureuse d'entendre ça. C'est la première fois depuis longtemps qu'elle n'a pas, dans le regard, sa méchante rancune, sa colère sous braise, son « va-te-faire-voir » à la disposition de tous.

Elle voudrait dire ce qu'elle ressent, ce qu'elle

espère, ce qu'elle a vécu, ce qu'elle demande. Elle ne sait par où commencer. Il y en a trop.

« Parle... Parle. Je t'écoute. »

Elle va raccrocher sans rien dire. Doucement.

Elle se ravise. Ce ne serait pas poli. Elle murmure :

« Pas aujourd'hui... Pas encore. »

La voix au bout du fil sait le danger des brusqueries :

« Comme tu voudras.

— Je te rappellerai. »

Le *clic* met fin au dialogue.

Déjà regretté. A l'intimité à distance.

Dehors, la pluie recommence à tomber. Pourtant, il y a du vent. On le voit à la fumée de la chaufferie qui fait une sieste rapide sur le bâtiment D, horizontale et tourmentée, disparaissant, quand on se penche, derrière l'auréole éblouissante du néon. Là, à vingt mètres.

Sous le néon, passe Corinne qui rentre chez elle. Celle-là, elle est un peu dingue de se balader toute seule à cette heure. Un jour, il va lui arriver des bricoles.

Un garçon comme Philippe, Eliane pense qu'elle n'en a jamais vu.

VI

Régulièrement, Mme Chaumeil subissait les assauts disciplinaires de Vanovre.

Elle les repoussait en mettant en avant l'action efficace de l'assistante : il y avait moins d'absentéisme que l'an dernier.

« Sans doute. Mais il y en a quand même.

– Sans doute. Mais cette année, nous avons conservé tout l'effectif. »

C'est bien ce que Vanovre redoutait. La perte de quelques farfelus qui dérèglent la bonne marche de l'établissement, de quelques loubards qui ne peuvent amener ici que de fâcheux entraînements n'a pas de quoi émouvoir les responsables d'un L.E.P. : elle est salutaire.

« Pour qui ? » pensait Mme Chaumeil.

Elle ne posait pas la question. Assurée à l'avance que Vanovre n'avait pas besoin de ça pour la traiter, dans l'isolement des soirées familiales, de petite sœur des pauvres.

Mme Chaumeil, de son côté, accusait secrètement Vanovre de raisonner moins en fonction de l'intérêt des enfants qu'en fonction de ses propres satisfactions; les élèves qu'on jette dehors n'entraînent aucun déboire pour leurs responsables.

Un lycée qui se débarrasse des traînards avant les examens risque de faire, en pourcentage de reçus, un score meilleur que celui qui prétend conduire les brebis galeuses à la frairie.

Mme Chaumeil avait-elle raison ?

On pourrait l'affirmer si l'on ne savait combien l'homme montra de tout temps une tendance aimable à prêter les plus affreux desseins à qui le contredit.

Parce qu'elle se sentait prise entre deux flammes, Mme Chaumeil s'intéressait beaucoup au travail de Joëlle. Avec la pondération qui était sans doute la marque la plus visible de son caractère, elle voulait en vérifier l'efficacité. Souvent, le matin, elle la questionnait. Elle cherchait, sans le lui dire, des arguments, des répliques, son vaccin antivanovrique qui agirait toute la journée.

Joëlle trouvait ça sympathique et un peu encombrant.

Depuis quelque temps, dès la première heure, elle avait une autre visite.

Eternellement coiffé de sa casquette de baseball, portant souvent ses chaussettes de laine sur son pantalon, Johnny venait s'asseoir dans son bureau.

Invariablement, il lisait aux murs quelques affiches qu'il devait connaître par cœur puis, consciencieusement, il se mettait à parler de ses vacances. Les dernières. Les prochaines. Ses vacances de Pâques, de Noël, ses grandes vacances qu'il avait passées à Boston chez le frère de son père qui lui avait offert sa superbe casquette. Ses vacances anciennes qui s'écoulaient toujours à Blida chez sa Tatie Carmen qui était manucure et s'était mariée avec un officier de gendarmerie.

Parfois, Joëlle lui disait :

« Tu as de la chance de voir tant de pays. »

De sa voix douce, Johnny répondait :

« On est une grande famille. »

C'est ce qui lui permettrait, l'été prochain, de passer tout le mois de juillet chez son parrain Maxime qui vend des légumes en gros à Makronisos, après Athènes.

Un jour que, dans la cité, Joëlle cherchait quelqu'un dans le bâtiment M, elle s'était adressée à la gardienne.

Johnny était passé devant elle, montant les escaliers, une marmaille le suivant qu'il regardait d'un air protecteur.

Il avait dit « bonjour mesdames » en enlevant sa casquette de base-ball. Ça n'était pas, dans la Z.U.P., une habitude très répandue.

Joëlle avait répondu :

« Bonjour, voyageur. »

La gardienne avait été surprise par l'appellation.

Joëlle avait expliqué.

Alors, secouant la tête, mi-souriante, mi-attendrie, la gardienne avait dit :

« Johnny ? Ça fait douze ans que je suis là et je l'y ai toujours vu. Vacances ou école : il ne bouge jamais. »

Depuis, Joëlle se demandait comment elle pourrait remettre le gosse sur ses rails. Elle se demandait même s'il fallait l'y remettre. Il avait l'air tellement heureux lorsqu'il vous disait que le cousin de sa mère s'appelait Franck Beckenbauer. Il est footballeur professionnel en Allemagne. Johnny ira le voir pour Pâques. L'oncle Franck a écrit : il lui offre le voyage. C'est très beau l'Allemagne. Les stades sont plus grands qu'en France.

Le téléphone déchire la future balade :

« Jojo ? Il faudrait que tu viennes. »

Joëlle n'aime pas tellement qu'on l'appelle Jojo. Dans le bahut, c'est une manie. Les gosses donnent l'exemple et les profs font du suivisme. De toute façon, il ne servirait à rien de rouspéter. Au contraire.

« ... Maintenant ?

— Ce serait mieux. »

C'est la mère Jeantet qui est au bout du fil. Joëlle n'avait jamais réalisé qu'elle l'appelait Jeanjean, comme les autres. Ça lui plaît peut-être pas...

« C'est grave ? »

Jeanjean est un peu embêtée : c'est vaguement grave, mais surtout, elle ne sait pas ce qu'elle doit faire.

La vérité c'est que Corinne est défigurée. Il y a, sous l'œil et sous la tempe, la peau à vif, en rond. Sous l'autre pommette, du brun et du violet, et une balafre longue, par très profonde peut-être mais qui travaille le visage du menton à l'oreille.

« Qui t'a fait ça ?

— Si elle te le dit, tu auras de la chance ! » fait Jeanjean qui a dû prendre un bide avec son interrogatoire.

Joëlle s'accroupit :

« Corinne, que s'est-il passé ? »

Tout le monde attend.

Corinne aussi.

Elle se décide :

« Je suis tombée. »

Jeanjean explose :

« En plus, elle nous prend pour des billes ! »

Joëlle insiste avec la douceur de ceux qui prennent le relais. Ceux dont la patience n'est pas encore usée. Bien vite, elle comprend qu'elle emploie sa salive pour rien.

« On va aller à l'infirmerie.

– J'ai pas mal.

– C'est possible, mais je préfère savoir. Margot va te regarder. »

Corinne s'arc-boute sur son siège. Elle hurle :

« Je ne veux pas qu'on me regarde! J'en ai marre qu'on me regarde! Vous m'emmerdez! Toutes! Je m'occupe de personne : vous occupez pas de moi! Si j'avais su, je ne serais pas venue au bahut. »

Joëlle ne pensait pas qu'un pareil mollasson pourrait crier si fort. C'est la peur qui la fait sortir de son tempérament. La peur des coups futurs. Si elle dénonce le boxeur.

Margot en a vu pas mal dans sa vie d'infirmière. Pourtant celle-là a dû dérouiller sec :

« Celui qui a fait ça n'a pas fait le voyage pour rien!

– Corinne, dis-nous qui c'est... Il faut qu'on le sache... Dans ton intérêt... Comment veux-tu qu'on te protège si tu ne nous dis rien? »

La môme n'entend pas. Elle ne réagit qu'à l'alcool qu'on passe sur ses plaies. Et encore. Elle a compris d'instinct que, pour garder son monde intact, elle ne devait en parler à personne. Intact, c'est-à-dire telle qu'elle l'a fait une fois pour toutes. Ça arrive à d'autres. Qui reçoivent des dégelées et ne veulent pas les voir, ne veulent pas les sentir, ne veulent pas en parler. Pour continuer à vivre dans ce monde qui n'existe pas mais qui a le mérite de les accueillir. Ils y ont leurs habitudes, leur sécurité. Lorsque ce monde d'illusion est celui d'un groupe, on appelle ça la religion, la philosophie, l'idéologie, ou, plus en détail, le nationalisme ou l'esprit de corps. Lorsque ce monde d'illusion est celui d'un individu, on appelle ça la folie. On est toujours fou à titre individuel. La démence collective n'a pas d'asile. Elle n'a que des palais et des bureaux d'où elle donne ses ordres. Et puis des arcs de triomphe où viennent applaudir ceux qu'elle déséquilibre.

Joëlle avait, devant les yeux, les vacances de Johnny, le rêve électronique de Michèle, l'espoir muet d'Eliane, hier soir. Et ces plaies de Corinne qui formaient, sur ce domaine d'illusion, les taches sanglantes de la réalité.

Elle se lança :

« Dans un instant, je vais au commissariat pour une autre affaire. Si tu ne me dis pas qui c'est, j'en profite pour signaler ton cas. »

Sous les blessures, ce fut la panique.

« Alors, parle ! » ordonna Joëlle.

Lentement, Corinne se décida :

« C'est ma mère. »

A l'incrédulité qui effleurait toujours Joëlle devant les révélations des gosses, s'ajouta cette fois ce scepticisme venu de nos premières lectures scolaires, du « Oh ! l'amour d'une mère ! Amour que nul n'oublie ! » du père Hugo, d'une culture populaire passant par « les roses blanches » et « Toi, maman, la plus belle du monde ». Et puis, c'était inévitable, dans le doute de Joëlle entra pour une part le visage bienveillant de la mère Mazart, ses encouragements naïfs que ponctuaient des sévérités sans dommage.

Corinne rectifia aussitôt. Sa mère n'est pas sa mère :

« Elle est avec mon père. Hier soir... je suis rentrée tard parce que j'avais eu un binz avec

Eliane... Alors, quand je suis rentrée, elle m'a tapée. »

Joëlle regardait les ecchymoses sur lesquelles l'infirmière posait son sparadrap.

« Ça arrive souvent ?

– Des fois. »

Pourtant, la petite voulait sauver l'honneur de la famille :

« ... Les autres fois, c'est pas si fort.

– Bien, tu demanderas à ta mère de passer me voir. Le plus tôt possible.

– D'accord... Je peux partir ? »

Margot approuva :

« Reviens ce soir. Je te changerai. »

Corinne s'en allait, soulagée sans doute de quitter ces enfoirées qui se prenaient pour Colombo.

Joëlle la rappela :

« Dis à Michèle de venir me voir cet après-midi. »

La gosse se retourna :

« Michèle ? Elle est pas là. Hier non plus elle était pas là. »

Alors, une grande colère s'empara de Joëlle.

« Celle-là, je vais finir par l'engueuler sérieusement. »

Les enfants, on les engueule surtout quand on en a besoin.

Il y a des jours où ça tombe à propos.

C'est pas tout à fait vrai que Michèle a manqué pendant deux jours. Ce qu'elle a manqué, c'est juste la coiffure. Et puis la techno. Rien que d'entendre dire qu'on fait des crèmes avec de l'huile de cachalot, ça lui fait venir des boutons.

Elle n'a pas de but fixe.

Hier, il pleuvait. Elle a glandouillé pendant une heure à Euro. Elle a vu des mômes, des ticnos, des petits si vous préférez, qui faisaient semblant de lire un journal et, derrière, ils s'envoyaient un paquet de biscuits. Seulement, ces idiots, ils avaient déplié *Le Monde* et comme ils avaient à peine l'âge de lire, ça faisait pas authentique. Ils ont failli se faire piquer par le lardu qui joue les Maigret de gondoles. Heureusement qu'elle les a prévenus. Bref, elle essaie de se rendre utile.

Aujourd'hui, puisque Laurent Broomed a prévu une suspension dans le déluge, elle est allée jusqu'à la Marne. C'est vaseux, mais on est seul. A droite, l'eau. A gauche, le terrain défoncé, ondulé, pelé où, sur des bécanes à deux temps, les mecs se croient sur des K.T.M., des Bultaco. Ils franchissent les butes sur une roue, plongent dans les trous à la queue leu leu ou, au contraire, sur des pistes perpendiculaires : ils se croisent au fond, comme les motards dans la boule à la foire du Trône. Ça habille le terrain de chemins étroits, entrelacés. Comme sur les Vendame de Prisu, la pâte qui charmille les tartes aux prunes.

Aujourd'hui, le terrain est insipide, morne, sans utilité. Les mobs sont au bahut, à l'usine, dans les caves. Ça ferait plaisir aux voisins si, eux aussi, n'étaient pas en service. A la chaîne ou dans leur burlingue. A la pompe à benzol ou, gare de Lyon, en train de visser les tire-fond. Ils ont signé une pétition pour que le terrain soit fermé aux motards. Ils font trop de bruit. A l'heure du repas, à l'heure du repos, à l'heure des emmerdes qu'on doit régler à l'intérieur sans avoir celles de l'extérieur qui entrent par la fenêtre.

« Tu fais la bleue souvent ? »

C'est Jean-Luc qui est arrivé sur sa bécane.

Michèle ne le connaît pas bien, mais elle sait qu'il a voulu se faire Eliane de force un soir dans un wagon.

« Tu viens souvent ici ? Je t'ai jamais vue.

– Je me traîne. Faut varier les plaisirs.

– Dimanche, je vais à la Main bleue. Si tu veux, je t'emmène, j'ai un pote qui a une tire. On se fendrait.

– Le dimanche, je sors pas.

– Pourquoi ?

– Mon père veut pas. »

Jean-Luc, ça lui semble drôle un père qui se met en travers de l'amusement. Lui, il a que sa mère. Si elle l'emmerdait, il aurait vite fait de lui régler son avance à l'allumage. Confusément, il découvre un univers. C'est ça qui justifie l'interview :

« Qu'est-ce que vous foutez alors ?

– Rien. On regarde notre merde. En famille. Ou la télé. »

Réflexion faite, elle donne une appréciation égalitaire :

« C'est pareil. »

Ils sont allés comme ça jusqu'à la passerelle. Celle qui sert à rien. D'un côté, il y a un escalier qui y monte et, en haut, une barrière qui le ferme. De l'autre côté, il n'y a pas de barrière mais il n'y a pas d'escalier. C'est par là qu'ils sont montés. Par les piles de pierre. En s'accrochant à l'armature métallique.

Ça fait que, maintenant, ils sont tous les deux au milieu de la Marne. C'est vaste et gris. On entend l'échangeur de l'autoroute, les camions bleus de la Chimique. On voit quinze grues, au moins, qui montent des fenêtres, des pans de béton, des linteaux. Demain, l'une d'entre elles s'en ira plus loin. Après-demain, une autre. Mais toujours on verra, autour de soi, quinze grues qui font partie du paysage et qui aspirent du sol qu'on ne voit pas des constructions qu'elles transportent en tournant, et qu'elles posent les unes sur les autres pour que le monde vive dans le confort moderne.

« C'est une fille comme toi qu'il me faudrait. »

Les filles, on n'imagine pas comment ça peut être. Des fois on dirait que, si elles restent seules avec un garçon, elles n'ont jamais envisagé que ça peut tourner au rentre-dedans. Michèle se débine :

« T'as Corinne.

– Corinne, c'est une chèvre. »

L'affaire est réglée.

Jean-Luc voit bien la différence :

« J'ai un copain à Paris. Il peut me trouver une piaule. Avec une fille comme toi je m'installerais. »

Michèle commence à trouver qu'on s'en va vite dans les projets.

Jean-Luc est tout près d'elle. Il ne la brusque pas. Sa seule force, c'est qu'il est un homme et qu'elle devient une femme. Et puis aussi son regard qui demande de bien penser à ce qu'on dit :

« Ça te plairait pas d'avoir quelqu'un, le soir, pour te faire des câlins ? »

Michèle avale sa salive.

Corinne, c'est vrai que c'est une croûte. Et Eliane, son histoire de demi-viol après tout elle l'a peut-être inventée. Et puis, un garçon, c'est pas dit qu'il soit le même avec tout le monde.

« ... Ça serait mieux qu'un père qui te tabasse. »

Michèle pense : des fois, ça pourrait bien être

pareil. Ce qui est sûr, c'est qu'en ce moment, il a pas l'air méchant du tout. Au contraire, on dirait un bébé qui a besoin de poser sa tête quelque part. Sur une poitrine chaude.

« Je sais être gentil quand je veux. Avec toi, je sais que je serai toujours gentil. C'est ta peau, je crois, qui me fait ça. »

Il la touche. Pas comme les goulus qui, tout de suite, vont vers l'essentiel. Avec son pouce, il caresse son poignet et juste il remonte un peu sous la manche du pull-over.

Il fait ça longtemps. Avec une patience chaude. Une idée lui vient. Il lève sa main vers le visage de Michèle. De son doigt déplié, doucement, il trace sur le nez, sur les cils, sur les joues, des chemins qui se croisent comme, dans le terrain des bords de Marne, les pistes des motards.

Les pistes du visage se mouillent d'un coup.

« Pleure pas... Pleure pas, Michèle, tu vas abîmer tes yeux... et ta peau... tu vas tout abîmer. »

Dans le trouble de ses larmes, elle entend seulement la voix de Jean-Luc qui, dans son oreille, continue la caresse :

« Je voudrais que tu pleures jamais. »

Alors, elle pleure vraiment. Tellement qu'elle se détourne, son chagrin face à la Marne, aux herbes grises qui la bordent.

Jean-Luc la serre contre lui. Un peu désarçonné. Consterné. Surpris de ces sanglots dans un moment si agréable.

Il ne le sait pas mais, au bahut, la même chose est arrivée à Joëlle, un jour qu'elle mettait sa main sur la tête d'un môme. Il avait eu une crise de nerfs.

Il avait fallu longtemps pour le comprendre :

c'était, de sa vie, la première fois que quelqu'un le caressait.

Un enfant, devant vous rendu malade par une aumône d'amour, c'est une chose que l'on n'oublie pas.

Cela avait déchiré les nuits de Joëlle.

Dans le jour, cela lui donnait une énergie à batterie inépuisable. La détresse adolescente la rechargeait.

Le juge aujourd'hui lui paraissait insupportable.

Certes, il ferait tout pour que les petits Martineau restent en milieu ouvert mais non, non, non, il n'envisageait pas de faire de l'aîné, Gilles, un garçon à peine majeur, le tuteur légal de cinq enfants en bas âge :

« Il a sa propre vie à mener. Demain, il va rencontrer une fille. Il partira avec elle. Que deviendront les enfants ? »

Ces paroles sensées n'arrêtaient pas Joëlle.

Le juge se fit plus dur :

« Mademoiselle, avant de confier une charge légale, nous avons pour habitude de faire une enquête de moralité; vous devez le penser, non ? »

Or, le premier fait que révélait Joëlle sur Gilles Martineau était qu'il s'était rendu coupable d'un détournement au détriment de la Caisse d'allocations familiales.

Joëlle reçut le détournement comme une insulte. A elle. A Gilles. A Thomas. Elle voulut le dire. En habitué des périodes autoritaires, le juge ne lui en laissa pas le temps : il y avait détournement. Avec imitation de signature. C'est-à-dire avec usage de faux :

« Ce garçon doit passer en jugement. Un point, c'est tout. »

Cette fois, le bureau entier perdit de son calme démoralisant. Joëlle avait beau se rappeler les leçons de Mme Fontaine leur recommandant de toujours dominer leurs sentiments, leurs nerfs, leur langage, elle se mit à crier :

« Mais s'il passe en jugement, il va être condamné.

– Cela me paraît vraisemblable.

– Ce n'est pas possible. »

Le juge était formel :

« Ce qui n'est pas possible, c'est de percevoir indûment de l'argent. Qui plus est : l'argent de l'Etat. C'est-à-dire des contribuables.

– L'argent des allocations doit aller aux enfants : il y est allé.

– Qu'en savez-vous ? »

Joëlle en voulait à ce type à cravate, à cravache. Qui n'avait eu à passer sans doute que du cabinet de papa au bureau Saint-Gobain. Elle en voulait à l'A.S. chef, à ses collègues les plus anciennes qui lui disaient que ce qui avait le plus changé depuis le début de leur carrière, c'était la mentalité des juges. Non qu'ils soient aujourd'hui tout sucre et tout miel mais ils étaient jadis tous schlague et maison de correction. Hier, leurs yeux allaient de la faute au barème. Aujourd'hui, ils vont de la naissance de la faute à la naissance de l'accusé. Ce n'est pas qu'ils ne se sachent toujours les défenseurs de l'ordre, mais quelques-uns, qui ont le regard lointain, commencent à penser que la meilleure façon de protéger la société serait de protéger d'abord ceux qui, demain, la composeront.

C'est en ces temps d'évolution que Joëlle trouvait, devant elle, un juge en bois de justice. Main de fer dans un caractère en porte de prison.

Elle décida de monter à l'assaut. D'avancer à la barre. De lever la main droite pour l'aplatir plus fort dans la balance. En témoin à charge du système.

Elle exerce son métier dans un milieu défavorisé. Dans des conditions ingrates, parfois épouvantables, beaucoup de parents font le maximum pour leurs enfants. D'autres sont absolument dépassés par leur situation et arrivent à tout rejeter. Dans ce milieu difficile, on trouve un garçon de dix-neuf ans qui, courageusement, prend la tête de sa famille et c'est justement sur celui-là que...

M. le juge ne désarma pas : tôt ou tard la Caisse d'allocations familiales s'apercevrait de la supercherie. Elle demanderait des preuves. Qu'attendait-on du juge ? Qu'il falsifie le certificat de décès ?

La précision de Joëlle fut vite prise :

« J'irai voir la Caisse d'allocations familiales. Je leur expliquerai le cas. »

Le juge pensa : ils ne savent pas ce qui les attend ! Elle n'est pas près de les lâcher !

C'est pour cela peut-être que Joëlle crut voir, sous les montures glaciales, une flammes furtive, un reflet infime, quelque chose qui, comme un subtil feu follet, ressemblait à un sourire :

« Je convoquerai Gilles Martineau. Je vais faire envoyer un éducateur. De votre côté, voyez avec l'A.D.D.A.S. si l'on peut procurer une aide ménagère. »

Tant de discours pour en arriver là !

Elle se demandait si, par hasard, il ne se moquait pas un peu d'elle. S'il ne s'amusait pas à la faire sortir de son calme. L'espièglerie n'a pas pour réputation, pourtant, de nicher dans l'hermine.

Elle le voyait bien au front grave, aux lunettes polaires qui, à nouveau, la regardaient :

« Mademoille, l'expérience m'a appris que la meilleure façon d'éviter à un gosse une deuxième condamnation est de ne pas lui donner la première. Elle m'a appris aussi que, dans les milieux qui s'offrent à nous, exiger le paiement d'une amende équivaut à aggraver la tentation de délinquance. Elle m'a appris que la prison, hélas ! prépare beaucoup moins à un retour à la vie normale qu'à un retour à la prison. »

Ainsi était ce juge contre lequel, voici un instant, Joëlle prononçait le plus lourd verdict : juger, après tout, n'est pas si facile. Même si le jugement est, par nature, ce que l'homme porte le plus facilement. Sans doute parce qu'il le porte sur autrui : c'est l'autre qui en a le poids.

Joëlle avait souvent pensé que l'avocat de la veuve et de l'orphelin exerçait le plus beau métier du monde. A cet instant, elle pensa que le juge, mieux que quiconque, peut rétablir les équilibres. Ce juge-là sans doute le savait :

« Reste, mademoiselle, que ma conviction n'est pas partagée par tous mes confrères. Alors, de crainte que ces adolescents ne tombent un jour sur un juge moins compréhensif, je voudrais vous dire que, pour eux, le plus sûr et peut-être le seul moyen d'éviter le châtiment est de respecter la loi. Arrive toujours un moment où la loi violée frappe à son tour. Elle exige des peines. Elle les obtient. »

Là était sans doute la cause de son attitude : des gosses turbulents, des excités et des dépressifs, des bagarreurs et des incendiaires, des risque-tout, des fautifs pour exister, des coupables pour attirer l'attention, des criminels par vengeance, des cascadeurs par fanfaronnade, des loubards par le malheur, les basses classes, qui en fournissent beaucoup, n'ont pas le holding de la production. Simplement, en cas de coup dur à digérer, ceux-là n'auront personne pour réparer leurs torts, personne pour indemniser leurs victimes, personne pour leur tendre la main. Pour eux, alors, la main dans le sac sera le doigt dans l'engrenage. Or, les circonstances atténuantes n'affichent pas permanent. Comme les Kleenex, les excuses ne servent qu'une fois. Deux peut-être. Après, on se mouche dans ses doigts. L'hygiène du monde ne peut le supporter.

M. le juge ne voudrait pas que le légitime aide à l'illégal. Que le courage serve d'encouragement. Le « c'est pas grave » qui ponctue l'impunité porte avec lui le danger de récidive.

Devant la nuit banlieusarde qui immobilise les chantiers, il tendit sa main à Joëlle :

« Les sociétés s'acharnent sur les faibles, mademoiselle, c'est une loi de nature. C'est ce que je compte expliquer à Gilles Martineau. »

En traversant le parc aux grues immobiles, en passant devant ces arêtes tendues vers le ciel, ces bennes amorphes, ces ferrailles allongées dans la boue provisoire d'où repartaient les Arabes en passe-montagne, elle pensait, elle pensa longtemps à ce juge qui voulait faire plus de peur que de mal.

Peut-être savait-il que le mal qu'il pouvait faire

à coup sûr ne provoquait pas à coup sûr la peur qui pût le justifier.

Lorsqu'elle arriva dans la cité, Thomas l'attendait. Elle ne se lança pas dans les détails.

Lui, au contraire, parla pendant tout le trajet. Il raconta comment, voici deux mois, Richard s'était installé chez eux. Au début, Gilles avait un peu tordu le nez. Il disait qu'on était assez nombreux dans l'appartement. Et puis, un Noir, ça se remarque. Il avait peur que ça attire l'attention sur eux. Sur leur situation. Mais Richard était un débrouillard. Comme disait Gilles : « Celui qui lui a appris à marcher, il savait courir ! » Il les avait bien aidés, surtout le matin pour s'occuper des petits, les conduire à l'école.

Il s'était tiré quand Joëlle avait parlé du juge : ça, Thomas l'avait bien remarqué. Il faut comprendre : Richard, ça fait deux ans qu'il vit comme ça. Un coup ici. Un coup là. Au bahut ou ailleurs, il se fait inscrire, il se fait ses papiers, les signatures. Enfin, il se démerde. Seulement, si on parle du juge, ça lui fout les grelots. Normal.

« Et de quoi vivait-il ? Vous le nourrissiez ?

— Non, il avait ses jobs. La combine des livres pornos, c'est lui qui l'avait trouvée. »

Il y avait une place devant le canon de la Nation. Un coup de bol.

Ils laissèrent la voiture et descendirent dans le métro.

« Il vient toujours là. Tu comprends, depuis chez nous, c'est pratique avec le R.E.R. »

Ils marchèrent dans le couloir.

Un accordéoniste aveugle se défendait sans passion contre un busker des temps nouveaux. Le dénicheur contre Bob Dylan. La sébile contre l'étui à guitare.

Il y avait aussi un grand Noir, un habitué, qui avait étalé dans un angle. Par terre. Contre les murs. Peluche en tout genre. Mickey, Popeye, chats, chiens, souris, Nounours, tapis et même fauteuils. Une vraie Samaritaine.

« Il se tient avant le couloir Mairie de Montreuil. S'il n'est pas là, on ira à Reuilly. »

Il était là.

« Attends-moi, dit Thomas à Joëlle. Vaut peut-être mieux qu'il te voie pas tout de suite. »

Il partit avec les fatigués. Les dactylos aux lombaires soudées, les couturières à myopie précoce, les migraineux chroniques, empoisonnés de l'encre ou de la colle. Les avachis du temps de transport, les prolos aux doigts épais, au visage sérieux, moins nombreux que les tertiaires à cravate, les petits cadres à gilet, lecteurs du *Monde de l'économie* qui vraiment marque le rang. Les fonctionnaires de la Marine montés à la Concorde. Des Finances, venus du Palais Royal. Les bricoleurs encombrés par les achats au Bazar de l'hôtel de ville, les femmes épuisées par les recherches marathons du Printemps et des Galeries Lafayette, toute cette cohue et le personnel des banques embarqué à Richelieu-Drouot se rejoignant à la Bastille pour s'en aller maintenant vers la dernière station, celle qui, bientôt, vous mettra les pieds sous la table et le nez devant la télé.

« La rose... La rose... Huit francs le bouquet... Huit francs les trois roses... La fleur fait plaisir. La fleur porte bonheur. »

Richard proposait ses plantes de pacotille, celles dont on dit « comme elles sont jolies » parce qu'elles ne sont pas chères et qu'on les voit, seuls souvenirs de nature, dans le métro sale, devant des carrés de pub et de graffiti, des murs de crasse transpirante, des silhouettes à la liberté perdue dont quelques rares se redressent encore pour se donner une dernière illusion d'apparence. D'existence.

Comme ces terriens défroqués pressés de vieillir en ville, les roses demain se faneront sans avoir connu l'épanouissement.

Thomas parla à l'oreille de Richard qui, occupé à rendre la monnaie à un mari attentionné et peut-être cocu, acquiesça.

« Huit francs le bouquet... Huit francs les trois roses, huit francs... La fleur fait plaisir, la fleur porte bonheur. »

Joëlle avança.

Richard avait ce sourire magnifique qui faisait croire à la vie douce, à la simplicité sans encombre :

« Salut ! tu veux me parler ?

– J'aurais préféré être plus tranquille.

– Tranquille ? T'es une bourgeoise, toi ! »

Il s'esclaffa. Il offrait ses bouquets. Il connaissait les indifférents, les laissait passer. Il avait ses clients d'un soir. Il les saluait. Il savait distinguer, dans ce flot rentrant, l'acheteur du jour :

« La rose. Prenez le bouquet... Huit francs.

– Il faut que tu reviennes au bahut. »

Richard n'avait rien contre. Au contraire, la mécanique ça lui plaisait bien. Plus tard, il aurait un garage. Ce qu'il veut pas, c'est passer devant le juge.

« Il ne s'agit pas de passer devant le juge, il s'agit de t'aider. »

Richard connaît la vie : l'aide, c'est jamais gratuit.

« Tu ne peux pas rester seul, sans que personne sache où tu es, sans apprendre un métier, sans... »

Thomas veut apporter sa pierre au raisonnable :

« Gilles dit que tu peux revenir à la maison. »

Le petit Noir est sceptique :

« Et la gardienne? Huit francs les trois roses. Huit francs. »

La gardienne, c'est une mauvaise, tout le monde le sait. Elle lui fait des réflexions. Un jour, elle le dénoncera.

Joëlle explique que tout ça est provisoire. Que l'affaire va se régulariser. Elle l'est déjà. Le juge a envoyé un éducateur...

Elle n'en a pas dit plus : sur le mot, Richard a redressé la tête. Il a eu dans les yeux une panique et un reproche. Ramassant quelques fleurs, en abandonnant la moitié, sans qu'on ait le temps de comprendre même qu'il partait, il s'est enfui comme, dans la Camargue, le cheval devant le lasso. Comme, en Amazonie, le Caraïbe fuit devant les fusils. Lorsque quelques farceurs s'avisent d'organiser une chasse à l'Indien.

Thomas partit à sa suite.

Joëlle attendit.

Personne ne venant, elle ramassa les bouquets.

Trois agents patrouillaient. Un adjudant les suivait. La voyant, ses fleurs dans les mains, du ton de l'homme qui ne veut pas user de ses prérogatives, il lui dit :

« Allez! Allez! Circulez. Vous savez bien que c'est défendu. On vous le dit tous les jours. »

Quand ils se racontaient leur journée, le soir, Lionel et elle trouvaient ainsi quelques occasions de rire.

Aujourd'hui, ils ont battu leurs records.

Joëlle avait pris le temps de se peser en passant à la pharmacie.

Elle arrive triomphante devant la mère Boi-Boi qui, à son affectueuse habitude, l'attendait sur le palier :

« Madame Boyer, j'ai maigri d'un kilo ! »

La voisine avait le scepticisme épais des grosses expériences :

« Oh ! les kilos qu'on perd... trois petits biscuits et ça y est : on les reprend ! »

Le plus drôle était que Mme Boyer n'avait aucune méchanceté. Simplement, la vie avait ruiné ses illusions en même temps que ses revenus. Cela lui donnait un sens aimable de la fatalité. Dans les grandes ou les petites choses, un « Bof ! Pour ce que ça changera ! », un « Rien ne sert à rien ! » lui tenaient lieu de morale : elle ne croyait pas plus aux régimes politiques qu'aux régimes alimentaires. Toutefois, à la télévision, elle écoutait plus volontiers Michel Oliver que Jean Lecanuet. On ne saurait le lui reprocher. Mais cette tendance à reporter sur la bouffe l'essentiel de sa pensée avait fini par faire de cette âme légère dans un corps vite épaissi une Cassandre de l'empâtement, une Nostradamus pour catastrophe diététique.

Loin de se formaliser, Joëlle et Lionel faisaient, de ces mots innocents, leur rafraîchissement. Quand Joëlle rentrait en disant : « J'ai vu la mère Boyer », Lionel lui demandait :

« Elle t'a servi l'apéro ? »

Alors, pliée en deux, Joëlle rapportait que, ce soir, la voisine l'avait accueillie avec un compliment :

« Oh ! Vous avez une très jolie robe ! »

... Bientôt suivi d'un :

« Vous avez raison de prendre du rayé : ça mincit ! »

Ou encore :

« Oui, la robe vous va mieux. Dans votre pantalon, vous êtes vraiment trop boudinée ! »

Ils pouffaient.

Ils s'embrassaient.

Ils se caressaient.

Ils se mordillaient.

Ils inventaient.

Du moins le croyaient-ils. Les gens heureux ont la croyance naïve.

Et qu'importe après tout si l'invention n'est pas nouvelle !

S'appuyant sur des souvenirs de première, Lionel affirmait que le frottement des corps aboutit à l'électricité dite statique. Joëlle enchaînait avec le courant qu'un corps conducteur conduit dans l'autre. Avec le mot qu'une caresse efface. Qu'un cri étouffe. C'était le cours magistral des choses. Des existences. Ils en étaient heureux. Gonflés. Traversés. Leur bonheur allait jusqu'au reflux. Il avait la force magnifique des vagues, la puissance grandiose, écumante, épuisante des océans.

Ils se retrouvaient côte à côte, comme on l'est sur la plage. Comme on voudrait l'être. Après une tempête ensoleillée. Un orage de neige. Un déchaînement d'étoiles. Sous un ciel de nuit et de jour mêlés.

Dans cette paix revenue, Joëlle, bien sûr, pensait à l'enfant. Si les couples ont, après l'amour, des caresses machinales c'est que, brutalement, chacun se retrouve où il est : sur le sable. Tel qu'il est : seul. Avec des pensées qui le font lui-même et que, pour cette raison, il ne partage pas.

Elle sut que c'était le moment. Qu'il fallait parler.

Elle prépara ses mots.

C'est sa voix, uniquement sa voix, qui ballotta, qui bifurqua :

« J'ai vu Béatrice. »

Comme elle disait Béatrice avec la voix de l'enfant, avec le ton qu'elle avait prévu pour l'enfant, il crut que c'était grave.

Il murmura :

« Je lui avais dit de venir chercher ses résultats aujourd'hui. Je t'ai menti. J'avais peur que tu t'inquiètes. »

Elle ne s'inquiétait pas.

Elle fixe un point de la tapisserie. Une fleur rose qui a une auréole. Comme si la rosée s'y était imprégnée.

Ils sont, l'un et l'autre, trop de leur temps, de leurs cours de psycho, de leurs responsabilités pour ne pas savoir que, dans ce domaine, les choses sont toujours un peu floues.

Pour l'homme bien trempé, le spectacle est émouvant de l'enfant devenant femme. Elle le regarde dans la tranquille fermeté de sa poitrine débutante. Il est sur ses gardes. Elle s'en amuse. Il s'en étonne. Elle l'encourage. Il n'est pas sûr. Elle est curieuse. Il veut savoir. Elle se rétracte. Il dit : « C'était un jeu. » Elle dit : « Je ne joue pas. » Il pense : « Et si c'était vrai ? » Il est flatté, un peu attendri.

« Un peu troublé ?

– Peut-être », admet Lionel.

Il est comme le château fort qui s'amuse à regarder ses petits assaillants.

Joëlle renouvelle son sourire qu'il aime tant. Celui des petites trouvailles. Des plaisantes malices :

« Le château fort est en pierre... C'est froid la pierre.

– Oui, nous sommes plus fragiles.

– Béatrice aussi. »

Lionel accepte cette pensée grave qui, en fait, ne l'a jamais quitté. Il l'a eue dès qu'elle est venue dans son bureau. Quand elle a refermé la porte. Qu'elle le regardait aller l'ouvrir avec, dans l'œil et sur son visage et sur tout son corps qui se tortillait, une déception moqueuse.

Le jeu s'était brisé sur une porte ouverte.

« Dans le fond, tranche Joëlle, elle doit avoir un problème. »

Alors, bien tardivement, Lionel comprend pourquoi il ne lui a pas parlé de Béatrice. Joëlle, qu'il accuse volontiers d'être atteinte de problémoïte, va, encore, se charger d'un cas supplémentaire. Il estime qu'elle a suffisamment de travail sans ça.

Quant à Joëlle, elle s'en veut d'avoir manqué le coche. Pour s'embarquer dans la voie stupide de la jalousie rétro. Elle en veut surtout à sa mère qui, avec son complexe de la boulangère, finira par lui faire faire des bêtises.

Le lendemain, elle aperçut Thomas sur le semi-remorque, au fond de la cour.

C'était toujours un grand moment pour le routier de seize ans celui où il prenait les commandes du vingt-cinq tonnes, dix vitesses, celui où, en marche arrière, il devait enfoncer le cul de son engin entre les huit bitonios rouge et blanc que, dans les derniers temps de l'instruction, on rapprochait au maximum, laissant aux huit roues arrière, aux pneus gigantesques, à peine quelques centimètres de marge pour se loger.

Le secret consistait à bien placer le poids lourd au départ.

Après, les yeux rivés au rétroviseur, on y allait en ligne droite. Sans grand espoir de se refaire s'il y avait des bavures. Dans tous les cas, il fallait toujours penser à tourner le volant à l'envers. Pas trop fort. Comme pour l'accélérateur. On avait intérêt à ne pas l'écraser. Même pas le chatouiller. Au pas de l'homme. Plus vite dès qu'il y avait un spectateur, le protal, le père Vanovre. Quand on sentait un regard posé sur sa conduite. Quand une fille gueulait : « Trois carambars que tu te plantes. »

Thomas se planta sans l'aide de personne. Il n'en fut pas trop affecté. Descendant du bahut dont, près de lui, au-dessus de lui, à côté de lui, on voyait mieux la taille énorme, il dit qu'il avait réussi à convaincre Richard : il était rentré.

Il sembla à Joëlle que le vingt-cinq tonnes s'envolait, qu'il libérait sa poitrine de tout son chargement d'inquiétudes.

Les mômes sortaient dans le vent à la chaux du chantier voisin. A la porte de Montreuil, tu trouves un bleu de travail pour dix plaques. En marchandant, Cassou l'a eu à quatre-vingt-cinq balles.

« Daoudi, tu habites à côté de chez Béatrice, je crois...

— Ouais.

— Tu sais ce que font ses parents ? »

Daoudi gonfle les joues. Ça veut dire que les

parents de Béatrice, il s'est jamais penché sur le sujet.

« Et elle, qu'est-ce que tu en penses ? »

Daoudi est encore plus sans avis. Il sait seulement que Béatrice vaut un demi.

Joëlle ne comprend pas.

« Tu sais pas ce que ça veut dire : « Elle vaut « un demi » ?

— Non. »

Daoudi conseille de s'adresser à ceux de l'hôtellerie. Ce sont eux qui ont lancé ça il y a trois semaines.

Il retrouve son groupe. Le père de Cassou, on l'appelle le stadiste parce qu'il est gardien du stade. On l'appelle aussi le plombier parce qu'il a toute la canalisation en plastique. La nuit dernière, il a proposé aux poulets de faire avec eux un concours de ballon. Officiel. Ils ont tous soufflé les uns après les autres. C'est lui et Cou Rouge qui ont gagné.

« Sylvie !

— Comment vas-tu ? »

Joëlle aime cette spontanéité. Ce sérieux qui sent la savonnette. Que les gens de bien savent si rarement allier à un peu de gaieté. Il est vrai que nul ne les y encourage. Au pays de Molière et de Feydeau, de Labiche et de Turlupin, le rire est saltimbanque. Le drame est dignitaire. S'il est bourgeois, on en fait des romans. S'il est social, on en fait des discours. Il faut en prendre son parti : jamais notre République n'aura un président qui danse les claquettes.

« Tu connais Michèle Reboul ! Chez toi, comment travaille-t-elle ?

– Elle se casse pas.

– Je croyais qu'elle aimait les maths... »

Sylvie a une lucide sérénité :

« Dans nos classes, on a ceux qui sont en retard et qui s'en foutent. Ceux qui, avant de venir ici, ont fait une troisième dans un C.E.S. ou même une seconde et auxquels on fait refaire ce qu'ils ont déjà vu. Alors, ceux-là, ils s'en foutent aussi... »

Joëlle s'égaya :

« J'espère qu'entre les deux, tu as ceux qui sont à l'heure ! »

Sylvie reconnaît qu'il y en a quelques-uns.

Joëlle explique que, pour entrer en électronique l'an prochain, il faut que Michèle reste au niveau en math :

« Tu ne voudrais pas l'aider un peu ? »

Syndicalement, Sylvie est contre les leçons particulières. C'est encourager l'Etat à ne pas améliorer la situation. C'est aussi une sorte de travail noir qui avantage les élèves les moins défavorisés et gonfle, sur la bourse des parents, le salaire des profs. Ce n'est pas cela qui les incitera à soutenir les revendications.

Joëlle comprend que Sylvie est en pleine griserie :

« Rassure-toi : il ne s'agit pas de payer ! »

Toutes les deux éclatent de rire. Ce qui est toujours une bonne façon de se mettre d'accord.

Pendant ce temps, dans la classe, Corinne s'était approchée de Michèle.

Sous son sparadrap à débordement de mercure au chrome, elle était plus faible, plus minable, plus implorante que jamais :

« Dis... Tu veux pas me le laisser ? »

Elle savait que Jean-Luc la rejoignait à la passerelle. Elle lui en voulait pas. Elle lui demandait simplement de le lui laisser.

« Pourquoi tu t'accroches à lui ?

– Je ne sais pas. C'est plus fort que moi. »

Elle montra sa balafre au menton :

« Tu vois comment il m'a mise : Eh bien, ça fait rien : c'est plus fort que moi. »

Michèle eut l'impression que la balafre venait sur sa joue. Que Corinne avait la lèpre. Que la caresse de Jean-Luc, l'autre soir, avait laissé des traces sur sa peau.

« C'est Jean-Luc qui t'a fait ça ?

– Ouais. Tu le diras pas surtout.

– Je croyais que c'était ta mère ? »

Corinne était devant une évidence :

« Je pouvais pas dire que c'était lui quand même ! »

Les filles s'agitaient en attendant la prof. Elles parlaient des notations que Didier avait lancées avec ceux de l'hôtellerie. C'était, à coup sûr, le nouveau gadget.

Les deux filles ne se mêlèrent pas aux jacasseries :

« Pourquoi il t'a fait ça ?

– Je peux pas te le dire.

– Puisque je le répéterai pas.

– Non, il y a des choses, je peux. Ça, je peux pas. »

Elle se tut.

C'était la première fois que Michèle la voyait ainsi, ayant pris une décision. Assurée de s'y tenir.

Elle se serait reprochée de la tourmenter.

Elle se tut à son tour.

Il y eut un temps pendant lequel Corinne

pensait : « Je ne dirai rien. » Cependant que l'autre se disait : « J'aimerais bien savoir. »

La curiosité donne de l'invention :

« Si tu me le dis, je te promets que je te laisse Jean-Luc. »

Dès lors, Corinne avait perdu :

« Tu me le jures ?

– Sur la tête de mon père. »

La tête du gros Marcel étant en garantie, Corinne s'exécuta ;

« Il voulait que je fauche du fric pour lui. »

Michèle sursauta :

« Il est dingue !... T'as bien fait de pas le faire. »

Corinne tira doucement de sa poche de tablier une liasse de billets de dix francs :

« Regarde. C'était à la mère d'Eliane. »

Michèle n'en revenait pas ;

« T'es cinglée... T'es complètement cinglée...

– Peut-être », dit Corinne en regardant les billets.

Elle les remit dans sa poche en murmurant :

« Jean-Luc va être content. Dimanche, il m'emmène à la Main bleue. »

Michèle se rappela que Jean-Luc lui avait proposé d'y aller avec elle. Il lui avait même dit qu'il aurait du fric.

Il n'y avait pas que la coiffure qui la débectait. Il y avait les coiffeuses : des flaques qu'on finira par ramasser avec une éponge. Juste capables de se faire embarquer par le premier frimeur venu.

L'heure suivante était avec la mère Jeantet.

Michèle se débina.

Elle n'avait pas envie de croupir dans l'odeur d'ammoniaque et de patchouli. Avec des filles qui ne se rendent même pas compte que des coiffeuses y en a à revendre et que, si on les pousse là-dedans, c'est juste parce que l'Etat a besoin d'amortir ses séchoirs.

Quand elle arriva dans la rue Arthur-Honegger, Jean-Luc sortait du tabac.

Il lui dit :

« Tu t'es taillée du bahut ? T'as bien fait. »

Jeanjean consentit à ne pas signaler l'absence :

« C'est bien pour te faire plaisir ! Imagine qu'il lui arrive un accident. »

Joëlle remercia.

Regardant tour à tour la figurine et la glace dans laquelle se reflétait leur œuvre, rouleau babylis en main, les filles s'essayaient à la mise en plis à l'air chaud.

Muriel s'indignait :

« Avec cette histoire de classement, maintenant les gars veulent sortir avec toi juste parce que ça leur fait des points. Tu parles si c'est flatteur ! »

Florence renchérissait :

« Ce matin, il y a Richard qui me dit : « Je suis à 15. Si je te drague, je passe à 22 ! »

Muriel n'était pas très bonne en calcul :

« T'es à 6, toi ?

– Non, à 7 », dit Florence plus précise.

Muriel s'étonna :

« Comment t'as fait ?

– Je sais pas. Je sais juste qu'ils m'ont mise à 7. Et toi, à combien t'es ?

– A 3. »

Florence se tourna sur sa droite :

« Yoyo ! A combien t'es ? »

Yoyo s'appliquait à faire gonfler les boucles.

De temps en temps, elle lâchait un peu son

séchoir à main et l'air chaud, remontant le long de sa figure, faisait sauter sa propre mèche sur son front. Comme elle avait le nez en trompette, on pensait soudain que l'air chaud avait tout relevé en même temps.

« Avant, j'étais à 4, mais, depuis que je sors plus qu'avec Thomas, paraît qu'ils m'ont mise à 8. »

Il y eut un souffle d'admiration qui ne venait pas des séchoirs. 8, c'était sûrement la meilleure note de la classe.

Au self, Joëlle s'approcha de Corinne ;

« Dis-moi... Ta mère n'est pas venue me voir...

– Elle a dit qu'elle avait du travail », fit Corinne en emportant son plateau.

La femme de service partit renouveler les rations à la cuisine.

Devant la gondole des desserts, Yoyo décida d'en profiter :

« Un pour mon papa, un pour ma maman, un pour mon petit frère, un pour ma grande sœur... »

Vanovre arrivait derrière elle.

Voyant le coup, les copains commencèrent à se marrer un brin.

Yoyo crut qu'ils riaient de ses prestidigitations. Comme tous les cabotins ayant trouvé leur public, elle força son jeu :

« Un pour mon tonton, un pour ma tatie, un pour ma grand-mère, un pour mon pépé...

– J'espère que vous avez votre carte de famille nombreuse ! » lança Vanovre.

Yoyo, sans un mot, reposa les desserts.

Elle se tourna avec grâce vers le conseiller :

« J' les aurais pas emportés, vous le pensez

bien, m'sieur! C'était juste pour amuser les travailleurs! »

Sans autre gêne, elle fonça vers une table libre en emportant son plateau et, dans son blouson, les deux crèmes caramel qu'elle avait oublié de remettre.

Joëlle s'était assise en face de la mère Chaumeil.

Vanovre vint les rejoindre. On ne pouvait plus accepter les absences répétées de certains élèves. Il venait de constater que Richard Toussaint, par exemple, s'était absenté pendant quatre jours.

« Maintenant, il est rentré », dit Joëlle avec la promptitude d'une mère prête à défendre son enfant.

Non seulement Vanovre en avait plein le dos des disparitions des élèves, mais, cela se voyait à son regard, il en avait plein le dos aussi de ceux qui, systématiquement, assuraient leur défense : on ne fait pas d'études profitables dans ces conditions.

« Vous vous rendez compte de ce que c'est que quatre jours d'absence? Il suffit que les professeurs indiquent des choses importantes pendant ces quatre jours : c'est comme ça qu'on manque un brevet. Ou un C.A.P. »

Il fallait faire un exemple.

« Quelle sanction proposez-vous? » demanda Mme Chaumeil.

Vanovre était formel :

« Il faut le mettre à pied... au moins pendant deux jours. »

Alors, en fait de mise à pied, Joëlle se demanda si Vanovre ne marchait pas sur la tête.

Ce n'était pas la peine que les uns s'acharnent à maintenir les gosses au bahut si, quand on parvenait à les y faire rentrer, les autres ne trouvaient rien de mieux, à titre de sanction, que de les en faire sortir !

L'accrochage fut sévère. Mme Chaumeil ne s'en mêla pas.

Elle pensait à ce matin new-yorkais où, ayant, les jours précédents, épuisé avec son mari les joies de la 5e Avenue, ils avaient décidé d'aller visiter le Bronx.

Elle se souvenait de sa surprise lorsque, s'apprêtant, un peu émue, un peu peureuse, à pénétrer dans le lieu le plus mal famé du monde, elle s'était retrouvée dans un quartier résidentiel, aux immeubles harmonieux, aux villas distinguées, soigneusement entretenues, jardins verts et arbres en fleur, bordant la Bronx River qui, s'élargissant de-ci, de-là, en lacs et en canotages, en plaisirs du dimanche et en piscines colorées, descendait paisiblement vers la mer en traversant, pour le plaisir des touristes et la fortune des marchands de milk-shakes, un exceptionnel jardin botanique, un parc zoologique de plus de cent hectares où, dans un environnement qui rappelait à chacun son décor naturel, vivaient en liberté quelque trois mille cinq cents animaux.

Le lendemain, un ami new-yorkais guida les Chaumeil dans le South Bronx, sale, lézardé, usé, ignoble dans ses commerces morts et ses angoisses souterraines, ses rues et ses trafics, ses bâtisses nues, déchirées, que toute parade a fui sauf celle de la misère et qui, sur leurs trottoirs ici grouillants et là déserts, donnent une paradoxale impression d'étouffant bord de mer. Un peu comme si, en un hiver déchaîné, le vent du large avait décollé les peintures et déplâtré les murs, cassé des néons et dégarni les poutrelles métalliques, rétréci les couloirs et, surtout, réparti sur les maisons et les autobus, sur les voitures et les terrasses, sur les piliers de béton et les taxis mastocs, une couche invisible, uniforme et pesante de poussière et de boue, de rouille, d'immondices, de renoncement.

Devant ces tableaux d'ombre et de déchéance où, sans les chercher, on voit dans la rue des gosses hallucinés par l'éther ou le L.S.D., d'autres qui, l'œil vif, guettent le pourboire ou le sac à main, le coup à faire ou à signaler, le client pour soi ou pour sa sœur, on éprouvait moins la peur du danger que le malaise ressenti devant un malade : l'angoisse donnée par le spectacle d'un débile que l'on saurait poussé à la folie par l'indifférence ou la cupidité des siens.

« Il n'y aura pas de mise à pied », murmura Mme Chaumeil.

Vanovre explosa. Le L.E.P., bientôt, ressemblerait au self-service. Chacun y choisirait son plat. Y viendrait à ses heures. Selon son humeur, sa convenance.

Mme Chaumeil ne répondit pas.

Dans le Bronx crasseux, des enfants sans école vont dans la rue pour se faire un métier.

Joëlle partit pour les H.L.M.

Sur la route de Meaux, dans son inutile statue, Gallieni bientôt n'arrêtera plus Paris.

Tant qu'on déguisera en cités des campagnes inoffensives, il faudra des hommes et des femmes pour lutter contre les dangers qui naissent de la cité.

Mme Heinzi montre une trentaine maquillée. A décoloration successive. A fond de teint rugueux.

Sur pilosité résistante. Blonde. Poitrine et jambes nues sous froufrous fatigués.

Elle regarde Joëlle comme, ici, on regarde ceux qui ont sonné.

Ils viennent vous proposer des choses dont on n'a pas besoin. Des balais-brosses et des encyclopédies. Ils se présentent pour des statistiques bidons, des sondages à vente finale, des enquêtes sur l'hygiène de la femme qui se terminent par des crèmes à acheter, des sels de bain qu'ils font mousser après dix minutes de parlotte à temps perdu.

Une assistante sociale c'est autre chose.

Mme Heinzi fait disparaître de la table de la salle à manger la cire épilatoire, *Intimité,* qui traînait sur une chaise.

Ça permet de dire :

« Asseyez-vous, je vous en prie. Je vous sers un peu de bière ? »

Pas de bière, ni de gâteaux secs. Merci.

« Mme Heinzi, je vous avais fait demander de venir me voir...

— A moi ? »

Mme Heinzi est surprise.

Elle ne devrait pas l'être : les commissions, Corinne n'en fait jamais aucune. Et puis, si c'est pour se faire engueuler, elle ne risquait pas d'en parler : c'est une petite grue mais elle n'est pas idiote.

Le mot a été placé avec une assurance triviale : un chat est un chat, Corinne est une grue. On a visiblement vingt preuves sur la langue.

Joëlle évite le défi :

« Dans tous les cas, votre fille...

— Ah ! Non ! »

Mme Heinzi est piquée. Cabrée. Scandalisée. La

contrariété court sur sa peau. On la voit. Vraiment. En frissons. En outrage. En dignité vulgaire et résolue. Elle a deux filles. Elles savent se tenir :

« Corinne, je l'élève de mon mieux, mais ne venez pas me dire que c'est ma fille. Merci bien. »

On en vient au fait : l'enfant a été battue... salement battue même...

« Si elle ne cavalait pas dans toutes les caves, ça lui serait pas arrivé ! »

Joëlle se jure de ne pas saisir les perches. Elle reste sur l'essentiel. Ce qui la surprend. Ce à quoi elle n'avait pas pensé :

« Vous voulez dire... qu'elle n'a pas été battue chez vous ?

– Chez moi ? Et par qui, grands dieux ? Son père est bien trop lâche pour la toucher ! Et vous n'avez pas supposé, j'espère, que c'était moi ? »

Une idée lui vient :

« A moins qu'elle ne m'ait accusée ?... Avec elle, il faut s'attendre à tout. »

Joëlle rassure : Corinne n'a rien dit.

Les mensonges ne sont des mensonges que lorsqu'on les fait pour soi. Quand on ment pour les autres c'est comme quand on tue pour eux. On n'est plus des assassins : on est des soldats.

Entre le canapé Lévitan et les racontars garantis pour longtemps, Joëlle monte à l'assaut : si les coups ont été donnés à l'extérieur, elle s'étonne que, voyant rentrer Corinne dans cet état, personne, ici, ne se soit inquiété de savoir, de soigner, de...

« Comment voulez-vous savoir ? Avec une fille qui ne dit jamais rien ! Qui rentre quand elle veut ! La soigner ? On ne l'a même pas vue !

– C'est une adolescente. On doit la protéger. »

Mme Heinzi a, malgré son jeune âge, la ferme suffisance des femmes de bien. Elle a été adolescente : elle n'avait besoin de personne pour la protéger. La vérité est plus simple : Corinne tient de sa mère. Elle finira comme elle. Vous voulez savoir où elle est, sa mère? Faut-il faire un dessin? Que voulez-vous : quand on a ça dans le sang...

Joëlle se lève. Furieuse d'avoir laissé venir la conversation jusqu'à l'argument qu'on tenait en réserve. Depuis le début. Huilé, astiqué. Eprouvé. Corps franc irréfutable qui, dans les conversations de palier, doit faire basculer le H.L.M. du côté de la bonne cause.

Mme Heinzi est désolée que Mlle l'Assistante n'ait pas pris au moins un petit biscuit. Repassez quand vous voulez. Ça me fera plaisir : je suis toujours toute seule. *Intimité* se déplace à nouveau. Il retrouve *France-Dimanche* sur le buffet :

« Que voulez-vous, j'aime la lecture. »

Il y a un cadre double pour petites filles modèles. Huit et dix ans. Avec robes à froufrous maternels, barrettes papillons dans les cheveux, couronne de fleurs gravées dans la bordure en miroir.

« Ce sont mes deux chefs-d'œuvre.

– Elles sont jolies », reconnaît Joëlle. Presque à contrecœur.

« Et puis comme il faut, les chéries. Elles travaillent bien. L'une comme l'autre. »

On conclura dans l'allusion et le soupir :

« C'est ma consolation! Il en faut! »

En ce qui concerne le père, il fait les trois huit. En ce moment, il rentre tard. La semaine prochaine, il sera là dans la journée. Mais c'est sans engagement :

« Il est tellement dégonflé ! »

Et, pour finir, cette éternelle façon de se trouver une alliée, une complice qu'on fait entrer, avec soi, dans la confrérie méritante des victimes et des connaisseurs :

« Les hommes, vous savez ce que c'est ! »

La cité semble respirable.

Ses passerelles paraissent aériennes.

Le toboggan a été réparé. L'E.D.F. à tour mobile a passé l'inspection des lampadaires : en bâtons lunaires, la lumière répond partout aux premières injonctions du jour qui sombre.

Les écoles libèrent des voix aiguës, des courses aux sacs à bout de bras. Thomas et Richard portent sur leurs cycles cabossés les frères et sœurs aux jacassants récits de journée scolaire. Joëlle pense qu'un jour elle leur offrira ce fameux chocolat. Pour entrer en confiance et satisfaire les gourmandises.

Des boubous vont lentement sur Africaines à pieds plats. A conversation tranquille. Cinq ou six personnes suffisent pour former une petite queue dans la boulangerie. Les suivants attendront devant la porte. On arrive à la pharmacie l'ordonnance à la main, le visage confronté à la venue toujours surprenante de la maladie.

Des voix portugaises s'interpellent de loin. De fenêtre à trottoir. On ne sait pas si elles s'insultent ou si elles se donnent des nouvelles de la famille.

Ainsi se pratique la réanimation. Le bouche à bouche des retours sur la cité. Les femmes et les enfants d'abord. Cela va durer deux heures jusqu'à ce que les parkings soient, pour la nuit, équipés de 4 L d'occasion, de 2 CV à fendre l'âme, de l'estafette du patron, de l'éternelle camionnette Louez Valem. Et de cette Peugeot à batterie anémique que, demain avant le jour, un groupe de Yougoslaves poussera à deux, trois, quatre, cinq reprises; à six occupants; avant qu'elle consente à partir au travail.

Un couple se sépare. Il s'en va sur sa mob. Elle regarde machinalement la vitrine des sports. Les chaussures de ski. La raquette de tennis, le ballon Kopa. Les survêts. Les chemises à crocodile qui, la semaine dernière, n'étaient pas là et qui, déjà, annoncent le printemps.

La comédie a assez duré : Joëlle laisse sa bagnole. Fonce vers l'étalage Polysport.

« Pourquoi tu gueules comme ça ?

– Je ne gueule pas mais j'ai décidé de changer d'attitude. »

Michèle essaie de se défiler :

« Si t'as quelque chose qui va pas avec ton mec, je dois pas en supporter les conséquences. »

Joëlle récapitule : elle voit le père Reboul, elle se fait jeter, elle continue, elle trouve un bahut, un foyer, elle se démène pour les bourses, elle prépare le dossier, elle se fait engueuler par le juge et tout ça pourquoi ? Pour que mademoiselle fasse la bleue chaque fois que ça lui chante !

« A quoi ça sert d'apprendre la frisure artificielle pour aller en électronique ? »

La porte vitrée de la Banco Pinto vibre sous l'agitation de Joëlle :

« Je vais te dire une chose : dans le bahut où tu vas, il y a de la concurrence. Alors, si tu te pointes avec un carnet qui a autant d'absences que d'heures de présence, ils ne chercheront pas à savoir pourquoi tu faisais des études à la carte : ils ne te prendront pas. Un point, c'est tout ! »

Michèle examine l'argument avec objectivité.

Elle estime :

« C'est débile.

– C'est peut-être débile mais c'est comme ça... J'ai vu la prof de maths. Elle va t'aider. Alors toi, de ton côté, les balades avec les petits loubards pendant les heures de classe, c'est terminé.

– En tant qu'assistante, ça te regarde avec qui je sors ? »

En d'autres temps, Joëlle se mordait les lèvres. Aujourd'hui, elle n'a plus l'envie de savoir si elle va trop loin : avec qui sortent Michèle ou ses copines, ça ne la regarde pas et même elle s'en fout. Mais, en tant que fille et puisqu'on est sur le sujet, elle se permet de donner son avis : le petit rocky, tu ferais mieux de le larguer vite fait parce qu'il n'est pas intéressant du tout. C'est un rouleur, un frimeur, un minable et une brute.

Michèle a l'obstination tranquille de ceux qui connaissent le dossier : on dit du mal de Jean-Luc, mais quand il est seul avec elle, il est très doux. Il l'embrasse. Il la caresse...

Ce n'est pas la première fois que, chez ces gosses que l'on pourrait croire aguerris, Joëlle constate une telle naïveté. Une sorte de fleur d'enfance qui, n'ayant pas trouvé à s'épanouir sous les coups du sort, se perpétue dans une serre inconnue. Sans soleil. Cachée un jour sous un cynisme, une grossièreté majeure. Reparaissant le lendemain. Frêle. Fraîche. Inattendue.

« T'inquiète pas : pour ça, t'en trouvera d'autres.

– Peut-être, dit Michèle, pensive : moi, personne m'a jamais parlé gentiment. »

Ce sont des mots qui vous ébranlent.

Joëlle prend sa tire, embarque Michèle. Pour pas que le père Reboul gueule à cause du retard : en ce moment, il se prend pour King Kong.

Lorsqu'elle l'arrête près de la caravane, Michèle ne descend pas.

Elle demande :

« Dis... C'est vrai que tu crois à l'amour ? »

Joëlle ne s'attendait pas à ça.

« T'en as vu des gens qui s'aiment ?

— Bien sûr.

— Ah ! »

Michèle regarde le pare-brise. Elle essuie une poussière. Elle a des gestes qui ne veulent pas être dans la conversation.

« Et toi... l'orienteur... tu l'aimes ? »

Joëlle a un gros oui qui englobe Lionel et l'enfant qu'il ne veut pas.

« Et lui... il t'aime ?

— Je crois. »

Michèle gratte avec son ongle.

Un moustique qu'on avait écrasé il y a longtemps et qui est resté sur la vitre.

« Tu rigoles ?

— Non, je rigole pas : je crois qu'il m'aime... vraiment.

— Ah ! »

Les gosses grandissent avec ce qu'ils voient autour. Un homme qui aime une femme, c'est plus surprenant qu'un homme qui va dans la lune. Le cosmonaute, on le montre au journal télé. Il y a bien une raison.

En ce qui concerne le bahut, Michèle a une copine qui fait l'école d'infirmières. Pendant un mois, ils l'ont filée chez les petits vieux. Paraît que c'était dégueulasse. Eh bien, la copine ça lui fait rien. Même, quand elle en parle, elle frétille! Michèle, la coiffure, rien que d'y penser, ça lui fout de l'urticaire.

Joëlle ne demande pas à Michèle d'apprendre la coiffure : si elle assiste au cours, ça lui suffit. Elle a une idée : puisque Jeanjean manque de têtes, elle n'a qu'à prêter la sienne. Pendant qu'on lui posera les bigoudis, elle pourra même réviser les maths.

Michèle est pas contre.

Joëlle en parlera à Jeanjean.

Quand elle traverse la cité, elle imagine Michèle coiffée un jour à l'ange, un jour à la Jeanne d'Arc, le matin avec des anglaises, l'après-midi avec des tresses Afro. Tantôt Cléopâtre tantôt punk. Hier romantique et demain black panther... elle sourit.

Eliane est à sa fenêtre.

Ce soir, elle s'est dépêchée de rentrer.

Elle voit passer la bagnole de l'A.S. devant le parking.

Thomas et Richard ont recommencé leur cirque devant le commissariat. Elle croyait qu'ils avaient mûri, mais non : c'est seulement la pluie qui les avait chassés. Avec le printemps, ils vont reprendre leurs virées. Tous les deux sur la mob. Ce soir, les schmitts sont pas encore sortis pour les engueuler.

Eliane tient l'appareil du téléphone sur ses genoux.

C'est pour ça qu'elle est rentrée de bonne heure. Pour dire à Philippe ce que Michèle lui a appris. C'est une belle nouvelle, tu comprends? Jusque-là, quand elle la voyait l'accuser de lui faucher son fric, comme elle savait qu'elle ne lui en piquait pas, elle commençait à se demander si sa mère ne déménageait pas un peu...

« Tu ne te doutais de rien ?

– Pour Corinne ? Non. Je suis tarte, hein ? »

Eliane s'en rend compte aussitôt : il y a longtemps qu'elle n'avait pas entendu son rire. Ce rire-là. Délesté.

Au bout du fil, Philippe est content de la sentir heureuse.

« Je sais », répond-elle.

Ça ébranle le garçon.

Il change de sujet :

« Tu vas le dire à ta mère ? »

Ce n'est pas la peine de remuer tout ça. Elle reprendra la clef à Corinne. Ça suffira. Parce que... il y a quelque chose que Philippe ne sait pas... une chose que...

Le silence va maintenant d'Eliane à Philippe.

Il revient.

Il repart.

Philippe se décide :

« Une chose que tu veux me dire ? »

Le « non » est parti très vite. Pas fort.

Rectifié aussitôt :

« Pas maintenant... pas encore... un jour peut-être... sûrement. »

Philippe a l'habitude de ces patiences.

Etre disponible, c'est être prêt à l'autre. A son heure.

C'est Eliane qui va vers sa question :

« Philippe... je voulais te demander... ton père... c'est toi qui t'es occupé de lui ? »

Etre prêt à l'autre, c'est être prêt aux confidences.

Le malheur de Philippe déposé aux pieds d'Eliane, c'est le visa dont elle a besoin pour sortir. De l'angoisse qui la brise mais dont elle a l'habitude. Depuis longtemps elle vit avec elle. Tête à tête. En sécurité, pour ainsi dire. C'est pour cela que l'inconnu doit se découvrir. Montrer ses titres de déchéance sur lesquels, mise en confiance, elle dévoilera les siens.

Il n'y a pas un alcoolique qui soit heureux. Pas un alcoolique qui, un soir et plus sûrement un matin, ne se fasse horreur.

Le père de Philippe était ainsi. Les marchés à traiter ont des whiskies nécessaires, des repas arroseurs. Dans nos sociétés industrielles, les Crazy Horse prouvent la solidité de vos aciers. Au bureau, un « j'appelle l'hôtesse » montre la qualité de vos mœurs et de vos produits. On s'habitue à tout. A l'alcool surtout. Les soirées sans emploi vous paraissent vides. On les remplit avec des verres. Le lendemain revient avec son déjeuner obligatoire, ses clients allemands à promener de spéciale en aligoté, de kir en châteauneuf-du-pape, de bourbon en lanson.

Pour le père de Philippe, le pire fut qu'il vit venir sa fin. Lorsque les « Gauthier picole » commencèrent à circuler, il y avait longtemps que, de bar belge en terrasse Martini, de buffets officiellement campagnards en pots inutilement prolongés, il avait lui-même entendu le long bruit de sa chute.

Il partit avec une indemnité qui devint un pourboire. Il trouva un emploi qui était une offense. Il pardonna l'offense où l'on pardonne ceux qui nous ont offensé : devant le comptoir. Il quitta la place des Ternes pour Bobigny. Une place pour une autre. Son salaire était en liquide. Il vendit des voitures d'occasion. Des pneus rechapés. Des pièces détachées. Détaché de tout. Sauf de ses fils qu'il regardait à travers des whiskies désespérés :

« Il voulait s'en sortir. C'est lui qui a trouvé l'association. Il n'en a pas parlé. On voyait le changement. On n'osait pas y croire. On avait raison : un jour il est rentré ivre mort. Plus exactement, il n'est pas rentré. Le matin, je l'ai trouvé sur le palier. J'avais quinze ans. Il a pleuré dans mes bras. Longtemps. Ma mère, à son tour, nous a trouvés. Je crois que c'est ce jour-là, en nous voyant, qu'elle a compris. A nouveau, il s'est arrêté. Il est revenu à l'association. Trois mois après, il m'y a emmené avec lui. Depuis, je m'occupe des jeunes. Des fils. »

Eliane ne parle pas.

Philippe sait ce qu'elle pense.

Il dit :

« Tu verras, pour toi aussi ça ira bien. J'en suis sûr. J'ai déjà vu pas mal de cas. Quelque chose me dit que tu réussiras. »

Elle répond :

« Il y a deux heures que nous parlons. Excuse-moi, je vais te quitter.

– Bonsoir, Eliane. Du courage. »

Eliane garda le mot sur elle. Longtemps.

Sans bouger.

Le car des flics s'était arrêté devant le commissariat.

Les schmitts font monter un jeune. Un autre plus grand, calmement récalcitrant, sort à son tour. Il a des gestes mous qui veulent dire : « Me touchez pas. » Ça veut être digne mais ça fait myxomatose. Il a dû picoler. Ou se shooter un brin. Cou Rouge le prend par le col, par le fond du pantalon. Il l'expédie dans le panier. Il y a un bruit sourd.

Eliane gueule :

« Conard ! »

Et puis elle rentre sa tête en vitesse.

Elle se demande si elle est teigneuse, vraiment. Comme disent les copains.

Elle voit que oui.

Ça l'embête.

Elle aimerait ressembler à Philippe.

VII

Joëlle se reprochera toujours de ne pas être venue plus tôt.

Cela n'aurait rien changé, mais, devant le malheur, l'homme éprouve le besoin de se sentir meilleur. Devant la mort, il a toujours le remords d'un égoïsme, le regret d'une générosité rentrée.

Nancy n'était pas morte. C'était un squelette aux yeux fermés. Entre ses jambes, le drap du lit formait une longue allée creuse bordée par deux chaînes pointues qui n'étaient pas plus épaisses ici que là. La fillette ne bougeait pas. Ne parlait pas.

Un secret la tuait. Que sans doute elle ne connaissait pas. C'est de cela qu'elle allait mourir. De ne pas savoir se dire ce qui la faisait renoncer. A manger. A vivre.

Son visage était blanc, comme une porcelaine légère. Ses veines, ses yeux, sa bouche, déjà, semblaient démesurés.

Joëlle pensa que les « Qu'est-ce que tu as ? », « Qu'est-ce que tu ressens ? », « Pourquoi ne manges-tu pas ? » étaient inutiles. Que les « Tu n'es pas bien chez toi ? », « Un garçon t'a laissée tomber ? », et autres « Tu voulais maigrir ? » tomberaient à côté du problème. S'ils tombaient dessus, Nancy se fermerait plus encore. Lorsqu'on a décidé de se cacher quelque chose, on n'a pas envie qu'un autre le découvre : il se dépêcherait de vous le rapporter.

Lorsqu'elle quitta la chambre, une infirmière rattrapa Joëlle dans le couloir. Elle était jeune et vive. Pas exubérante pourtant. Un peu expansive. Simple.

« Tu es assistante ?

– Oui.

Joëlle eut l'impression que l'autre l'avait guettée. Elles firent quelques pas.

« Ecoute, je veux te dire ce qui se passe. Ici, on n'est pas équipé pour ce genre de maladie... Alors, ta copine, il vaudrait mieux qu'elle se tire. Qu'on l'embarque.

– Pour où ?

– Chez elle. Ailleurs. Dans tous les cas pas chez nous. »

Un patron passa avec son escouade de blouses blanches. Un vieux en pyjama disait à tout le monde que son gendre viendrait en fin d'après-midi. On entendait gémir le 42. Ça faisait soupirer une femme boursouflée. On ne savait pas si elle trouvait les plaintes indécentes ou si elle prenait une part d'affliction à cette misère. Il était possible aussi qu'elle ait de l'asthme. Qu'elle soupire, en quelque sorte, pour son propre compte.

L'infirmière arrêta Joëlle avant les escaliers :

« Ici, ta copine, on ne lui redonne pas l'appétit, on la gave. On essaie du moins. Tout ce qu'on veut, c'est rassurer la famille. Alors, si on lui fait prendre cinq cents grammes, tout le monde sera content. Seulement, la môme, ce qui l'empêche de bouffer, elle l'aura toujours. Quand elle sortira, rien ne sera résolu.

– Qu'est-ce que tu voudrais que je fasse ? »

La fille ne savait pas. Personne ne savait. Elle n'avait même pas trop le droit de l'avertir comme elle le faisait. Elle l'avait pris sur elle. Une seule chose était sûre :

« Si on lui fait prendre un kilo, elle va revenir chez elle. Avec des paquets de fortifiants qu'elle filera dans les chiottes. Même si elle les prend, ça ne changera rien. C'est pas des trucs pour te guérir : c'est des trucs pour t'empêcher de claquer. Pour pas que tu te décomposes à vue d'œil. Et puis surtout... ce que je voulais te dire c'est que... »

Une Antillaise en tablier et coiffe bleus rangeait du linge sur un chariot.

L'infirmière mit les informations en sourdine :

« ... si on n'arrive pas à la faire reprendre un peu, on la mettra aux Murets. »

Joëlle ne pouvait y croire.

L'autre était formelle. Elle avait déjà vu le cas :

« Tu comprends, pour une fille qui ne bouffe pas, tu as trois stades : tout d'abord, la famille dit : « C'est un caprice. Je vais m'en occuper. » Quand elle a pris un bide, elle dit : « Elle est « malade. Faut voir le docteur. » Quand le docteur s'est ramassé à son tour, il dit : « C'est « psychique. » Et c'est vrai que c'est psychique. Seulement, ce qui n'est pas vrai, c'est qu'aux Murets, ils vont la guérir d'un truc comme ça. Ils vont la garder... en attendant. »

Joëlle frissonna.

L'infirmière lui donna une espèce de coup de poing sur l'épaule :

« Tu y es allée quelquefois aux Murets ? »

Oh! C'est bien équipé, on peut pas dire. Le parc est chouette et le personnel est formidable. Parce que s'occuper des cinglés avec un calme pareil : chapeau. Elle est infirmière pourtant, mais elle ne voudrait pas le faire.

« Une fois, j'ai dû attendre le toubib un quart d'heure dans le couloir. T'avais une fille de trente berges, peut-être plus, qui tournait sur son pied fixe, la pointe en bas et, avec l'autre, elle poussait comme sur une patinette. Elle criait : « La roue! « Attention! La roue! » Pendant un quart d'heure, elle a fait la toupie sans jamais s'arrêter. Elle y est peut-être encore. Une autre est venue dix fois me regarder sous le nez en me demandant : « T'es putain ou t'es espagnole? » On en entendait gueuler dans les chambres, des lamentations comme sur un champ de bataille. Pour finir, il y a un gars de vingt-cinq berges à peu près qui est venu se planter à deux mètres de moi et, dos tourné, sans me quitter des yeux, il s'est branlé devant la porte d'un bureau. Alors, ta môme de quinze ans, crois-moi : si on la met là-dedans, elle n'est pas près de retrouver l'appétit. »

Joëlle était atterrée.

C'est peut-être là qu'elle prit, pour la journée, son envie de vomir.

Lorsqu'elle revint au bahut, Momond, Thomas et Yoyo rigolaient parce que Béatrice avait plein de boutons sur la figure et Richard lui demandait sur lequel il fallait appuyer pour changer de chaîne.

Béatrice, pas dégonflée, avait relevé son jogging. Ça avait mis ses nénés à l'air et elle avait demandé aux garçons sur lequel ils voulaient appuyer. Tout le monde s'était dégonflé. Pas par pudeur : parce que Vanovre rappliquait avec son air de temps couvert.

Aïsha avait posé sur le bureau un papier ouvert avec, dedans, des dattes fourrées et des petits gâteaux au miel.

C'était, crut Joëlle, un stimulant. A partir de là, elle ne pouvait plus revenir en arrière.

Elle avait commencé petitement : à la communale. Quand elle allait à l'école loin de chez elle parce que son père n'acceptait pas la scolarité mixte. A partir de la sixième, il avait dû se soumettre mais, lorsqu'elle avait ramené la photo de sa classe, il l'avait battue parce que, au troisième rang, elle était entre deux garçons. Et il avait déchiré la photo. Les semaines où le père rentre plus tôt du travail, Aïsha sort du L.E.P. la première et revient chez elle en courant. Elle dit toujours aux garçons : « Ne venez pas à la maison. Même pour les devoirs. » Sans ça, après, elle dérouille. Il y a quinze jours, Mme Jeantet a organisé une sortie à la Mutualité où il y avait un concours de coiffure. Le soir, il a fallu que la prof raccompagne Aïsha chez elle...

La gosse ainsi vidait son sac. Que Joëlle commençait à connaître. La loi coranique, l'autorité du père, mille coutumes ancestrales pesaient de tout leur poids sur des filles qui, même élevées dans un carcan, posaient sans peine leur regard sur un écran de télévision. Sur les libertés de camarades de classe. Sur une affiche. Un catalogue. Un journal. Cela leur donnait des convoitises, des dépits, un goût d'émancipation qu'elles essayaient souvent de concilier avec des traditions venues de loin et qu'elles traduisaient presque unanimement par ces mots :

« Je ne veux pas vivre comme ma mère. »

Aïsha en était là de son désarroi : son avenir était tracé sans son avis, du côté de Batna où Kader Farim possédait de grandes scieries.

« Ils ne vont tout de même pas te marier de force !

– Chez nous, c'est comme ça. Kader Farim a de l'argent. C'est le père qui commande. Je dois me marier. »

Ce qui était émouvant chez Aïsha et qui, en même temps, la desservait dans sa complainte, c'est qu'elle était vraiment une enfant : on ne pouvait pas croire qu'il pourrait y avoir sur terre quelqu'un d'assez fou pour la considérer comme une femme. Ses grâces brunes, ses mots naïfs, son vocabulaire simple laissaient penser qu'elle parlait d'un jeu qu'elle ne voulait pas, d'un pantin qu'elle refusait absolument par un caprice d'enfant boudeur.

« Tu l'as vu, toi, Kader Farim ?

– Je l'ai vu quand j'étais petite. C'est un vieux.

– Tu veux que je dise à ton père de venir me voir ?

– Il viendra pas.

– Tu veux que j'aille le voir ?

– Ça ne changera rien. Il attend l'argent du vieux Kader Farim. Si je me marie pas, la famille me jettera un sort. »

Oui, elle était comme une enfant. De ces enfants fixes comme, au temps du voyage spatial, des parents consciencieux ne se lassent pas d'en fabriquer. Une fois pour toutes vêtus des imperméables croyances, ils feront des esclaves dignes.

Sur lesquels glisseront les inventions du monde. Des prisonniers sans le savoir. Que seul le malheur pénètre.

Aïsha était formelle : pour le mariage, Yamina avait désobéi au père et elle avait eu un sort. Alors, dès le premier soir elle avait vu l'étoile maléfique qui traverse le ciel. Et après, elle avait perdu sa bague et encore son porte-monnaie. Alors, elle avait dû se marier. Aïsha ne voulait pas se marier.

« Tu es majeure dans combien ?

— Dans six ans.

— Comment dans six ans ? Quel âge as-tu ?

— Chez nous, on est majeure à vingt et un ans.

— Ça arrange tout ! » soupira Joëlle qui, une fois encore, se voyait lançant un combat avec, pour arme, sa seule bonne volonté.

La petite avait son idée. On le voyait bien.

Elle prit une datte fourrée. Comme un viatique :

« Tu peux pas me trouver la robe de pute ? »

Joëlle, qui piochait à son tour, s'arrêta net :

« Comment ? »

L'infante brune parlait avec le plus grand naturel :

« La robe... avec les souliers... le sac... tout... Quand j'arrive là-bas, je m'habille avec tout ça, comme Djamila elle a fait. Alors Deradji Ksalia qui devait la marier l'a plus voulue. Moi non plus, s'il me croit la pute, Kader Farim me voudra pas. »

La tragédie de l'enfant vendue devenait comédie de l'enfant travestie. Ne pouvant émouvoir avec les arguments de sa vertu, l'ingénue, pour parer au vice des grands, inventait un vice plus grand. La rosière de H.L.M. arriverait là-bas racoleuse de kasbah.

Joëlle pensa qu'il y avait peut-être plus simple à trouver. Quoi ? Elle ne savait pas.

Aïsha la regardait avec confiance.

Attendait-elle la robe de pute, vraiment ? Une autre solution ? Rien ?

Joëlle se rappela le mot de l'A.S. chef : « Si vous réussissez, vous le comprendrez vous-même au nombre de ceux qui viendront dans votre bureau seulement pour pomper. »

Le mot l'avait frappée.

Il lui paraissait aujourd'hui d'une exceptionnelle justesse. Pour un grand vide ou pour un petit embarras, pour un avis indispensable ou pour une suggestion sans importance, pour tout et, au moins aussi souvent, pour rien, ils s'asseyaient en face d'elle et ils attendaient. Venus pomper, sous l'apparence d'une réponse à leur problème, cette tendresse qui, tant, leur faisait défaut et qui, à elle seule, est le conseil le meilleur qu'être humain puisse donner. Quelquefois même le seul remède au tourment le plus déchirant.

Joëlle réalisa alors que, pour un Johnny qui venait le matin, elle avait trois Aïsha : un garçon pour trois filles. Elle ne s'arrêta pas à un besoin d'affection écrit au féminin. L'expérience lui avait déjà appris que tout être porte en soi ce besoin. Le plus rude comme le plus souple. Le plus renfermé comme le plus expansif. Lorsqu'il n'est pas une requête proclamée, il est une espérance foncière. Qui a la force et les contraintes de la clandestinité. L'affaire est alors plus grave.

« Les sociétés s'acharnent sur les faibles », avait dit le juge. Comme il avait raison ! Et comme il faudrait bientôt avoir le courage de voir que le comportement des sociétés est fait du comportement des hommes qui, s'ils sont grands, veulent dominer le monde; s'ils sont petits, ont, pour se rassurer, le désir seulement de trouver plus petits.

Ici, le langage parle. La fille est la gnasse, la grognasse, le boudin, la meuf, la boîte et surtout le cageot : cet objet qu'on remplit et qu'on jette après usage. « Salut, cageot ! », « Ça va, cageot ? » s'entendent avec le plus grand naturel. Sans que rechigne la porteuse. Elle le sait : elle est la gonzesse parce qu'il y a un gonze. Auquel elle appartient. Et si, dans son jeune temps, elle a été la plus charmante nénette, c'est qu'elle était agrémentée de jeunes nénés, premiers plaisirs du garçon. Après, elle devient la paille : sur laquelle on se couche.

Ce garçon en revanche est le mec, le mâle, le dur, le caïd, le jules, le patron... La liste serait longue et ne verrait qu'un péjoratif : le minet, gagné par celui qui se féminise, c'est-à-dire déchoit.

Puisque le jeu du monde consiste à profiter de ce que le monde vous donne, ceux auxquels il ne donne rien ne peuvent qu'étaler leurs avantages de nature. Heureux ceux qui en ont.

Là est la vérité : dans le béton aux perspectives ternes, le garçon virilise le malheur. Le casse et le braquage sont des exploits : la fille y est moins présente que dans la médecine et la magistrature. Lorsqu'elle est plus digne, l'ambition va vers le sport qui fait des vedettes et, avant tout, des hommes : la fille n'a pas de Platini, pas de Jean-Pierre Rives, encore moins de Cassius Clay. Dans la consolation, l'alcool est le fameux remède : il donne à l'homme le pittoresque et condamne la femme sans appel. « Le prolo boit, l'intello se shoote », dit Cassou. Il n'est pas difficile de percevoir, dans l'intonation, un grand mépris pour l'intello devenant une loque, mot féminin, alors que le prolo, fort et vaillant, résiste à tous les assauts du 13°.

« Mon père boit cinq litres sans être pété.

– Le mien en boit six. »

« On a les dames du temps jadis qu'on peut », chantait Brassens : il en est de même des records du temps présent.

C'est dans ces pensées que Corinne pénétra en coup de vent de folie. Son visage était vide. Ses cheveux avaient trop couru. Ses yeux ne voyaient plus. Sa mâchoire fiévreuse, ses dents, au battement extravagant, ne laissaient passer que des mots sans ordre, sans force, sans raison :

« Je veux rentrer là ! Je veux rester là. Garde-moi. Ferme. Je reste ! Je reste ! A clef ! Ferme la porte à clef ! Ferme ! »

Joëlle lui avait pris les poignets. Elle essayait de contenir le désarroi des phrases et des gestes, cette panique que la petite voulut fuir en baissant la tête, en la cachant sur sa poitrine. Puis, brusquement, elle la releva comme lorsqu'on étouffe, pour respirer à plein, le regard perdu au plafond, derrière soi, la gorge se gonflant de sanglots retenus, les dents claquant toujours et l'empêchant de parler.

Ce qu'elle entendait alors, qui l'avait poussée ici et brûlait encore ses oreilles, c'étaient les cris de la mère Castano la surprenant ce matin en train de fouiller dans son sac :

« Ah ! Je t'y prends, petite salope ! Ça fait longtemps que ça dure, hein ? Tu croyais que ça durerait toujours, pas vrai ? Traînée ! Tu croyais que tu allais me blouser toute la vie ! Ordure ! »

Ça n'étaient pas les insultes qui l'avaient martyrisée, c'était ce saisissement qui vous paralyse. Ce plongeon d'un coup dans l'imprévu pourtant si prévisible et auquel, on s'en rend compte alors, on n'avait jamais vraiment pensé. Il en est ainsi pour tous les malfaiteurs et pour tous les héros : ils vont vers le danger sans jamais l'imaginer réellement. Lorsqu'ils le découvrent face à eux, fait d'une arme braquée, d'un éclat d'obus voltigeant ou d'une paire de menottes qui se tend, ils éprouvent toujours la même sensation bizarre et inattendue de changer d'univers, de passer à l'improviste du monde des vivants au monde des grabataires, des hémiplégiques, des vaincus.

Corinne avait réussi à s'enfuir.

« Tu peux partir, va ! Je te rattraperai ! Ce sont les gendarmes qui vont s'occuper de toi ! Les gendarmes ! »

Harcelée par toutes les invectives et toutes les terreurs, elle avait couru dans la cité. Elle était montée chez Jean-Luc où personne n'avait répondu. Elle avait pensé à la Marne, au parking souterrain. Elle avait attendu le bus, il ne venait pas. Elle était revenue chez Jean-Luc et, puisque son seul appui n'était pas là, elle avait fini par penser à Joëlle, à cette A.S., qui, quoi qu'elle soit comme cul et chemise avec la protal, avait parfois des gestes sympa. Elle y était arrivée échevelée, perdue.

Margot lui fit une piqûre.

Le délire bientôt cessa. Allongée sur la banquette, Corinne s'endormit. Mais, dans le sommeil, le visage conservait toutes les apparences de la frayeur, les marques d'une épouvantable appréhension. On aurait pu alors se demander si ces traits lui avaient été donnés par l'événement du matin ou si, peu à peu, ils lui étaient venus de la vie qui, depuis toujours, était la sienne.

Yoyo arrivait pour sa première piqûre. Elle commençait aujourd'hui une série de douze.

« Baisse ton fut' », dit Margot en préparant sa seringue.

Timidement, Thomas demanda :

« J' peux rester, m'dame ? »

Margot bougonna pour la forme. Par habitude. Pour rester fidèle à son image. Pour laisser croire que ça dérange le service.

« Tu crois qu'il y a quelque chose à voir ? »

Yoyo expliqua :

« C'est moi qui lui ai demandé. J'ai les grelots. Je voudrais qu'il me tienne la main.

— Ah ! Tu veux qu'il te tienne la main ? »

L'infirmière se tourna vers Thomas :

« Bon. Ben alors, tiens-lui la main ! »

Yoyo, debout, mit son petit sexe à l'air.

Thomas ne s'y intéressa pas du tout. Il regardait la patiente avec un sourire vraiment encourageant.

« Voilà, c'est fait. »

La patiente était épanouie :

« J'ai rien senti. »

Margot rangeait déjà son matériel :

« C'est parce qu'il te tenait la main ! »

Le soir, il lui arrivait de dire à son mari :

« Tu sais, ces mômes, dans le fond, ils sont gentils. »

Sauf lorsqu'elle était en rendez-vous important, lorsqu'elle devait avoir une conversation difficile avec un élève ou avec des parents, Joëlle laissait toujours la porte de son bureau ouverte.

Ça voulait dire : entre sans crainte. Peut-être même : je t'attends.

Il était là dans son blouson Teddy. La liquette sans col. Ouverte sur la poitrine maigrichonne dont il devait se satisfaire. Le jean bien collant qui fait ressortir la banane. Paraît que certains s'en glissent une fausse. En mousse ou en chiffon. Dans les bagarres, c'est moins risqué. Et même protecteur. De toute façon, ça fait publicitaire.

Joëlle le considéra sans encouragement :

« Vous n'êtes pas du lycée. Qu'est-ce que vous faites ici ?

— N'aie pas peur. »

Joëlle eut envie de dire : « Je vous interdis de me tutoyer. » Elle se retint. Pensa qu'elle était assez grande pour établir la distance. La faire respecter.

« Je n'ai pas peur. Que voulez-vous ? »

Il y a un air stupide qui est particulier aux satisfaits à peu d'effort : Jean-Luc avait cette physionomie-ça-t'épate.

« J'ai besoin de parler. C'est défendu ? »

Visiblement il regardait sa venue comme une action d'éclat. Le produit de son intellect et de son culot. Il était entré dans le bahut. Il était entré dans le bureau. Il complétait la performance en s'asseyant, en croisant les jambes, en inspectant la pièce. En prenant son temps. Celui de cette assistante de mes fesses qu'il espérait impatienter.

« C'est à quel sujet ? »

Joëlle avait toujours au mur son : « Ici, tu dis ce que tu veux, tu fais ce que tu veux mais TU NE FUMES PAS. »

Il offrit son paquet de clopes. En tira une. L'alluma. Remit le briquet dans sa poche de blouson.

Joëlle se reprocha d'avoir laissé faire.

Maintenant, il était trop tard.

« C'est au sujet de Corinne.

– Vous êtes son frère ? Son cousin ? Son tuteur ? Vous avez un droit ? »

Il envoya sa fumée droit devant lui. Comme il l'avait vu faire au cinéma. Dans l'écran. Il savait que, quand le nuage se dissoudrait, le public découvrirait son sourire, la richesse de son invention, la sûreté de la position qu'il avait su se créer :

« Je suis son fiancé. »

Pauvre con ! pensa Joëlle.

« ... Alors quand on touche à elle, on touche à moi.

– Il me semblait que c'était vous qui aviez touché à elle ! »

Il s'expliqua. Plus macho que jamais. Quand il bat Corinne, il est dans son droit : il est son fiancé, le coup est régulier. Et ce que Corinne fabrique de son côté, ça n'a rien à voir dans la bagarre.

« Que fait Corinne ? demanda naïvement Joëlle.

– Je ne sais pas... J'ai entendu dire... Les gens causent. »

Joëlle comprit : c'est pour ça qu'il est venu. La môme fauche du pognon. Il pense : on va dire que c'était pour moi. Avec la tabassée qu'il lui a filée, on va même dire que c'est lui qui l'a obligée. Alors, il veut se défiler. Le vrai minable.

Il envoyait toujours sa fumée sur grand écran. Il reparaissait toujours derrière. Avec son sourire de crétin.

« Qu'est-ce que vous voulez au juste ?

– Moi ? Je veux rien. Je veux juste qu'il y en ait qui arrêtent de foutre leur nez dans les affaires de famille. Corinne, elle est à moi. Si je l'ai tapée, c'est qu'elle en avait besoin.

– On peut savoir pourquoi ? »

Cette fois, il tenait son effet. Il abordait son personnage d'irréprochable. Sa réplique était prête :

« Parce qu'elle voulait pas venir à l'école ! »

Le mot échappa à Mlle Mazart.

Il bondit :

« Vous n'avez pas le droit de m'insulter ! »

Les mains à plat sur le bureau, penché en avant, son rictus près du visage de Joëlle, il n'admettait pas qu'on ne croie pas à son mensonge si bien inventé. Il s'abritait derrière lui et, comme toujours, derrière son expérience malheureuse. Corinne est jeune. Elle ne se rend pas compte. Lui, Jean-Luc, au bahut, il n'y est pas assez allé : il a fallu qu'il bosse pour aider sa mère.

Joëlle ne bougea pas d'un centimètre :

« On peut savoir ce que vous faites ? »

Il n'avait pas l'intention de se laisser manœuvrer par une privilégiée. Une bourgeoise qui ne connaît rien à la vie et qui ne sait même pas ce que c'est que le chomdu :

« C'est pas ma faute si, dans ma boîte, ils ont viré les derniers entrés. Ce que je sais, c'est que Corinne, il faut qu'elle aille à l'école plutôt que de traînailler dans la cité. Elle sera ma femme : je veux qu'elle ait son C.A.P. Et tous ceux qui se mettront contre, je les corrigerai : comme elle. »

Les Depardieu sans moyen sont ceux qui tirent les couteaux : Joëlle estima que l'entretien avait assez duré.

« Vous voulez me virer ?

— Je ne veux pas vous virer. Je vous dis de partir. »

Il n'allait pas partir comme ça. Il ne pouvait pas. Il avait le choix entre la gueulante, quelques affiches à déchirer, une baffe à l'A.S. de mes deux qui se prenait pour Jésus-Christ Superstar.

Quand on n'est pas sûr de la force, on se rabat sur la dignité. Le grand méchant devint le petit malin :

« Je vais vous dire un truc : si je devais vous faire un coup, je serais pas assez con pour le faire ici. Ciao ! »

Les bottes aux talons-croissance résonnèrent dans le couloir. Sous le préau.

Joëlle ouvrit la fenêtre. Pour chasser la fumée. Le malaise.

Elle s'assit à son bureau. Alourdie.

Elle appela Lionel.

Quand la sonnerie de sortie retentit, elle avait fini les dattes fourrées, les macroutes, tous les gâteaux qu'Aïsha avait laissés.

Daoudi râlait sec après ceux de l'hôtellerie qui avaient inventé cette notation. De vrais débiles : les filles qu'on pouvait se faire facile, maintenant, pour augmenter leur cote, elles veulent plus sortir.

Momond estimait sagement que leur décision n'était peut-être pas définitive.

Johnny se lamentait : avant, il était à zéro. Si

elles continuent à pas se laisser draguer, il va rester à zéro !

Daoudi eut une idée :

« Demande à Béatrice : ça te fera toujours un demi-point. »

Momond se récria. Formel :

« Fais pas ça. Tu risques de reculer : paraît qu'ils vont la mettre à moins un ! »

Joëlle fendait les groupes sans rien entendre. Il lui tardait d'arriver à la voiture. De retrouver Lionel.

Simone, dite Jabouille, avait accroché Pierrot. Elle avait devant elle une évidence qui perça sous une interrogation :

« Si je suis à 7 et que tu sors qu'avec moi, je vois pas comment t'as fait pour avoir 14 ! »

Pierrot ne voyait pas non plus.

Il disait seulement qu'il fallait pas se casser le bonnet pour trouver la solution.

En sortant du bahut, Jean-Luc avait tournicoté dans la cité. Il avait fait un flip. Avait claqué cinq fois. Ça finissait par plus être marrant.

Il avait regardé encore à droite et à gauche.

Un camion de déménagement amateur vidait un appartement. Les chaises étaient assises sur le trottoir. Il y avait un sommier sur pied mais les pieds étaient à l'horizontale. Contre le camion. Deux gros baraqués descendaient une table, un petit buffet bien réparé. Les gens s'attachent à ces choses-là. Jusqu'au jour où ce sont les choses qui les lâchent. Ceux-là n'en avaient pas pour longtemps.

Les mômes passaient devant sans regarder. Le déménagement, c'est trop quotidien pour les intéresser. Ou alors, il faut qu'il y ait un huissier, des banderoles, des hommes tricolores. Ça fait un suspense.

Jean-Luc eut une idée.

Il descendit par le sous-sol du bâtiment D.

Il n'était pas plus luxueux que les autres mais, en suivant son couloir pisseux, en poussant ses portes déglinguées, en enjambant une poubelle à l'agonie ou la carcasse sur quatre roues d'un landeau évaporé, on arrivait au parking B. Le souterrain. Celui qui n'acceptait que les volontaires. Presque les désespérados.

Dans un coin, Corinne était occupée à faire brûler ses livres et ses cahiers, ses dessins, les figurines. Avec les tracts des élections perdues.

« Qu'est-c' tu glandouilles ? »

Les professions de foi partaient en fumée avec les règles de trois et les maladies du cuir chevelu.

« T'es pas au bahut ?

– J'y vais plus.

– Comment t'y vas plus ? Pourquoi t'y vas plus ? »

Les profs, l'assistante, la protal, l'infirmière, son pater, Eliane, sa mère, elle voulait plus voir personne.

« Qu'est-ce que tu vas faire alors ? »

Elle prit un grand temps. Une grande décision. Un grand courage. Une petite voix :

« Toi non plus, je veux plus te voir. »

Il avait la grande sincérité des hommes de mauvaise foi :

« Qu'est-ce que je t'ai fait ?

– T'es allé voir l'assistante. Dis pas le contraire : on t'a vu. T'es allé dire que si j'avais fauché le fric, t'y étais pour rien, c'est pas difficile à deviner. Tu t'es garé des camions. T'es comme mon père. »

Des trucs comme ça, Jean-Luc ça le démonte! Au contraire, il est allé dire à l'assistante qu'il permettrait pas qu'on emmerde sa fiancée. Maintenant qu'ils allaient se marier, fallait pas qu'on la cherche. Sans ça, c'est lui qu'on allait trouver.

La petite, des mots pareils, on pense si ça l'a remuée. Elle avait beau hausser les épaules pour pas y croire, on voyait bien que la noce tournait au-dessus. Au-dedans. Profond.

C'était à un point tel qu'elle osait pas reprendre sa place dans la conversation. Ni dans le cortège.

« ... T'as dit qu'on allait se marier? Pourquoi t'as dit ça?

– Tu veux pas qu'on se marie?

– Oh! Si... mais... on n'en avait jamais parlé.

– Qu'est-ce que ça peut foutre qu'on en ait pas parlé? »

A la réflexion, une autre idée lui venait. En marche arrière :

« Et même... qu'est-ce que ça peut foutre qu'on se marie? »

Le principal, c'était de se tirer d'ici tous les deux.

Elle avait des pleurs de bonheur incroyable qui lui dilataient les amygdales :

« Je croyais pas que tu voudrais... Quand c'est qu'on partira?

– Bientôt. »

Elle lui fit une caresse qu'il lui avait apprise. Il y a un mois encore, elle n'osait pas.

Ça la mit sur le sujet :

« Je ferai tout ce que tu voudras. »

Il ne pouvait rien demander de plus.

Avec son doigt uniquement caressant, il lui

bichonna le bout du nez. Pas longtemps, parce qu'il avait des choses à faire. Un truc à régler. Avec le mec du Lavaupoids.

Il la laissa.

Ce qui était important pour lui, c'était d'avoir informé la fiancée. Quand on se marie, il faut que tout le monde soit averti. Surtout les deux fondamentaux.

Elle continua à jeter ses livres au feu, page par page. L'enseignement technique avec l'enseignement général. Elle comprenait qu'elle n'avait jamais été aussi heureuse. Jean-Luc, on le croyait vache, mais elle avait toujours su qu'il était gentil.

Elle avait toujours su qu'il était pour elle.

Elle avait bien fait de patienter.

Ce qui était sûr, c'est que, quand ils vivraient tous les deux, elle l'améliorerait encore.

Ce qui brûlait devant elle, c'était comme la première partie de sa vie. Elle s'en allait dans le parking dégueu. En nuage. Bientôt, il en resterait rien.

Comme elle avait mis, avec les fournitures de l'école laïque, un peu trop de camelote électorale, des flammes montèrent plus haut. Pour les étouffer, elle posa dessus l'un des pneus qui s'éternisaient dans les cageots pourris.

La fumée devint noire.

Encore, elle pensa à sa vie. A la mère Heinzi qui avait jamais pu la blairer. A son père qui se déballonnait devant elle, devant tout le monde. Elle osait jamais se plaindre de rien tellement il était tarte. A l'avance, elle savait que tout retomberait sur elle.

La fumée noire dégagea une odeur vraiment désagréable.

Elle se dit qu'il fallait pas rester là.
Avec Jean-Luc, loin d'ici, ils seraient peinards.
C'était bien leur tour, après tout.

Lionel était de mauvais poil. La mère Mazart venait de lui téléphoner au bureau pour lui dire que, dans son quartier, un gars d'une trentaine d'années venait d'être arrêté pour détournement de mineure !

En d'autres temps, Joëlle aurait rigolé. Ce soir, elle n'en avait pas envie.

« Lionel, vous vous rendez compte : un homme marié. Avec deux enfants... Qu'est-ce que vous en pensez ? »

Lionel était un garçon logique :

« Je pense qu'il ne faut pas se marier... et ne pas avoir d'enfants ! »

La mère Mazart lui avait raccroché au nez.

« Lionel... j'ai envie de vomir. »

Il arrêta la voiture.

Joëlle descendit.

Il l'entraîna au Petit Caporal.

Il était à croire qu'on fumait dans la salle tout le tabac qu'on vendait à la caisse. Cette odeur, que Joëlle n'aimait pas, lui parut encore plus insupportable.

Un Vittel : ça coulait de source.

Le moralisateur prit le dessus :

« Ça devait arriver, je te l'ai déjà dit : tu travailles comme un cheval, tu t'énerves, tu t'agites, tu commandes, tu régentes tout... »

Elle pensait : ce qu'il y a de bien avec lui, c'est que, quand ça va mal, on se sent soutenu !

Il y a toujours un inamovible de comptoir qui est prêt à coopérer :

« Surtout pour ce que ça sert, tout ça ! » lança-t-il en homme de sagesse et de philosophie.

Oh ! Il n'était pas contre les assistantes sociales, et même, en ce qui concerne la petite dame ici présente, il la connaît bien et il lui tire son chapeau puisqu'elle est à Gustave-Courbet où il se trouve que son voisin a son fils et que ce voisin, qui est un bon voisin et un type sérieux, oui ce voisin sérieux lui a dit que la petite dame s'était occupée de son fils et tout le monde le dit d'ailleurs dans la cité, ça, je vous le jure, tout le monde le dit parce que c'est reconnu : à Gustave-Courbet, y a une bonne assistante.

Il épongea un peu de ricard.

« Ce n'est pas ça le problème... »

Il eut une éructation discrète. Il ne faut pas confondre aérophagie et mauvaise éducation. Ni même les idées. Il ne faut pas les confondre. Mais les gens mélangent tout ! C'est pour ça qu'ils ne comprennent rien ! Lui, ce qu'il dit, c'est simple : ce que fait la petite dame à Gustave-Courbet, c'est au poil, formid, sensas, comme disent les mômes. La seule chose qu'il faut voir, c'est que c'est une goutte d'eau dans l'océan.

« Tout le monde ne peut pas la mettre dans le pastis ! »

Au ton seul, Lionel comprit que sa copine était en train de se requinquer.

Le démonstratif poursuivait sa théorie : le coup par coup ça sert à rien. Même : ça peut endormir les gens, les scléroser, les habituer à un soutien. On fait d'eux des assistés : ce n'est pas bon. Ce qu'il faut, c'est un chambardement. On casse tout. De fond en comble. Et après, on change le monde.

Joëlle s'était levée :

« Bon. Eh bien, changez-le ! Quand ce sera fait, vous nous appellerez. »

Assez mondaine, ma foi, elle se tourna vers Lionel :

« Donne-lui notre numéro. »

Avant que le penseur ait eu le temps de se remettre, elle était sortie. Suivie de Lionel qui, la voyant dans cet état, pensa que la mère Boi-Boi avait intérêt à ne pas trop balancer de vannes à l'arrivée. Sans ça, pauvre vieille, ça pourrait être sa fête.

Ce qu'il ne savait pas, c'est que Joëlle avait encore quelques démarches à faire avant de rentrer.

Il aurait dû s'en douter : c'était comme ça presque tous les soirs.

Jean-Luc s'était tiré dans le terrain vague.

Il avait attendu.

Pas du côté du motocross. Du côté des roulottes en panne. Du caravaning sédentaire. Romano-square. Camping quotidien des voyageurs sans voyage.

C'est une idée qu'il avait. Il savait que sa petite gueule lui plaisait. Il l'avait vu. Avec les nanas, il y a des manières qui ne trompent pas.

Elle se pointa au bout de la rue, l'allure pas jouasse du tout. Sauf qu'elle avait, comme depuis quelque temps, des cheveux à tournure blonde. Assez chouettes.

« Tu m'intéresses pas du tout. »

C'était l'entrée en matière de Michèle. Mais Jean-Luc connaissait toutes les astuces des filles. Fallait savoir s'imposer :

« Un jour, sur le bord du canal, avec toi, j'étais bien... Toi aussi, t'étais bien. »

Elle disait pas le contraire. Seulement, depuis, elle a vu comment il a mis la tête de Corinne. Elle a pas envie qu'il lui arrive la même chose.

« Corinne, c'est une zombie. Tu vas pas te comparer !

– Fous-moi la paix ! »

Il lui demande qu'une chose. Juste une. Même si c'est la dernière. Il voudrait qu'ils aillent se promener encore une fois sur le bord de la Marne. A la passerelle. Lui, ça lui avait vachement plu.

« C'était quand je séchais le bahut. Maintenant, je sèche plus. J'ai plus le temps.

– On peut y aller maintenant...

– ... maintenant ? »

Des qualifiés prétendent qu'avec les nanas, celui qui gagne c'est ni le plus beau ni le plus fortiche : c'est celui qui est là au bon moment.

Jean-Luc voit bien que c'est le bon moment.

Il s'agit de pas le laisser passer :

« Juste faire un tour... »

On coupe par le motocross rabougri.

Les mecs ont les falzars tout merdeux. A force de mettre les pieds dans les rides. La gadoue, ils aiment ça, faut croire.

Il sait qu'il a eu tort de délabrer Corinne. C'est plus fort que lui :

« Quand elle me fait : « Oh ! Jean-Luc, me laisse « pas », j'ai envie de lui taper dessus... pour lui montrer que je m'intéresse à elle.

– Oui, mais tu lui as demandé de faucher. »

Il est outré. Stupéfait. Ah ! le cinéma qu'elles se font ! C'est elle qui lui a offert le fric... C'est même elle qui a trouvé le coup.

Michèle contemple l'eau qui vient des Ardennes. Une branche se balade en serrant de ses petits bras noirs une poche en plastique. Gonflée. On sait pas à quoi ça servait. Si la branche et le plastique sont tombés ensemble ou si c'est la Marne qui les a mariés. On sait pas si la poche gonflée soutient le bois ou s'il tient tout seul. On sait juste que ça tournique dans la flotte. Ça s'en va un peu plus loin.

« De toute façon, c'est pas Corinne qui m'empêche d'aller avec toi. »

Il ne comprend pas : c'est qui alors ?

« C'est toi.

— Merci, c'est sympa. »

Il a pris ça avec l'air de celui qui veut pas le montrer, mais l'affront s'est aplati sur son visage et, pour le cacher très vite, il a été obligé de l'avaler. On a suivi la descente.

Pas Michèle. Elle ne voit qu'elle. Sa marche en avant. Vers son avenir qu'elle doit construire. Seule. Avec la force et la simplicité des choses. Le château à deux roues, elle en a marre. L'année prochaine, elle se tire en électronique et dans un foyer. Pendant deux ans, elle se fait un métier. Après, elle voudrait trouver un gars comme elle, qui s'est fait un métier. Et puis, qui voudrait des mômes. Pas comme à la ménagerie à roulettes; un ou deux, juste. Pour pouvoir bien s'en occuper. Leur montrer autre chose. Du sûr. Du propre.

Des mots comme ça vous démolissent plus que la peau d'une nénette.

Sous sa liquette-guillotine, le loubard rétréci sent quelque chose qui le fait fonctionner tout entier. C'est dans le sensible et dans l'indignation. Un truc qu'il a déjà éprouvé devant tous les conards de la cité. Les foireux du centre commercial surtout. Ceux qui en ont toujours après les loubards et qui les traitent moins que rien. En ayant l'air de dire que le gars qui fait un casse ou un braquage ou un déménagement clandestin, c'est un taré qui peut pas aider sa maternelle ou être mordu pour une fille ou même donner un coup de main à sa frangine. Ceux qui argumentent que la pute, elle a pas le droit qu'on l'appelle maman. Et voilà que la Michèle est déjà comme eux!

« Qu'est-c' tu crois? Moi aussi, j'aime les mômes : tout le monde aime les mômes! »

A l'apparence de Michèle, on voit bien qu'elle a dans le collimateur un gros rustaud qui donne pas dans la câlinerie.

« J'aime les mômes! J'aime les mômes! » se met à gueuler Jean-Luc au milieu de la passerelle.

Les mobs lui répondent sans l'ensevelir. C'est un fond mécanique pour credo infantile :

« J'aime les mômes! »

Michèle se rappelle alors que Jean-Luc traîne souvent un ticno avec lui, sur le parking. Dans la tire défoncée. Partout. Un malingre qui parle presque pas. Il rêve avec des yeux malades. Ça doit être son frangin. Peut-être même il en a plusieurs. Comme elle. Mais les siens, elle les tire pas beaucoup dehors.

Les mobs continuent. La roue tourne.

Et Jean-Luc, qui comprend soudain qu'il a pas de pot d'échappement, s'éraille la voix dans la conviction vengeresse :

« Les filles, c'est des putes! Y a que le fric qui les intéresse! Des putes! »

Et puis, il s'arrête net.

Au-dessus de la Marne grise.

Il vient vers elle. Avec la mine du raisonnable et, en prime, le coup du souvenir :

« Tu te rappelles ce que je t'avais dit ici ? « C'est une fille comme toi qu'il me faudrait... »

Elle l'a suivi dans ses sentiments. Surtout quand il a parlé des mômes. A ce moment-là, elle est passée du point final au point d'interrogation.

Depuis, il a été encore vers l'hystérie. Elle a fermé la parenthèse. Définitivement. Il ne l'attendrira plus. On ne peut pas vous balancer en pleine poire que les filles sont des putes et, aussitôt après, tomber dans la guimauve.

Il devine tout ça.

Il rigole.

« Tu te rends compte comme je me gourais !

– Pourquoi tu dis ça ? »

Parce qu'elle est pas comme il croyait. Et puis alors pas du tout : quand Corinne lui a dit qu'elle lui avait montré les biftons de la Castano, tout de suite il avait compris qu'elle avait fait une connerie. Mais quand même il croyait pas qu'elle aurait été assez ordure pour aller lui dire si vite.

« T'es dingue ! J'ai rien dit.

– Pourquoi tu crois que je t'ai amenée ici ? Pour t'entendre déblatérer sur tes mômes à venir et ton Jules savant ? »

Le bruit de la gifle a retenti sur l'eau. Sur la Marne gonflée qui s'en va vers Paris. Cependant que les cris montent de la passerelle :

« Jean-Luc, j'ai rien dit, je te le jure !

– C'est maintenant que tu diras plus rien, pétasse ! Tu sais nager au moins ? »

Elle s'accroche de toute sa trouille à la rambarde, à ce qu'on a bien fait d'appeler un garde-fou. Il se baisse, saisit le bas du jean. Il ramasse les pieds d'un seul coup. Il pousse avec cette force déchaînée que donne la colère.

Par un fait exprès, le vent vient du terrain tarte-aux-pistes. Il porte les vroum vroum qui montent et qui descendent sur la pâte quadrillante du Vandame-motocross.

Elle hurle.

« C'est ça : appelle ! Ils t'entendent avec le bruit de leur mob dans les oreilles ! Ou les autres, sur l'autoroute : ils vont quitter leur bagnole pour te sauver ! Pauvre paumée ! T'as pas encore compris que c'est toujours comme ça ? Que toi, t'entends les autres et que les autres t'entendent jamais ?

— Au secours !

— T'as pas encore compris qu'il y a jamais personne pour t'aider ? Que si quelqu'un te voit, il va se tirer de l'autre côté ? Que si les flics t'entendent, ils vont regarder ailleurs ? T'as pas compris qu'on est des tarés tous les deux ? Qu'on peut disparaître dans la mélasse ou dans la Marne, tout le monde s'en fout ? »

Elle a passé son coude dans une arabesque de fer forgé. Avec son poing, il tape dessus pour la faire lâcher. Il n'y a rien à faire. Elle ne peut pas croire que, à seize ans, déjà personne ne veut d'elle, qu'elle n'a, sur cette terre, rien à faire et personne à aimer. Qu'il n'y aura, au moment où son dernier cri s'étouffera dans l'eau grise, personne pour lui tendre la main.

Elle a raison : Daoudi, Johnny et Momond sont arrivés sur le terrain des opérations. A point nommé.

Ils étaient sidérés par le polar.

« Jean-Luc, qu'est-ce que tu fais ? T'es dingue ! Tu vas pas la balancer !

— Foutez-moi la paix ! »

Sans suivre le conseil, le trio grimpe sur la passerelle. Au nom de l'interventionnisme protecteur, il saute sur l'agresseur. L'assassin maritime. Le videur de passage public.

« Tirez-vous, je vous dis ! »

Trop tard ! Les baguenaudeurs des bords de Marne sont devenus sauveteurs acharnés. Jean-Luc en a deux sur le dos. L'autre s'occupe de lui faire lâcher sa victime.

Ce sera bientôt fait.

Alors, au moment où Johnny va ramasser sa casquette de base-ball qui a bien failli tomber à l'eau, Jean-Luc, furieux, s'adresse à lui :

« Toi, je te retrouverai. »

Ce n'est pas que Johnny en ait fait plus que les autres. Mais la bagarre chez lui est tout à fait insolite : il a serré le cou de Jean-Luc comme quelqu'un qui, vraiment, n'a pas l'habitude. Il ne devait pas se rendre compte qu'il allait l'étrangler.

Les deux petites filles modèles sont sorties de leur cadre. Elles sont en bout de table, emboîtant leurs Légos avec l'indifférence fiérote de celles qui savent qu'on les regarde.

M. Heinzi est à l'autre bout. Battu par le sort. Le boulot. Le tiercé. Et surtout le mariage. Il a bien quinze ans de plus que sa femme. Elle les lui fait payer. Avec les intérêts pour Corinne en supplément. Les reproches pour le manque de fric en accessoires. Et un petit rabiot pour le fait qu'on se tient bien alors que tant d'autres femmes font la java. Avec sa tête de cocu en premières noces, M. Heinzi n'a vraiment pas à se plaindre.

On l'en a persuadé.

« Si Jean-Luc veut la marier... nous... on n'est pas contre.

– De toute façon, elle a toujours fait ce qu'elle a voulu ! susurre la cheftaine à fanfreluches.

– Bien sûr, ils sont un peu jeunes mais...

– Oh ! Les jeunes d'aujourd'hui, ils se débrouillent mieux que nous ! Je ne suis pas en peine pour eux. »

Les yeux du père de famille demandent à chaque réplique la permission de parler. Ils portent avec eux la crainte de déplaire. Tant à sa femme, dont il connaît les foudres, qu'à Mlle l'assistante qui a, à la fois, une bonne situation et la gentillesse de s'occuper des gens.

« Et toi, Corinne, qu'est-ce que tu en penses ? demande Joëlle.

– Avec Jean-Luc, je serai bien. »

La mère est déjà dans l'approbation :

« Ça, j'en suis sûre. Elle sera plus heureuse qu'avec nous. »

Il y a des évidences, on ne peut pas aller contre :

« On a beau faire tout ce qu'on veut, il faut le reconnaître : avec nous, ça collait pas. »

Dans sa détresse du bout de table, sa peur du dernier jugement, le père Heinzi tend une perche :

« Moi, je l'aurais bien gardée encore un peu, parbleu... »

La maman a sursauté : gardée ? On n'est plus au Moyen Age ! S'ils sont d'accord tous les deux, on ne voit pas bien comment on pourrait s'y opposer.

Joëlle se permet de rappeler que Corinne est mineure.

Ça fait comprendre au père Heinzi qu'il a une

responsabilité : partir, c'est bien beau, mais il faut vivre...

Corinne est sûre d'elle. Sûre de Jean-Luc :

« Il travaillera. Il me l'a dit.

— A quoi ? »

La cheftaine connaît la vie :

« On a beau dire qu'il y a du chômage... quand on veut travailler, on trouve. »

Dans cet assaut de « Fous le camp » qui s'harmonisent avec les « Je veux me tirer », Joëlle finit par se demander ce qu'elle fait ici.

Ce qui la soutient, c'est le Bronx de la mère Chaumeil. Il est aujourd'hui à deux pas. Et puis les récits de l'A.S. chef. Et puis aussi, surtout, les petits cheveux roux de Corinne. Sur la nuque. Ils sont si frêles. Si enfants. Ils n'ont pas l'âge de quitter l'école, vraiment.

Joëlle décide de demander le sursis :

« Il faut qu'elle ait son C.A.P. Il serait dommage que sur un coup de tête... »

La mère Heinzi sent qu'elle a gagné la partie. Ça lui permet de devenir romanesque :

« ... ou un coup de cœur !... »

L'affaire est rondement menée.

Il est décidé que Corinne finira l'année scolaire.

La fille fait un peu la tête. Elle pense à ses livres, à ses cahiers en cendre.

M. Heinzi a le soulagement paternaliste des grandes conciliations :

« Tu te marieras en juillet. »

Cet hymen précis fait rosir la peau rousse. Sur la nuque. Corinne est déconcertée par sa chance soudaine.

On voit qu'elle n'a pas l'habitude. Elle ne sait pas quoi en faire. Avec qui la partager. Elle n'a que Jean-Luc à sa disposition. Elle part à sa recherche.

Cette fois, Mme Heinzi peut s'attendrir à son aise. Elle a l'indulgence des heureuses mamans :

« Ah ! la jeunesse ! »

M. Heinzi soupire :

« Ils ont raison d'en profiter ! »

Joëlle ne peut que s'associer à ce concert en bonheur majeur.

A midi, Eliane avait laissé la cantine pour courir voir sa mère.

Elle l'avait trouvée assise. Muette. La peau vieillie. Avec des rides sales. Son excitation du matin s'était muée en un désespoir immobile.

Quand elle avait vu entrer sa fille, elle s'était mise à pleurer. Doucement d'abord. Puis des sanglots forts qu'aucune étreinte ne pouvait arrêter.

Elle avouait être allée, aussitôt après l'incident, voir Mme Heinzi. Dans la colère et aussi dans le plaisir abominable de dire à quelqu'un : « Ce n'est pas ma fille qui est une voleuse : c'est la vôtre. »

Ce qu'elle avait vu alors, ce qu'elle avait entendu l'avait effrayée.

« Allez au commissariat. Portez plainte, je vous le demande. Qu'on l'emmène, cette traînée. Ça lui fera les pieds. Quand elle sera en tôle, au moins j'aurai plus peur des catastrophes. »

En ces paroles monstrueuses, Mme Castano avait entendu sa propre voix. Ses phrases. Celles qu'elle disait et celles qu'elle ne disait pas. Les pensées qu'on avait pu lui attribuer. De vouloir se séparer de sa fille. De la voir partir. N'importe où pourvu que quelqu'un l'en débarrasse.

« Je suis indigne. »

Vous avez beau avoir cent fois dit les torts de quelqu'un, quand, un jour, il les dit lui-même avec, dans la voix, un remords immense, vous avez tendance à effacer vos reproches, à amoindrir les griefs. Ce n'est pas bonté d'âme : c'est pour vous éviter le spectacle toujours désolant de l'être humain qui se dégrade devant vous. C'est aussi parce que celui qui, dans le jeu, irait jusqu'à la mort de l'adversaire ne demande pas, après le jeu, la mort du vaincu. La victoire lui suffit.

Elle suffisait à Eliane. Portant avec elle la fin d'un grand malentendu. Le retour d'une confiance.

Elle crut le moment venu.

Dans la nuit, la voix de Philippe la réconforte.

« Tu lui as fait mal, c'est sûr. Mais il ne faut pas t'alarmer : la plupart des alcooliques n'acceptent pas le mot... Ni le fait, d'ailleurs. Ils disent :
« Je fais ça pour rigoler » ou : « Pour me remon-
« ter le moral : je m'arrêterai quand je
« voudrai... »

– Elle n'en est pas là. Elle m'a dit que je n'avais pas le droit de l'insulter.

– Elle n'a pas encore pris conscience de son mal. Elle ne veut pas se l'avouer. Te l'avouer. Elle a été saisie. Rien ne dit que votre heurt d'aujourd'hui ne sera pas salutaire. »

Ce heurt a trop marqué Eliane pour qu'elle puisse, déjà, le croire bénéfique. La désillusion a été trop douloureuse, les cris de sa mère ont été trop emportés pour qu'elle retrouve, dès ce soir, une espérance.

Dans ce tête-à-tête lointain et sage, une conscience lui vient : elle a essayé d'être avec sa mère comme Philippe est avec elle. Elle a voulu lui parler avec la même patience. Les mêmes phrases. Elle n'a pas réussi.

Elle murmure :

« Heureusement que je t'ai.

– Je fais ce que tout le monde ferait à ma place.

– Oh ! Non !... Toi... tu... »

Elle cherche une formule ardente. Un coup d'encensoir résumant cette différence énorme qui existe entre Philippe et les gens qu'elle rencontre ici. Les garçons qu'elle rencontre ici.

Elle est comprise avant d'avoir parlé :

« Bonsoir, Eliane. Je te quitte. Tu vas dire des bêtises.

– Bonsoir, Philippe. »

Elle est déçue. Son hosanna super a été court-circuité. Rien ne se démode plus vite qu'un mot qui, dans une conversation, n'a pas saisi sa chance. Surtout s'il est chaleureux. Les compliments ça n'aime pas les démarrages à froid.

Philippe ne peut pas raccrocher ainsi. Il le sait. Il faut un petit retour. Une parole. Quelque chose. Une sympathie. Sincère.

« Eliane...

– Oui ? »

Il ne trouve rien.

Seulement :

« Je t'embrasse. »

Ce qui arrive à Eliane est incroyable. Il lui semble que Philippe l'a embrassée vraiment. Elle ferme les yeux. Lui rend son baiser. Plus gravement qu'il n'y paraît :

« Moi aussi, je t'embrasse. »

Un petit clic met fin à la douceur.

Eliane reste l'oreille collée au tut-tut-tut démoralisant de l'appareil.
Il ne la démoralise pas.
C'est comme si elle gardait, dans sa main, un peu de leur conversation. Des pétales. Un espoir étonnant.

C'est ce qu'a voulu Lionel, ce soir.
Même si elle subit des Jean-Luc et des Mme Heinzi, même s'il se dit parfois qu'il en a marre d'orienter vers l'électricité-auto des gosses qui deviendront cantonniers, ils ont, l'un et l'autre, un métier d'utilité. Qui leur plaît.
Même si, pendant quinze jours, elle lui fait des carottes râpées parce que la mère Boi-Boi lui a dit qu'elle s'emmitonnait un peu, même s'il s'accorde, au nom de ses cinq années de plus, un droit d'aînesse un peu macho qui lui fait rabâcher des conseils inutiles et des appels à la modération professionnelle, ils ont, l'un pour l'autre, l'un par l'autre, un amour, un humour, des heures de chance, des soirs d'échange, un lit fertile, ferme, fervent dont ils ne sauraient plus se passer.
Entre profession encombrante et tendresse à domicile, entre repas Mazart et agaceries Boi-Boi, ce qu'ils n'ont pas su se donner encore, ce sont les sorties cinéma, les ventilateurs expo, stade, théâtre ou repas copains. Dans ces domaines où excelle Mlle Bridge, où la mère Chaumeil fait avec son mari des croisières en mer, où Sylvie sait, entre deux militantismes, se faufiler, ils en sont toujours au : « Il y a un nouveau film avec Robert Redford », au « Y a les impressionnistes en ce moment au Grand-Palais », au « Faudrait quand

même aller à la Comédie-Française un de ces jours. Même une fois. Pour voir. »

C'est ce que Lionel a voulu ce soir. Pas la Comédie-Française, certes : il faut louer. Pas le Louvre, qui, à cette heure-ci, dort dans ses toiles. Pas le Parc des Princes, qui, ce soir, n'a pas de ballon. Mais, tout de même, une vraie sortie. A deux. A Paris. Aux chandelles. A la gastronomie. Au Vieux Bistro. Sous la protection de Notre-Dame qui, de l'autre côté de la rue, reste immense et froide, grise et superbe.

Ils ont commencé par des coquilles Saint-Jacques au whisky. Un rosé de Provence au soleil. Ils savourent un filet de bœuf à la moelle. En papillotes. En amoureux et en gourmcts. Avec une mise en bouteilles au château pour se mettre aux châteaux en Espagne, au cœur en gaieté, aux folies en perspective.

Il est entendu qu'on oublie tout. Sauf les projets. A court terme. Sous la nappe. Dans la nuit prochaine. Le rire présent. Le langage des mains. On joue aux genoux prisonniers. Au bonheur est plus haut. A suivez-moi, jeune homme. En pensée, en paroles et en hors-d'œuvre bécotants.

Ils sont sympas dans ce bistrot. La patronne a l'œil amusé de celle qui en a vu d'autres. Tous les mêmes et jamais pareils. Sans ça, ce ne serait pas la peine de continuer.

C'est Lionel qui jette un froid sur les sorbets. Aux fruits de la passion. D'autant que Joëlle se demande tout de suite s'il n'aurait pas monté exprès son dîner-spectacle. Show-mise en train. Pour en arriver à la petite idée qui est venue dans sa petite tête :

« Dis... j'ai pensé... pour ton malaise cet après-midi... t'es pas enceinte au moins ? »

Elle lève les épaules :

« Ben non... Comment veux-tu ?

– Je sais pas... Des fois, t'aurais pu oublier de prendre ta pilule... »

La physionomie insinuante aggravait le propos. Qui n'a pas plu. Il s'en est rendu compte à l'œil foudroyant qui le contemplait :

« Tu me crois capable de ça ? »

Bien sûr que non. Ce sont des plaisanteries qu'on lance à la fin des banquets. Pour finir la soirée dans la bonne humeur.

Seulement, la partenaire se marrait pas du tout. Heureusement qu'on était au restau. Ça assourdit un peu les engueulades.

Mais la sourdine publique, ça empêche d'aller haut, ça n'empêche pas d'aller fort.

De médoc en armagnac, ils se sont envoyé des vannes sévères, des réponses appropriées avec, au bout de la colère, le renouvellement des consommations :

« J'a eu tort de te soupçonner : que tu puisses me fabriquer un mouflet en douce, je ne le crois pas. Je ne l'ai jamais cru. Tu es une fille loyale. »

Elle envoya un merci qui n'était pas une formule de politesse.

Il ne se laissa pas abattre. Il parlait en homme qui connaît son sujet :

« T'es loyale, mais t'es con.

– Continue, tu m'intéresses. »

Ce sont des paroles qui ne passent pas inaperçues. Elles se reflètent sur la mine. Comme l'eau dans le gaz.

La patronne n'avait pas besoin d'entendre. Elle se disait : « Un si gentil petit couple. Comme c'est dommage ! »

« Oui, t'es con : tu sais tout, tu règles tout, tu

commandes tout, tu n'écoutes rien. Ni personne. Il faut qu'on aille où tu veux.

— On sort jamais ! »

Il lève les yeux au ciel. On n'est pas dans les sorties : on est dans le domaine général.

« Tiens ! par exemple, je te dis : je ne veux pas d'enfant. Hop ! tu me lances ta mère dans les pattes ! »

Joëlle veut bien tout entendre, mais qu'on l'accuse de mettre sa mère dans la corrida, elle ne supporte pas.

Sous son chignon respectable, la patronne se dit : je vais leur offrir une eau-de-vie de poire. Ça les adoucira.

« Mettons que ça ne soit pas toi, en attendant elle m'envoie des boniments. Et, dans tout ça, c'est la même attitude : tu te fixes un truc, tu vérifies rien et tu fonces. »

Il la prend directement à partie :

« ... Parce qu'après tout... si je ne veux pas de môme, j'ai peut-être mes raisons... Tu me les as demandées mes raisons ? Non ! Ça ne t'intéresse pas ! »

Elle ne laisse pas passer l'occasion :

« Et toi, tu m'as demandé pourquoi j'avais mal au cœur ? Tu m'as demandé si j'avais mangé des gâteaux au miel ou des dattes fourrées ? Non : tu dis des saloperies ! »

Qu'elle ne croie pas s'en tirer en le mettant dans son tort ! On ne demande pas à l'accusé de faire le procès des juges.

Le juge hausse le ton :

« Tu ne sais même pas si je peux en avoir, des enfants ! Tu ne sais même pas si je ne suis pas malade, si on ne m'a pas interdit d'en avoir, si je n'ai pas une raison grave : tu ne sais rien. Mais tu fonces. Coudes au corps. Et ta mère te suit. »

La patronne a sa bouteille à la main. Le sourire à la bouche :

« Un petit cadeau de la maison. »

La nuit est descendue dans la rue du Cloître-Notre-Dame. Le store fleuri, la guirlande d'ampoules font à la mini-terrasse un chapeau de fête. Le Vieux Bistro a l'air en goguette. C'est Montmartre dans la Cité.

Joëlle regarde, dans son verre, l'alcool blanc. Elle pense : avec les macroutes de cet après-midi, il ne me manquait plus que ça. Je vais prendre un kilo. La mère Boi-Boi va pavoiser.

Elle se décide :

« Lionel... tu as une vraie raison de ne pas vouloir d'enfants ?

– Oui.

– Tu veux me la dire ?

– Oui.

– Maintenant ?

– Non. Pas ici. Dehors. Viens. »

« Ça s'arrange, pense la patronne derrière son comptoir. Tant mieux. »

Elle leur fait, quand ils sortent, un très beau sourire.

On ne peut pas savoir le plaisir qu'il y a à se trouver dans un parking en sous-sol, sur le siège d'une bagnole inerte, cradingue, aux côtés d'un garçon qui, dix fois, vous a tabassée plus que de raison et qui, pour vous, fait des rêves de travail.

Ils sont nombreux qui quittent leur chez-soi parce qu'ils n'y sont pas chez eux.

Chez eux, ce sera tapissé à leur gré, teinté

d'amour, blanchi à la vie nouvelle. Ils y seront tellement libres qu'ils en seront esclaves. De l'appart' et de celui avec qui ils le partageront. Heureux ceux qui, dans une prison de pierre ou d'infortune, dans une bagnole à jamais immobile, partent vers cet avenir sans savoir que c'est là, à cet instant, qu'ils en vivent les meilleurs moments.

« Le soir, on ira en boîte, dit Corinne

– Je t'offrirai du champ', répond Jean-Luc.

– Comment on fera pour avoir du blé ? s'inquiète la fille.

– Ça, c'est le plus facile », rassure le garçon.

Il a un copain, rue Polonceau. Un vrai démerde. Il vend des santiags, des babouches, sur les marchés. Et aussi ailleurs. En gros. Ou presque. Y a tout un tas de trucs comme ça qu'on peut faire quand on habite Paris. On est sur place. Surtout là. Vers Anvers, Pigalle. C'est bon.

Corinne a une pensée très forte : la première fois qu'elle ira à la Main bleue, ce sera comme si c'était son voyage de noces.

Elle le dit pas. Elle aurait l'air tarte.

Les bagnoles, c'est des nids à confidences. Des intimités à grande vitesse. A mise en confiance automatique. Entre Seine et hôpital, voyage et douleur, entre cathédrale et préfecture, croyance et ordre, Lionel est parti vers son passé sans foi, désordonné, douloureux, avec un premier regard pour le visage de sa grand-mère, seule rescapée de son ressentiment familial. Disparue aujourd'hui dans l'auréole de vacances en Dordogne, de gourmandises à vingt sous, de foie gras confondu avec du pâté, de jeux libres avec les copains des vaches, des vaches de copains qui connaissaient les bois, les cèpes, les moutons, les oiseaux.

Quelque chose a bougé à l'autre bout du parking.

Ça sent toujours le caoutchouc brûlé.

Jean-Luc n'arrête pas de regarder par là.

Dans cette désolation de voitures abandonnées, de ciment démissionnaire, de plafond qui laisse tomber, deux phares se sont allumés. Eteints. Allumés. Eteints. Il n'y a pas eu de moteur.

C'est la jag de M. Jean.

« Où tu vas ? demande Corinne.

— Tu m'attends une seconde, répond Jean-Luc. J'en ai pas pour longtemps. »

Il traverse le garage, marchant sur des papiers brûlés qui ont volé jusqu'ici et qui, dans les flaques, font une boue noire. L'eau tombe de la voûte. Au goutte à goutte. Souvenir de la pluie de ces derniers jours patiemment incrustée dans le sol, sous la terrasse craquelée, l'aire de jeu sablonneuse.

Corinne écoute ce floc-floc en suivant Jean-Luc du regard.

Il arrive à la Jaguar.

« Tous les jours, je te vois t'occuper de gosses dont les parents sont séparés. Tous les jours, je pense aux problèmes que ça leur pose. Tous les jours, je pense à mon père et à ma mère.

— Ils étaient divorcés ? »

Pire : les parents de Lionel sont toujours restés ensemble. Repas en commun et chambres distinctes. Dignité devant les enfants et disputes derrière les murs. Silences au nom de l'éducation. Reproches lourds sous les banalités. Fêtes au cœur lugubre. Sentiments endimanchés, parfumés à la noix. Ne cachant rien des intolérantes férocités. De l'odeur qui s'en dégage et emplit l'appartement. La famille. L'existence.

L'odeur des couples morts est irrespirable. Aucun gosse n'y résiste.

Jean-Luc revient de la Jaguar.

Le patron du Lavaupoids le suit à distance. Lentement.

Il porte toujours une cravate. Il ressemble pas aux gens d'ici. Il parle un peu comme des gars de la télé. Avec des mots qu'on connaît pas. Il doit les prendre dans les magazines.

« Dis, Coco. Il faut que je me tire. C'est pour une affaire, je t'expliquerai.

– Bon, je vais rentrer », fait Corinne un peu déçue. Pas contrariante. Elle était déjà à Pigalle. Dans une chambre qui voyait des néons par la fenêtre.

« Mais non, attends-moi. J'en ai pas pour longtemps. »

Elle n'est pas chaude. Toute seule, elle va avoir les chocottes.

Jean-Luc est rassurant :

« Le monsieur va rester avec toi. »

Il se penche, embrasse Corinne sur ses petites boucles rousses. Tout près de l'oreille :

« C'est un type qui m'a rendu service. Un mec bien. C'est pour lui que je vais faire une commission. Je peux pas lui refuser. Lui aussi va m'attendre ici : vous attendez ensemble.

– Bouh ! »

La petite n'est pas emballée. Avec les vioques, on sait pas quoi se dire. Avec celui-là, moins qu'avec un autre. Il a des façons d'ailleurs.

« Mais non, il est gentil. Tu verras. Et puis, il connaît beaucoup de monde. Ciao. Le bisou. J'en ai pas pour longtemps. Montez, monsieur Jean. Vous allez attendre avec elle. Ce sera plus gai. Je fais le plus vite possible. »

Jean-Luc marche à nouveau dans la flaque noire.

Corinne le regarde partir. Même de dos, il a une chouette allure. Souple.

M. Jean est monté dans la voiture :

« Bonsoir, mademoiselle ! »

Joëlle demande :

« Tes parents... ils s'engueulaient jamais ? »

Le cynisme panse les grandes blessures :

« Si. C'étaient les meilleurs moments. Quand ça éclatait. Qu'ils ne se contrôlaient plus. »

C'était l'instant privilégié où Lionel et son frère avaient des parents sans hypocrisie. Les deux gosses mettaient leurs petites mains sur leurs oreilles. Quand on est habitué au silence acharné des longues persécutions, les cris de la sincérité sont insupportables.

C'est par eux, pourtant, que les deux enfants apprenaient de lourds morceaux du passé. Ils essayaient du moins. Quelle que soit la gravité des insultes et des colères, il y a toujours des mots que l'on ne dit pas. Ce sont ceux-là qui font peur. Le danger, croit-on, vient de l'ombre. Du mystère.

Lionel avait toujours, devant lui, le mystère qui avait brisé ses parents.

M. Jean avait parlé de Jean-Luc. Il comprenait qu'une fille ait pour lui de l'amour. C'est un garçon sympathique. Il mérite qu'on lui donne la chance qu'il n'a pas eue. C'est ce qu'a fait M. Jean : il a arrêté pour Jean-Luc une mauvaise affaire. Qui aurait pu aller loin dans les ennuis. Bien que ce ne soit qu'une bêtise de gamin.

Tous les gamins font des bêtises.

M. Jean comprend la jeunesse.

Quand Jean-Luc et Corinne seront installés à Pigalle ou à Blanche, il ira les voir. Il espère bien qu'ils l'inviteront. On passera des soirées agréables. A la maison ou au ciné.

M. Jean adore le cinéma.

Il y va souvent et il en fait chez lui. Ça n'est pas vraiment du cinéma. C'est un magnétoscope. Comme à la télé, mais mieux qu'à la télé, parce qu'on peut passer ce qu'on veut.

Par exemple, à la télé, des films pornos, on n'en passe pas. M. Jean en a, lui. Une cinquantaine. Il peut les passer quand il veut.

Un bateau va sur la Seine.

On ne le voit pas mais ses projecteurs font, sous les arbres des berges, dans la verdure du square, une illumination passagère, un soleil de nuit furtif, vert pâle, qui laisse imaginer ces dîneurs comblés appréciant, en même temps que la bonne table, Notre-Dame jaillie des eaux. Des berges de pierre blanche. Les arches élégantes et, toujours, ces lierres qui, en guirlandes nourries, plongent dans le courant tranquille.

« Ils s'étaient mariés pourtant... Entre eux, il

devait bien y avoir quand même une petite union...

– Ce qui les unissait vraiment, c'était la haine qu'ils se portaient. »

Ils la nourrissaient patiemment. De regards. D'allusions. D'offenses jamais pardonnées :

« C'était presque un personnage qui circulait entre eux. Ils s'y étaient habitués et jamais ni l'un ni l'autre, pour un jour ou pour une heure, n'aurait renoncé à sa présence.

– Et toi... ils ne t'aimaient pas ?

– J'ai dû le croire au début. Mais j'étais encore petit quand j'ai compris qu'entre eux, j'étais surtout un enjeu. Quand j'ai compris que, lorsque ma mère me disait : « Donne la main à « maman », cela voulait dire : « Ne la donne pas à « papa », que lorsque mon père lançait : « Viens « chercher des cigarettes avec moi », il pensait : « Pendant ce temps, il ne sera pas avec elle. »

Joëlle savait depuis longtemps qu'elle avait eu de la chance. Le père Mazart avec ses idées butées et ses copains grandes gueules, la mère avec son goût du comme tout le monde et ses persécutions mère poule, tous les deux avec leur jamais défaillant « On est des prolos mais l'école est à tout le monde : fonce, fifille, on te soutient », oui, tout cela lui avait fait, de Montreuil à Villejuif, de communales en kermesses populaires, une jeunesse grise et tendre, désargentée et presque heureuse. Lorsque, à la fête foraine, on ne fait que deux tours de manège, l'important est de savoir quels sont les bras qui vous sortent de la voiture des pompiers, les mots qui vous consolent d'avoir dû quitter si vite l'éléphant qui, le long de sa tige, monte et descend. A cela, Joëlle ajoutait ce soir que ses parents, qui, devant elle, n'auraient jamais parlé d'amour, avaient, entre eux, des silences qui n'étaient pas ceux des parents de Lionel. C'étaient des silences sans calcul. Bâtis sur du solide. Et qui en disaient long.

Elle murmura :

« C'est la première fois que tu me parles de tes parents.

– Je n'ai pas de parents. Un jour, j'ai décidé que je n'avais plus de parents. »

Notre-Dame, dans la nuit, est vraiment impressionnante.

Une ambulance entre à l'Hôtel-Dieu.

« ... L'ennui, pour toi, c'est que le jour où j'ai décidé que je n'avais plus de parents, j'ai décidé aussi que je n'aurais jamais d'enfants. »

Elle se blottit contre lui. Très fort.

Elle ne pense pas à l'enfant qu'elle voudrait avoir.

Elle pense à celui qu'elle vient de trouver.

« Non ! Non !... Laissez-moi ! Vous êtes fou ! Arrêtez ! Qu'est-ce qui vous prend ? Vous êtes malade ! Au secours ! Salaud ! Salaud ! »

Avec beaucoup de peine, Corinne a réussi à sortir de la voiture.

Au début, elle avait écouté M. Jean. Et puis, il avait sorti des photos de sa poche. Elle avait fait semblant de regarder. Et ça la gênait beaucoup. Mais elle pensait que Jean-Luc allait revenir. Et puisque M. Jean lui avait rendu service, il fallait pas le contrarier. Et puis, elle avait su lui arrêter les mains. Il s'était penché pour l'embrasser. Elle avait reculé son visage, mais, évidemment, on peut pas tout reculer. Il s'était jeté sur elle. Il était fort. Il s'agrippait. Elle ne voyait pas comment s'en sortir. Mais lui, sans abuser de ses muscles, il s'était mis à se plaindre, à supplier : il voulait juste l'embrasser. Il ne demandait que ça et il était tellement déconcertant, tellement lamentable dans sa prière maladive qu'elle avait fini par lui dire : « Si je vous embrasse, vous me laisserez tranquille ? » Il avait promis. Et, comme elle se forçait à coller ses lèvres sans appétit contre sa bouche désagréable, elle s'était aperçue qu'il avait plus besoin d'elle et que, le pantalon ouvert, il s'en allait tout seul vers un duo à une main vraiment surprenant pour un homme de son âge. Ça l'avait écœurée et aussi l'air qu'il avait de satyre perdu, perdant, hagard et même halluciné.

« Salaud ! Salaud ! »

Elle courait dans la flaque noire, vers la sortie à escalier, en se retournant pour voir si elle n'était pas poursuivie. Si le forcené de la main chaude n'avait pas jailli de la Taunus désemparée. Elle avait beau voir qu'elle était seule sous la minuterie, que le pépé Lavaupoids restait dans sa piaule satyrique, elle avait beau sentir que son pull avait retrouvé son indépendance, que ses cuisses n'avaient plus d'explorateur, elle courait toujours pour se dire que, quand elle serait en haut, sur la terrasse, c'est l'air de la cité qui l'accueillerait et ce serait autre chose que ce vieux cochon.

Elle déboucha ainsi près du toboggan, traversa la rue sans trop savoir pourquoi, sans ralentir surtout et quand, dans sa frousse et sa transpiration, elle arriva derrière la chaufferie, ce qu'elle vit l'arrêta net.

Elle ne pouvait pas le croire et pas le comprendre.

Couché sur un banc improvisé, Jean-Luc, sous la lune déjà printanière, fumait une cigarette.

« Oh! T'étais là... Mais t'es pas parti pour... Tu... »

Il s'assit.

La regarda.

Secoua la tête devant une évidence désastreuse :

« T'es vraiment tarte, tu sais! »

Corinne ne sut même pas qu'elle repartait, qu'elle faisait dans la nuit ce trajet qu'elle avait fait au matin, poursuivie par les cris de la mère Castano, alors qu'elle l'était maintenant par toute une vie impossible, qu'elle ne voulait plus reprendre, dont elle ne voulait plus même entendre parler.

Eliane fut réveillée par la sonnerie de l'entrée.

Sa mère avait-elle oublié ses clefs?

Elle alluma. Ça ne pouvait pas être elle : il était à peine minuit.

La sonnerie retentit à nouveau.

Elle alla à la porte.

« Qu'est-ce que c'est? »

Une voix lui répondit.

Elle la reconnut tout de suite.

« C'est moi. Ouvre. »

Une voix d'homme.

Elle ouvrit.

VIII

Il y avait trois salles dans le préfa du square Godillot.

Ce soir, les boulistes occupaient la première. Dans la suivante s'agitaient les jeunes de la philatélie. Chaque mois, ils avaient un échange. Qu'ils appelaient une convention.

Dans l'entrée, sur papier d'écolier, une flèche rouge indiquait : Réunion A.A. au fond du couloir.

Mme Castano et sa fille s'engagèrent.

La mère avait eu de la peine à se décider :

« Les vrais alcooliques ont peut-être besoin de ça. Mais moi... je ne bois pas beaucoup... Et puis maintenant, tout va aller mieux. Tu le sais bien qu'avec Gérard, tout va aller mieux... Alors, si je m'arrêtais, comme ça, toute seule... Après tout, je n'ai besoin de personne... »

Cette histoire de « vrais alcooliques », Eliane la connaissait déjà. Elle avait en elle la théorie, la pratique, tous les conseils, toutes les mises en garde de Philippe : elle n'avait pas insisté. Rien n'est plus facile que le saut dans le vide : il n'y a qu'à se laisser tomber. Rien n'est plus effrayant pourtant.

Le lendemain, agressive et malheureuse, sa mère était revenue sur le sujet :

« Tu ne me crois pas capable de m'arrêter toute seule... C'est ça, n'est-ce pas ? »

Avec douceur, Eliane avait expliqué qu'il ne s'agissait pas d'elle spécialement mais de toute personne qui arrête de boire :

« C'est une épreuve difficile. On a besoin de soutien. Et ce soutien, ceux qui peuvent le mieux te le donner, ce sont ceux qui ont vécu la même épreuve. »

La salle sentait le tabac. Aux murs, il était écrit : « On est prié de vider les cendriers. » On aurait pu ajouter : « Pas sur le parquet. »

Le préfa en bois doublé d'isorel crasseux était chauffé par un radiateur à huile.

Des anciens d'Algérie avaient laissé sur une planche le dessin d'un drapeau, la date importante de leur premier banquet. Il y avait des souvenirs de réunions, une affiche du Club Montagne, des opérations au crayon. Compliquées. Avec pourcentages, faites peut-être par le syndicat des locataires.

Sur une pelle à ordures rouillée, un balai antique attendait patiemment une main nouvelle. Rien dans la pièce n'expliquait son usure profonde.

Au plafond, le néon était triste, vraiment.

Quelle déchéance! pensa Mme Castano, qui, à cette heure, aurait dû être dans son bar.

Elle eut envie de s'en aller.

La réunion était ouverte aux conjoints, aux enfants : aux alanons. Ils n'étaient guère qu'une demi-douzaine. Parmi eux, Philippe et Eliane, bien sûr. Et puis un petit, tout jeune, qui, lui, venait toujours sans ses parents. Nul ne le connaissait. Le gosse affirmait qu'ils viendraient un jour. Tous les deux. Il en était sûr. Il se préparait.

Le père de Philippe était, ce soir, le modérateur. On en désignait un différent à chaque séance, mais on voyait bien que le père de Philippe avait l'habitude. Qu'il était responsable. Et surtout fraternel. Il allait chercher l'autre au fond de son désastre. A bout d'amitié. Sans tapage. Juste avec le mot qui lui servait de passeport rassurant. Son regard était comme une sonde douce et sans incommodation.

Il donna la parole à un homme jeune qui était au coin de la longue table, regardant tout le monde avec un air de premier communiant prolongé, son col blanc passant sur son pull bleu. Caressant, autour de son doigt, une alliance tourmentée.

« Je m'appelle Bruno. Je suis alcoolique. Je n'ai pas bu depuis un an. Je suis venu ce soir parce que j'avais besoin de vous voir. Pour aujourd'hui, je préfère ne pas en dire plus. »

Il s'arrêta dans un sourire qui demandait le partage.

Le suivant était un type maigre et comme traqué. Un peu rustre. En déséquilibre. Avec, entre l'œil et la tempe, cette veine qui se fait facilement apparente chez les instables. « Je m'appelle Pierre. Je suis alcoolique. Je suis sobre depuis trois ans. »

Il baissa la tête. La releva. Se décida à rectifier : « J'étais sobre depuis trois ans. La semaine dernière, j'ai eu un coup dur... Alors... je suis retombé. »

Il y eut un silence.

On savait ce que c'était.

Il n'accepta pas cette compréhension.

Il accrocha une femme en tablier. Une mémère dont la poitrine retombait sur la table :

« Pourquoi tu me regardes comme ça, toi ? Je te dois quelque chose ? »

La commère ne répondit pas.

Pierre décida de l'oublier. De s'énerver avec les autres.

Il se justifiait. Fort. Il était arrogant et pitoyable. Il disait ce qui lui passait par la tête.

« On est là pour dire ce qu'on ressent, non ? »

Ici aussi il retomba. Dans son discours et dans son fiasco. Toujours double quand on a voulu s'en sortir. Maladie désormais greffée sur le doute. Bonnes intentions disparues dans un premier verre. Un second. Et la suite.

Il se mit à pleurer :

« Le coup dur... c'est vrai, je l'ai eu. Mais je me demande... malgré tout... si ce n'est pas une excuse... si je ne serais pas retombé quand même. »

Il ne regardait plus personne :

« Je suis un minable. »

Eliane, parfois, levait ses yeux vers Philippe.

Il lui faisait son sourire « aie confiance ».

Elle mit sa main sur la main de sa mère. Qui se raidit. Saisie dans son tremblement. Sa panique. Sa persistante envie de fuir.

C'étaient ces « Je m'appelle X. Je suis alcoolique » qui, comme ils se rapprochaient, l'effrayaient toujours plus. On le voyait bien. Eliane plus que quiconque. Elle s'efforçait de contenir cette peur dans sa main.

Le père de Philippe s'y entendait pour dégïvrer l'ambiance. Faire fonctionner les essuie-glace. D'abord, il s'appelait Urbain. Comme le pari mutuel parfaitement. Ce qui lui permettait de balancer d'entrée deux ou trois vannes qu'il avait dû expérimenter cent fois, mais c'est, on le sait bien, le cas de tous les animateurs. Un animateur qui avait eu des débuts difficiles...

« Et s'il n'y avait eu que les débuts ! Après aussi, ç'a été difficile... puisque... il y a cinq ans, j'ai fait une rechute sérieuse... Je suis resté au fond pendant trois mois. »

Quand ils parlaient du fond, ils avaient tous la même voix. Les mêmes yeux. Qui regardaient ce fond justement. Fait de souffrances que personne ne peut imaginer. Et, par là, de l'incompréhension de tous. De la sienne propre puisque, soi-même, on a beau faire un effort, on ne conçoit pas cette paralysie molle et tyrannique, cet empoisonnement du geste et de la volonté, cette angoisse montante qui, avant de vous montrer les crapauds et les rats du délirium, vous en fait ressentir la présence dans votre tête et dans votre sang. Pour les fuir, on trouve toujours le même remède. Le même alcool. Qui vous enfonce un peu plus : quand ils parlaient du fond, ils y étaient encore.

C'est son fils qui l'avait sorti de là. C'est très important d'avoir un Philippe pour vous aider. Il l'affirmait et on le voyait bien. A tout ce qui était entre eux et allait de l'un à l'autre. En ressemblance d'intentions, d'attentions, de voix, de compréhensions tous azimuts qui plaçaient, d'un côté de la table, un fils sans grande gêne sous l'éloge, un père sans la moindre gêne dans le sentiment :

« En vérité... c'est ça le plus important : j'ai retrouvé mon fils. Et... lui aussi, je crois, a retrouvé son père qui n'est pas parfait mais auquel il peut parler... qui est disponible parfois... Un père qui ne se promène pas avec, autour de lui, un mur de bouteilles plantées la tête en bas. C'est pour vous dire cela que je suis venu ce soir. »

Mme Castano eut envie de crier : « Moi aussi, c'est pour vous dire cela que je suis venue ! Moi aussi, je veux retrouver ma fille. Je veux retrouver mes enfants. Il faut m'y aider. Je sais que vous le ferez. Je vous remercie. » Avant qu'elle ait trouvé en elle la force rare qui culbute les pudeurs, un couple avait pris la parole. Des petits commerçants. Un peu âgés tous les deux pour avoir une fille qui n'avait pas vingt-cinq ans. C'est elle qui, à treize ou quatorze ans, avait commencé à boire. Sans qu'ils s'en aperçoivent. Quand ils s'en étaient aperçu, ils s'étaient dit : « Elle est jeune. Ça lui passera. » Et surtout : « Ce n'est pas vrai. »

La fille raconta comment, au sortir de l'école, elle allait chez un copain s'envoyer le premier verre. Celui qu'elle attendait déjà pendant le dernier cours. Elle raconta comment, après avoir bu un peu, elle se sentait heureuse, vive, débarrassée de toutes ses angoisses. Elle n'imaginait pas de troquer cette chaleur pour la maison vide de ses parents. Elle disait : « J'ai le temps. Je rentrerai à neuf heures moins le quart. Juste avant qu'ils arrivent. » La nuit venue, se sentant ivre, elle partait dans les rues. Pour ne pas entendre les familiaux : « Tu as encore bu. » Insultant, au hasard de sa route, les vieux qu'elle accusait de ne rien comprendre à la jeunesse, de ne penser qu'au fric. Acceptant de-ci, de-là, un verre au comptoir, une goulée à la bouteille. Jusqu'à ce qu'elle s'endorme dans un couloir. Ou dans un lit. Sans savoir où. Ni avec qui.

« Je m'appelle Huguette... je suis... C'est la première fois que je viens... Je m'appelle Huguette... je suis... »

Le mot ne passait pas. Le mot reconnaissance du mal. Figé dans la gorge de Mme Castano par des siècles d'éducation lamentable : à base d'ignorance et de ségrégation. De rejet. De mépris. De leçons de morale en guise de remède. Créées par l'imbécillité vertueuse des rhétoriqueurs qui inventèrent les maladies honteuses.

« Je m'appelle Huguette... je suis alcoolique. »

De toutes ses forces adolescentes, Eliane écrase la main de sa mère.

Philippe la regarde.

Elle vient de remporter sa première victoire.

Il lui en faudra beaucoup d'autres.

IX

Samedi, la mère Malcovick décanille son fils à huit heures du mat pour aller à la poste.

Le Malcovick s'y pointe sans avoir encore bien émergé et voilà la pététiste qui lui dit que son paquet est trop lourd. Malcovick fait observer que c'est un paquet pour la Tatie de Pologne et que, au nom de l'aide humanitaire, le facteur pourra bien faire un effort. La pététiste entre pas dans ces considérations de Solidarischnock. Malcovick, ça lui fout les glandes. Il s'adresse à une autre fortifiée de l'hygiaphone qui lui dit que, vu que c'est pas son service, son histoire, elle en a rien à secouer. Cette fois, Malcovick sent la moutarde de la Baltique qui lui monte au nez. Parce que tu sais combien il avait de trop, son paquet ? Trente grammes ! Il y a de quoi se les mordre, non ? Et le plus fort c'est que le sachem pététiste a donné raison à ses sous-fifres. Remarque : Malcovick est d'accord pour qu'on trouve un job aux handicapés. Ce qui, à son avis, est peut-être pas indispensable c'est de les filer tous dans les bureaux de poste !

Les copains sont pliés en deux.

« ... Ça fait une trop grosse concentration ! »

Chez Joëlle, à la journée « Fenêtre sur... », chaque fois que Malcovick prend la parole, on se marre un bon coup.

Maintenant, il passe au guichet 4 où, pendant qu'il attendait son tour, une petite vieille encaissait sa retraite. Et après, elle arrivait pas à se mettre tout ça dans son sac. C'est pas qu'elle en avait beaucoup, mais elle tremblait à cause de l'ancienneté. Ou à cause du fric, on sait pas. Des fois, l'assurance de pas manquer, pendant trois mois, de poireau vinaigrette et d'artichaut fin de série, ça fait une émotion. Dans tous les cas, Malcovick s'est dit : « Je vais lui faucher ses biftons. » Il avait qu'à tirer sur la sacoche et il était dehors vite fait, bien fait.

Il y a un petit silence.

Les banalités, ça n'entraîne pas beaucoup de questions.

Deux ou trois filles regardaient Joëlle. Elles se demandaient si l'assistante allait prendre la parole. Ce qu'elle pensait. Une ou deux autres faisaient les pas concernées. Clorida, par exemple, toujours droite sur son idée que le travail c'est la santé portugaise.

Les garçons étaient plus dans le coup. Comme ça, Cassou était pris à témoin par Malcovick :

« Depuis samedi, je pense à ce truc. J'aurais foncé à Paris et, pendant deux jours, je me serais éclaté au Palace et dans les restaus. Tu me croiras pas : j'ai du remords. Je me dis : pourquoi tu t'es déballonné ? T'es pas un homme. »

Avec toute l'indifférence qu'elle pouvait rassembler de son mieux, Joëlle demanda :

« Tu lui aurais sauté dessus ? »

Malcovick n'attendait que ça pour aller vers l'affirmative. Au dernier moment du silence, un peu de sombre l'arrêta. Sur son visage. Dans sa voix :

« Non... Non, je l'aurais pas fait parce que c'était une pauvre vieille. Une décharge. Comme moi. Ça se voyait bien... Mais... si ç'avait été une bourgeoise, je l'aurais fait, oui. »

Joëlle regarda l'assemblée.

Cassou parla, on le comprenait tout à fait, au nom des camarades :

« Faucher une pauvre vieille, c'est dégueulasse. Même : je crois que ceux qui le font, je leur rentrerais dedans... Mais un petit braquage entre copains...

– Un petit Viniprix...

– Un petit Nicolas...

– Une pharmacie...

– Ou même un rigolo qui sort en boîte avec les poches bourrées... Un samedi, avec des potes, quand on est un peu allumés... »

Ils s'y étaient tous mis. Pour être tous dans le hold-up ou être tous dans la provocation, c'était difficile à dire. Mais intéressant à savoir :

« Vous le feriez ? »

Cassou, qui était devenu le capitaine, répondit :

« On le fait pas... Mais... on y pense... »

Dans un souffle, il ajouta :

« ... Tous. »

Les autres approuvèrent.

Avec la mine des jeunes hommes qui prennent leurs responsabilités.

Les incendies les plus dangereux prennent dans les bas étages. L'occupant s'obstine pourtant à entasser dans les caves les objets inflammables. Comblé lorsque, habitant le haut de la tour, il voit une main généreuse qui coupe le courant de la sonnette d'alarme. Ça lui permet de dormir tranquille. De digérer à l'aise. A l'air pur. Sur son balcon qui fait l'homme de la rue si petit qu'il en devient négligeable.

C'est ça que le père Touzin avait en travers de la gorge quand la Belote mettait sa culture en avant. Chaque fois, il avait envie de gueuler : « Vous parlez pour qui ? Et vos auteurs, ils écrivent pour qui ? Ils donnent la parole à qui ? Et vos théâtreux qui ont envahi la banlieue pour y dresser des tréteaux où l'on se tape la tête contre les murs ? Est-ce que vous croyez que les prolos n'ont pas assez de fatigue sans subir le dialecte de ces troupes d'occupation ? Ils peuvent bien dire aux péquenots de s'asseoir sur les gradins si, devant la salle fermée à double tour de rhétorique, personne ne prend la peine de leur donner la clef ! »

Sur ce chapitre, le père Touzin avait la rancune à fleur de souvenir. Depuis l'époque où on avait eu l'idée d'appeler des théâtres « populaires » sous prétexte que le peuple n'y allait pas, il s'était suffisamment heurté à des annonces variées pour ennui uniforme, à des Brecht pesants par insipidité bon poids, à des Molière revus et bastonnés par des metteurs en scène de premier plan — devant Molière et la Compagnie —, à des dramaturges qui travaillent à la pièce pour la mettre en morceaux, à des scénographes qui transforment leurs essais en mises à l'épreuve, il avait suffisamment suivi les journalistes conseilleurs qui ne sont pas les payeurs, les critiques vraiment dramatiques, les animateurs-phraseurs spécialistes du vide sous emballage, en un mot, papa avait, dans ce domaine comme dans d'autres, suffisamment marché avec les copains pour ne pas en être revenu. Quand on vous a trop fait voyager, vous finissez par rester chez vous.

Cela établissait, entre lui et la Belote, une incompréhension qui s'ajoutait aux autres et dont ils ne parlaient jamais. Qu'elle ne soupçonnait même pas. Les néophytes ont la grâce charmante de penser que l'indifférence des autres à leur passion n'est que méconnaissance.

Et papa Touzin, qui voyait Mlle Bridge s'émerveiller devant la culture, ne savait pas que les plaisirs qu'elle lui donnait étaient au nombre de trois : le plaisir de savoir, le plaisir de savoir que les autres ne savent pas, et, plus secrètement, le plaisir désespéré de penser que la culture est le seul moyen de lutter contre la violence. A cette idée puérile et magistrale qu'elle voulait combattre parfois au nom du réalisme, elle revenait toujours au titre de l'expérience qu'elle vérifiait chaque jour : si, comme tous les hommes, l'homme cultivé est capable de violence, du moins est-il débarrassé de la violence stupide qui le ruine et déchire ses pairs.

Cette évidence ne franchissait jamais les lèvres de Mlle Bridge. Toujours bloquée par un énervement prématuré, un haussement d'épaules impulsif devant la stupidité de ses interlocuteurs, elle constituait sa philosophie rentrée : infernale névrose des intellectuels.

Il n'est pas facile d'harmoniser tous ces points de vue, pensait, à chaque conseil de classe, à chaque conseil d'établissement, Mme Chaumeil qui, depuis longtemps, avait, elle aussi, trouvé sa vérité simple, faite d'une inébranlable assurance : les grands problèmes n'ont pas de grandes solutions. C'est pourquoi, pour les résoudre, les hommes politiques font de grands discours.

La réalité nouvelle est entre la culture nécessaire qui diversifie les personnalités et le monde obligatoirement policé qui n'accepte que les catégories. Entre la campagne qui, bientôt, ne sera plus rentable et la ville qui, déjà, n'est plus viable. Entre la science qui invente des dangers mortels et ses ressources qui créent des emplois vitaux. Entre les actifs qui doivent, c'est vrai, être de plus en plus nombreux pour nourrir les passifs, et les passifs dont on doit augmenter le nombre pour laisser la place aux actifs.

Ici, pour Sylvie, se posait la question des enseignants âgés susceptibles de libérer des emplois. Pour Mme Chaumeil se posait avait tout la question de ces élèves maintenus dans un bahut ou dans une caserne pour ne pas en faire des chômeurs. A ceux-là, il n'était pas trop difficile de faire admettre que leur travail leur ferait obtenir un diplôme, mais il était désormais très difficile de leur faire croire que leur diplôme leur ferait obtenir du travail. Il était désormais impossible de leur faire accepter simplement ce monde qui, se vantant de tout vendre, avait la prétention de les laisser vivre sans argent.

« On y pense... tous », avait dit Cassou.

Et Joëlle pensait sans cesse à ce qu'avait dit Cassou.

... Et les trois filles allaient et descendaient dans ce forum des Halles qu'elles voyaient pour la première fois.

Sur trois étages, quatre peut-être, Brummell avec Dior, Aspro avec Adidas, le sport et la fourrure, les godasses et les robes, la chasse et la cérémonie, les bijoux et la bouffe, les parfums et la route, l'utile et l'agréable, le folklore et le spatial, la tradition, l'exotisme, le gadget, le cinéma, la photo, l'art nègre et le tourisme finlandais, tout s'est rassemblé en ce lieu de glace et de lumière, de spots et de marbres, de charme, de promotion, d'invention, de musique, d'annonces made in hôtesse, façon Orly, pour épater le promeneur, accrocher le chaland qui passe, l'escalator qui va, – l'un monte, l'autre pas –, ces couloirs qui, dans une boutique ou un grill, un rond-point ou une terrasse, se vident sans cesse pour toujours se remplir. A des sources inconnues. De toutes sortes. De toutes races.

« Fais péter l'œil, fiston! » dit un prolo à son rejeton.

Le gosse regarde une montagne de jouets comme Corinne et Aïsha découvrent le monde.

Elles n'auraient jamais cru, depuis leur Z.U.P. de cimetière, qu'il pouvait y avoir, sous la terre de Paris, tant de couleur et tant de mouvement. C'est la fête de l'achat en ville. Le festival du lèche-vitrine. Shopping à tous les étages. A tous les âges.

Elles s'émerveillent.

Du spectacle et de leur liberté.

C'est ça la vie. Les vannes des garçons arrivent sans qu'elles les voient venir. En son off. Elles ne sont pas jalouses de la mémère à poil de phoque qui essaie des bottes rouges.

Un éternel miracle protège l'injustice du monde : il faut, aux yeux du populaire, des années et même des moyens nouveaux pour voir que le poissonnier offre *aussi* des crevettes roses.

Si les yeux des jeunes d'aujourd'hui s'ouvrent plus vite, c'est que la télévision fait des gros plans sur les devantures. Comme on dit : l'image parle.

Le forum, se dit parfois la mère Chaumeil, a réuni les deux Bronx. Le Bronx de luxe, contraint de venir dans la rue pour chercher des clients à Chanel, à Hédiard, à Cardin. Et puis l'autre, le Bronx sordide qui vient là par sa jeunesse en quête d'expansion. Entre les deux, mais pour protéger seulement le premier, il y a les flics. En groupe. En ligne. En procession. Donnant des renseignements pour des questions de peau. Sur leur pochette haute, le rouge est mis. En plaque. *Fluctuat nec mergitur* : le vaisseau parisien est battu par les flots, mais il ne sombre pas.

Attendons.

Les flots entrent à la F.N.A.C.

Photo. Cinéma. Hi-Fi. Radio. T.V. Vidéo. Postes, chaînes, magnétos, cassettes, caméras, zooms, platines, amplis, enceintes, C.B., walkmans, tuners, psychedelic lighting : jamais Aïsha n'aurait soupçonné un étalage pareil.

Aux jeux électroniques, des gars s'essaient aux échecs, au bridge, aux dames, au réversi. On s'affronte sur cassettes de black-jack, de invaders, de bowling, en duels de cow-boys, en courses automobiles, en matches de football, de tennis, de hockey sur glace. Un basketteur amateur saute sur place chaque fois que, en phase de lumière, il croit marquer un panier. Le sport est à toutes les sauces. La science-fiction à toutes les confrontations, à tous les paris, à tous les plaisirs. C'est le « avec qui voulez-vous lutter? » des parades anciennes. Le lutteur de foire a perdu ses muscles. Il s'intellectualise. Le champion de l'estrade, l'invincible annoncé à l'extérieur, on l'appelle *la puce.* C'est tout dire.

Corinne oublie la Main bleue, oublie Jean-Luc, le satyre, tout ce qui, en un soir, l'a poussée hors de la cité, en une nuit de marche et de stop l'a conduite à Paris. Sans un rond. Avec juste l'idée de s'en être sortie. Et, le lendemain, l'arrivée des copines.

Aïsha pense parfois à son père. A sa mère qui a dû pleurer en voyant qu'elle ne rentrait plus.

Elles reviennent toutes les trois vers le balcon Eustache. On voit les statues en dessous de soi. Sur la place des Verrières. Les ringards traînent par là. Chômeurs ou objecteurs de conscience. Etudiants à plusieurs cordes. Musiciens à coulisses. Tribuns à percussion. Intimistes et passionnés. Sûrs d'être dans le vrai puisqu'ils sont dans la rue. Hors du système. Hors du coup. Bon shit, bon genre.

On pourrait se faire des potes si les lardus n'étaient pas toujours dans le coin avec leurs allures de soupçonneurs appointés, leurs yeux de vise-en-coin-la-jeunesse qui vous obligent, de loin, à repérer les képis.

Dans la salle des profs, c'est le triomphe de Vanovre : il y a, à la date d'hier, douze absences non justifiées. Sans parler des fugues de Corinne Heinzi et d'Aïsha Haourazza aujourd'hui établies.

Sans parler de la voiture de Mlle l'assistante : deux crevaisons en deux jours. De la voiture de Mme le proviseur : il est tout de même surprenant qu'une bagnole crève au bout d'une semaine d'arrêt sur un parking.

Joëlle ne répond pas.

Elle entend encore le commissaire :

« Vous savez, mademoiselle, des gosses qui fuguent, c'est un peu comme des mobylettes qui disparaissent : il y en a tous les jours. »

Il avait même de l'humour, M. le commissaire. Il rassurait :

« Ne vous en faites pas. On retrouve les gosses plus facilement que les mobylettes : ça se vend moins facilement en pièces détachées. »

Quant à la petite Maghrébine, il n'y avait même pas besoin de s'en occuper :

« Tous les frères vont s'y mettre, les cousins, les amis, tous les hommes et, dans deux jours, elle est là.

– Pourquoi tous les hommes ?

– Tiens ! Parce que, chez eux, c'est la fille qui les sert : ils n'ont pas envie de la perdre. »

Dans sa philosophie des grands problèmes sans solution, la mère Chaumeil incluait maintenant la discipline d'un bahut. La compréhension amenait la chienlit. La rigueur conduisait au désastre. Avec, en corollaire, l'équation : chienlit = désastre. Ce qui prouvait bien que la clef du problème n'était pas à l'intérieur.

Cette fois, pourtant, Mme Chaumeil devait sévir. Un peu par conviction. Beaucoup pour ne pas perdre la face. Elle avait pour premier devoir de ne pas laisser entamer son autorité. Ni par les élèves ni par les profs.

Et Vanovre n'avait pas tort lorsqu'il disait :

« Nous ne sommes pas une garderie. Ni un foyer éducatif. Nous sommes là pour enseigner un métier à des élèves. Ceux qui ne veulent pas l'apprendre, ceux qui empêchent les autres de travailler n'ont rien à faire ici. »

Joëlle demandait :

« Où iront-ils ?

– Ça n'est pas notre problème. Si l'Etat veut s'occuper d'eux, si on veut créer des établissements pour les recevoir, s'il y a des éducateurs pour les prendre en charge, nous n'y voyons pas d'inconvénient. En ce qui nous concerne, notre rôle est de faire fonctionner l'établissement qu'on nous a confié. »

Elles allaient de surprise en surprise. De films en cassettes. De cassettes en disques. De Sardou en Renaud. De Police en Téléphone.

Maintenant, elles arrivaient à la F.N.A.C.-librairie. On devrait écrire ça avec un S. Histoire, Littérature, Nouveautés, Théâtre, B.D., Jeunesse, Philosophie, Cinéma, Policiers, Sport, Tourisme : çà n'étaient pas des rayons, c'étaient des boutiques qui se nichaient le long des allées, se mêlaient, débouchant l'une dans l'autre, chacune d'elles spécialisée dans la connaissance des villes, de l'Archéologie, l'Art, la Préhistoire, la Science-Fiction, le Tiers Monde, l'Ecologie avec, partout, des livres à prendre ou à laisser, à feuilleter, à admirer parfois, à déchiffrer souvent. Avec des mots que les filles ne connaissaient pas, des titres qui posaient des questions dont elles ne comprenaient même pas le sens.

Comment, dans leur bidonville de la famille, leurs conversations-Sylvie-Vartan, leur désert de lecture, auraient-elles entrevu pareil rassemblement de mots et d'ouvrages, de papier, de carton, d'encre, de cuir, de gens, des jeunes surtout, qui avaient l'air à l'aise dans ces lieux où elles l'étaient si peu ?

Aïsha s'arrêta net. Il y avait devant elle une librairie qui, en berbère, en kabyle, en arabe, l'interrogeait. Elle prit un livre. Un deuxième. C'est peu de dire qu'elle les contempla. Elle les caressa. Comme on embrasse une famille. Comme on retrouve, stupéfaite, un être qu'on a aimé, qu'on croyait avoir oublié et qui est là, devant vous, plus fort, plus vivant, plus émouvant que jamais. Ce sont ces livres pourtant qu'elle avait voulu fuir. Sans les connaître mais en sachant bien qu'un chapitre s'ouvrait sur la couche molle du vieux Kader Farim, que les autres portaient les duretés du père, l'honneur des filles estimé en dinars, la morale fière des hommes ligués contre elle parce que les hommes sont avec les hommes et que les femmes doivent obéir.

Corinne fit halte un instant devant les livres de cuisine. Elle fut étonnée d'apprendre qu'il convenait de jeter les écrevisses vivantes dans l'huile bouillante. Elle estima le procédé absolument dégueu.

Voyant Aïsha qui n'en finissait pas de peloter l'Algérie, ces gars de son âge qui se montraient un bouquin de Lévi-Strauss ou un recueil d'Eluard, qui se passaient un Boris Vian, un de Beauvoir ou, sur place, semblaient vouloir avaler un traité de physique nucléaire, elle eut, pour la première fois de sa vie, la sensation d'être étrangère. Pas étrangère comme elle l'avait toujours été chez cette salope de mère Heinzi, pas parce que, parmi tous ces gus, les Asiates côtoyaient les Polacs, les Noirs flirtaient avec les Blancs, les kapels étaient près de la djellaba, le prof se rapprochait de l'élève : parce que, clandestinement, puisqu'elle ne le savait pas elle-même, en entrant à la F.N.A.C.-librairie, elle avait franchi une frontière. L'exotisme, ça surprend toujours.

Le Conseil se termina par la mise à pied de Cassou.

De Cassou qui, justement, avait dit :

« On y pense... tous. »

Pour se décider, la mère Chaumeil s'était répété que, ainsi, elle ne donnait pas seulement raison à Vanovre : elle aidait les profs. Les plus faibles surtout. Ceux qui, incapables de sévir, avaient besoin qu'on le fasse à leur place.

Janine Dubreuil avait raconté sa dernière mésaventure. Rentrant en classe, elle avait ouvert son bouquin : un objet s'en était échappé. En plastique ou en caoutchouc. Une sorte de petit ballon dégonflé. Mis entre les pages par un rigolo et qu'elle avait pris entre ses doigts avec beaucoup de surprise :

« Oh !... Qu'est-ce que c'est que ça ? »

Du fond de la salle, Cassou avait gueulé :

« Une capote ! »

Vous parlez d'un chahut !

« T'étais pas obligée de leur demander ! fit le père Touzin en haussant les épaules : tu poses la question, ils te répondent, je vois pas de quoi tu te plains ! »

Le chahut alors avait été entre les profs. Emmené, comme toujours, d'un côté par la Belote qui vilipendait les fainéants, de l'autre par Touzin qui, bientôt, y était allé de son discours :

« C'est pas l'oisiveté qui est la mère de tous les vices, c'est l'ennui. Et l'ennui, ça vient pas forcément de l'oisiveté. Ça peut venir aussi bien d'un boulot sans intérêt que d'une banlieue sans plaisir. Ça peut venir d'une famille sans affection comme d'une poche sans un rond. L'ennui, ça peut venir aussi bien d'une femme qui ne sait pas faire l'amour que d'un prof qui ne sait pas faire la classe. »

On le comprend : Mlle Bridge s'était sentie visée. Elle était P.E.G., elle se permettait de le rappeler. Avec une maîtrise de lettres : tout le monde ne pouvait pas en dire autant.

Papa protestait de sa bonne foi. Il n'attaquait personne : il citait des exemples.

Sans rire, il prenait les copains à témoin.

Avec sincérité, il souffrait pour les paranoïaques :

« C'est curieux de toujours croire qu'on parle de vous ! »

Sans rire, avec sincérité, avec naturel, il se tournait vers Mlle la Prof de Lettres :

« Comment voulez-vous que je parle de vous : je ne sais pas, moi, comment vous faites l'amour ! »

Cette fois, la Belote suffoquait. Elle exigeait des excuses. Immédiates et publiques. Elle menaçait d'écrire à l'Académie.

C'est l'arrivée du père Guinard qui évitait l'incident :

« J'ai une gosse qui a fait une fugue !

– Si ça continue, on n'aura plus besoin de les mettre à la porte : il ne restera plus personne ! murmura la mère Chaumeil.

– Ça fait trois jours que je ne la voyais pas. J'ai fait passer un gosse à son domicile. Le père vient de m'appeler. Ils ont averti la police.

– Comment s'appelle-t-elle ? demanda Vanovre par souci de l'ordre.

– C'est la petite Brisson... »

Il s'adressa à Joëlle :

« Tu la connais... une marrante... Béatrice. »

A la F.N.A.C., Béatrice Brisson tirait Aïsha par le bras :

« Allez ! On se casse ! Moi, les bouquins, ça me fait chier. »

Les trois copines s'en allèrent vers la sortie Lescot.

Celle du R.E.R. Du métro. Du voyage.

Nancy est rentrée chez elle.

Elle continue à ne pas manger.

Il y a des gars qui montent dans les étages pour offrir des gâteaux secs au kilo. Deux fois moins chers qu'à Euro et, en prime, ils te donnent une grande poche de brisures. Paille d'or.

Mme Murano en a acheté trois kilos.

Elle est partie au bahut pour l'heure de la récré.

Momond ne l'attendait pas. Il jouait à rien foutre près du grand panneau « Code de la route ».

Sachant que chacun doit rester à sa place, que l'ordre est nécessaire et l'école impressionnante, peut-être même sacrée, Mme Murano faisait de grands signes à Momond avec son paquet de biscuits. Sans oser dépasser la grille.

Ce film muet, ça faisait rigoler les copains. Surtout que, assis contre son panneau de ronds et de triangles, Momond continuait à penser que c'était bien beau de laisser passer la bagnole qui arrive de droite : il n'empêche que la plus dangereuse, celle qui risque le plus de t'emplafonner, c'est celle qui arrive de gauche. T'as intérêt à la repérer en premier.

Depuis le préau, Malcovick a gueulé :

« Hé! Momond! Y a la mère « Qu'est-ce-que-je-« dis » qui t'apporte du ravito! »

Les copains ont redoublé leur rigolade. Pas Momond. Il a juste rougi, parce qu'il aime pas la mise en vedette. Et puis, parce qu'il s'agissait de sa vieille. Il regrettait de pas l'avoir vue en premier. Il ne savait pas qu'on l'appelait la mère « Qu'est-ce-que-je-dis ».

Johnny lui a expliqué que ça venait des profs, de la Belote qui s'était marée un chouia quand sa mère était venue la voir à son sujet.

Comme les copains étaient autour, Momond, devant la révélation, a essayé de s'égayer aussi. Mais son sourire n'en était pas un du tout. C'était quelque chose de fixe et de contrarié qui, sur la bouche, retenait les mots et, vers les yeux, essayait de freiner le chagrin.

Il pensait : ceux qui se foutent de ma maternelle, c'est des enfoirés.

« Tu sais que Béatrice a fugué ? »

Pour toute réponse, Lionel prit une lettre dans son blouson. Un mot sur une feuille de copie : « Je m'en vais. Pour toujours... Mais je t'aime comme tu peux pas savoir. »

Ce qu'il y avait d'interrogateur ou d'alarmant, c'est que « comme tu peux pas savoir » était souligné de deux traits.

« Quand as-tu eu ça ?

– Je l'ai trouvé à mon bureau cet après-midi. »

Ils étaient les yeux dans les yeux. Avec, entre eux, cette histoire encombrante. Cette fille plus présente sûrement depuis qu'elle avait disparu :

« Ce n'était pas moi qu'elle cherchait. Ce n'était même pas un amant. Ça, je suppose qu'elle l'avait.

– Pourquoi la laissais-tu revenir ? »

Il ne la laissait pas revenir. Elle s'était pointée trois ou quatre fois. Il ne pouvait pas la chasser.

« Ce n'était pas à toi de t'en occuper. Tu aurais dû m'en parler. Ou l'envoyer à la psy. »

Pour lui, une vérité était établie : Béatrice n'aurait rien dit à la psy. Ni à Joëlle. Elle n'aurait rien dit à une femme.

Nous partons tous dans la vie avec les idées des autres. Le nationalisme de papa. Le petit Jésus de maman. Le socialisme du copain.

La doctrine de Béatrice venait des lèvres maternelles : « Les hommes, c'est tous des cavaleurs. Les femmes, c'est des salopes. Cancans et compagnie. Elles savent rien garder. »

Pour la première partie du slogan, par tous les actes de sa vie, Béatrice cherchait à vérifier. Pour la seconde, elle ne vérifiait même pas : ses copines, elle leur disait jamais rien. Elle préférait parler aux mecs. Les femmes, c'est toutes des salopes.

Ce qu'il y avait de plus surprenant chez Béatrice, c'est que, visiblement, elle mettait dans le lot l'auteur de la théorie. Sur le dessus du panier.

Dès leur deuxième entrevue, il avait pensé : ce n'est que pour me parler de ça qu'elle vient me voir.

C'est ce qui sans doute l'avait attaché à elle. A sa romance maison.

Il annonça la couleur à Joëlle :

« J'ai vu la mère cet après-midi.

— Qu'est-ce qu'elle t'a dit ? »

Elle avait dit que tout ça c'était la faute du père. Un cavaleur qui rentrait tard le soir et passait jamais les week-ends à la tôle, qui donnait même pas la moitié de sa paie pour élever ses mômes tellement il avait besoin de fric pour entretenir ses vicieuses.

Lionel n'avait pas besoin de voir le père :

« C'est une situation que je connais depuis longtemps. Par cœur je la connais. »

Dans le F2 aux étroites frontières, il avait à présent ce regard qui, l'autre soir, se perdait sur Notre-Dame. Sur le monde Quasimodo. Plaies et bosses. Sur les amants qui, entre Seine et pierres, avaient, au fil des ans, abrité leurs baisers sous les ombrages du village Parisis. Sur ceux, plus nombreux peut-être, qui, dans la solitude de la cathédrale, entre malheur et chandelles, avaient pleuré devant des saints de marbre. Priant sans raison pour la sauvegarde de leur couple ou offrant déjà à une mère de paradis les larmes d'un amour défait :

« Tu n'as pas peur qu'elle se... »

« Je m'en vais. Pour toujours », disait le mot.

Il s'étrangla un peu :

« On ne sait jamais. »

Il se rassura :

« Chez elle, je n'y crois pas trop. »

C'est sans doute difficile d'avoir, dans ces domaines fragiles, de rudes convictions. Pourtant, il semblait à Lionel que, lorsque Béatrice avait vu qu'il ne marchait pas dans sa combine, elle avait, dans son petit désarroi, montré une satisfaction. Lorsque, derrière elle, il allait ouvrir la porte, elle se foutait de lui mais, à son insu, son œil disait une surprise comme en ont les enfants.

La seule certitude qu'on peut avoir, c'est que, si l'on découvrait un pays sans grâce aucune, il serait difficile d'y développer le tourisme.

Avant de s'engager dans le tourisme de l'existence, l'adolescent a besoin de penser que le monde vaut le voyage. Hors le bâfreur de kilomètres, visiteur au chrono, prêt à aller n'importe où pourvu qu'il ait une place dans le car. A côté de l'excursionniste qui, devant l'Acropole, vous parle d'un cousin pétomane. Séduit par une passagère admirable qui, devant les chutes du Niagara, continue son tricot. Revenant soi-même de Florence avec, dans l'œil, le souvenir ébloui d'un spaghetti à l'ail. Celui-là, on le voit bien, peut vivre sans Mozart et sans le Titien. Sans Shakespeare.

D'autres jeunes ont besoin de Rimbaud. Sinon en toutes lettres, du moins en tout espoir. Il leur faut, en hiver, une assurance de printemps. Faute de quoi, ils prennent une morte-saison pour un siècle perdu. Une banlieue sans soleil pour un univers sans lumière. Un monde pourri pour une existence inutile :

« Parmi ceux-là, il y a ceux qui se suicident, ceux qui se laissent mourir et puis ceux qui détruisent seulement une partie d'eux-mêmes. La raison. Ou alors la lyre. La palette. La fleur bleue. »

Lionel croit que, chez Béatrice, la fleur bleue n'est pas encore écrasée.

Des Halles, elles sont allées à Saint-Michel.

C'est leur fief, maintenant, ce circuit en trois stations qu'elles font à pied ou en métro.

Chouette le métro avec son entrée sur portillon. A la volée. Ou en passant avec un voyageur à billet, un tâtillon qu'on pousse un bon coup, pour se faufiler en même temps que lui. Un ticket pour deux, c'est bien suffisant.

L'emmerdement, c'est les flics qui sont partout. Des fois à chaque bout du quai. Avec des regards malsains pour les minettes. Surtout quand elles ont, comme Aïsha, le type repérable.

La rue Saint-André-des-Arts n'aurait jamais pensé qu'elle s'ouvrirait porte de Tunis. Avec La Rose de Tunis à droite, Tunis Oasis à gauche. Et, dans chacun d'eux, le sandwich-fricassée à quatre francs.

Aïsha et ses copines s'en sont goinfrées pendant deux jours. Maintenant, elles n'ont plus un rond.

Elles regardent les motos des mecs qui les posent sur la place pour aller au cinoche. Ou à la fauche chez Gibert. Voir des disques en solde. Glandouiller sur le boulevard avec leurs bottes d'écraseurs.

Les C.R.S. ont arrêté leur car gris au milieu de la place. Sans discrétion. A l'intérieur, ils tapent le carton. Les chefs sont descendus. Eux, ils ont le droit.

Rue de La Harpe, Verlaine se fait cosmopolite. Les Arabes en blouse bleue forment la population marchande. Les Balkans côtoient la Vieille Athènes. Le Lac de l'Ouest est à côté de l'Ile de Djerba. Seule la barquette de frites résiste au chichekébab, aux merguez, aux moules plaki, au kadaïf, au fromage féta. L'Amérique des envahisseurs doit ici se contenter d'un écran du Quintette. La France est étudiante. Ou fait semblant de l'être. On roule les brochettes dans des poches de plastique littéraire. P.U.F. ou Hachette.

Les filles commencent à avoir les crocs.

Elles reviennent sur la place.

Béatrice prétend que la fontaine lui donne envie.

Un type leur avait promis d'être là ce soir. Avec un truc pour se faire un peu d'osier. Facile.

Eliane est contente de ne plus être seule le soir.

Gérard, pourtant, n'aime pas raconter. Il a des phrases lentes et sans nouveautés. Des souvenirs muets. Qu'il banalise de son mieux. Pour qu'ils se perdent dans sa mémoire. Qu'ils se confondent. Avec le temps.

« Où j'étais, on voit que des murs. Et puis des matons. Et puis des gus qui ont tous la même gueule. Le même costume. Le même lit. Le même lavabo. Les mêmes heures pour y pisser dedans. »

Mme Castano leur bigophone depuis le bar. C'est une chose qu'elle ne faisait pas avant. Elle veut savoir s'ils sont bien. Elle veut faire comprendre à Eliane qu'elle résiste. Pas comme quand elle le disait autrefois et que c'était pas vrai. Eliane, ça la rendait malade ce langage que sa mère pouvait pas arriver à tenir en équilibre dans sa bouche alcoolique. Comme un funambule qui arrêterait pas de se casser la gueule et qui dirait toujours : « Tu vois comme je me tiens bien ! »

Peut-être que, mine de rien, la mère veut vérifier que le fils n'est pas sorti.

M. Max considère la métamorphose de sa barmaid en homme qui sait vivre. Qui connaît les promesses d'ivrognes et accepte leurs lubies. Rigolard, mais responsable :

« Que tu veuilles plus picoler avec le client : ça passe. Mais que tu chiales dans son verre, c'est pas bon du tout : ça sale la limonade. »

Des paroles comme ça, c'est simple, mais ça met l'ambiance.

Dans son garage de Levallois, M. Max a un associé, un homme corpulent que sa femme un jour a laissé tomber.

Quand il l'a appris, le délaissé sanglotait sur le comptoir. Le pire, c'est qu'il montrait un 6,35 avec lequel il allait finir en beauté.

« T'en fais pas, lui a fait M. Max en tapant sur

ses larges épaules; il vaut mieux être cocu que sénateur. Au moins, t'es pas obligé d'assister aux séances! »

Le mot juste, quoi. Et qui réussit. Parce que, on peut dire ce qu'on veut, mais l'associé, il s'est pas flingué. Il vient toujours au bar. Il s'occupe toujours du garage. Il a même une nouvelle femme.

Mais il ne veut pas engager Gérard Castano dans son entreprise.

M. Max est du même avis. Ferme dans l'argument :

« C'est peut-être un bon mécanicien, mais il traîne une casserole.

— Tu pourrais le prendre au moins pendant six mois... pour qu'il redémarre. »

Devant l'insistance des mères, on est contraint d'en venir au fait :

« Un type qui a un casier, je peux pas. Excuse-moi : je peux pas.

— Ça te va bien! » fait Mme Castano que tant de vertu projette dans l'ironie.

M. Max reste dans la logique imperturbable :

« Justement : on est assez marqués comme ça. Si ceux qu'on engage à la légale sont plombés aussi, alors... y a plus personne pour sauver l'honneur de la maison! »

Ce sera partout pareil, pense Gérard.

Depuis son retour, il a un peu circulé : il n'y a pas de boulot et si, par miracle, il y en a, comme cet aprèm à l'entretien de la R.A.T.P., on lui fait bien comprendre que c'est pas pour lui.

Eliane ne voudrait pas qu'il se désole, qu'il renonce, qu'il retombe. Elle ne voudrait pas que son entreprise de guérison maternelle foire parce que son frère, maintenant, est au chomdu :

« On finit toujours par s'en sortir. »

Dans ces moments creux, les phrases vides ça vous gonfle vite. C'est pas quand il aura cinquante balais que Gérard veut s'en sortir : c'est maintenant.

Le mec est arrivé place Saint-Michel et il a donné les papiers.

Comme les filles n'avaient pas d'argent, il a dit qu'il faisait confiance. La seule chose, c'est que, puisque c'est à crédit, il demandera un bakchich en plus des frais d'imprimerie.

Elles ont commencé toutes les trois, mais en lançant Béatrice en vedette. C'est la plus gonflée. Les deux autres restaient devant la terrasse pour voir s'il n'y avait pas des indiscrets qui jouaient à la ronde.

A la Périgourdine, on les a virées. Au Saint-Séverin, à la Boule d'Or, au Fénelon, ça a bien marché.

Le scénario est assez simple : Béatrice entre dans le bistrot et, sans dire un mot, elle pose devant chaque consommateur un petit papier pas luxueux et bien conçu : « Je suis sourde-muette. Aidez-moi. Merci. »

Quand elle en a mis sur toutes les tables, elle refait son tour en ramassant les papiers. Avec la fatalité sur le visage et la menotte en avant.

Tout le monde donne pas parce qu'il y a des habitués qui connaissent la musique. Des traînards professionnels. Des cinéphiles en version originale. Des voyageurs quotidiens de Choisy-le-Roi ou de Saint-Michel-sur-Orge.

Les touristes sont plus enclins. Ils entrent dans le pittoresque, les provinciaux gagnant pour un franc l'impression de se parisianiser. Les étrangers se déboutonnent avec l'air international de ceux qui ont du fric. Les Allemands sont les plus durs. Avec leur manie de l'ordre maladif, ils se permettraient presque un air réprobateur. Les Anglais non plus attachent pas leurs chiens avec des hot dogs. Heureusement, parmi eux, il y a ceux qui donnent pour faire croire qu'ils ont compris ce qui est écrit sur le papier.

Le Japonais veut absolument photographier la quêteuse. Il donne un pourboire. Pris sur la vente des appareils photo.

Quand elles ont eu gagné leur pain, les filles sont allées s'acheter des crêpes au froment, des galettes au sarrasin. Elles les ont bouffées en traînaillant un peu, à droite et à gauche. De La Cantatrice chauve au Hautefeuille. Du Caveau de la Bolée à la Cochonnaille. S'interrogeant sur les menus des cinémas, les affiches des restaurants. Surprises de voir entrer des gens dans des salles végétariennes, des cuisines macrobiotiques quand, de l'Inde à l'Alsace, de la mer à la Belle Epoque, de la rue de la Huchette au carrefour de l'Odéon en passant par les Antilles et le Mexique, par le méchoui, le feu de bois, la rhumerie et l'ambiance mandarine, le monde programme ses spécialités en long métrage.

Avec ces farfelus, leurs petits papiers peut-être marcheraient bien ?

Elles sont revenues sur le pont. Entrant dans l'île de pierres, si belle malgré ses mots qui sonnent si mal : quai des Orfèvres, Palais de justice, Conciergerie, Préfecture de police...

Heureusement, sur le ciment froid, demain, reviendra le marché aux fleurs.

Dans la nuit égalitaire de la banlieue, dans ce noir brouillassant à plaques de jaune néon, Johnny, sur sa mob, passe devant le stade Auguste-Delaune, le cimetière, l'entreprise Desforges dont les camions attendent dans la rue le départ matinal pour l'usine de Dammarie-les-Lys.

Dans la cité, il monte par cœur sur le trottoir, juste devant le tabac, où il y a un bateau involontaire, puis, passant entre les piliers déserts de la terrasse B, il aboutit à la rampe de la passerelle.

Deux mecs qu'il n'avait jamais vus jaillissent devant son guidon, et, sans qu'il ait bien compris, arrêtent sa mob :

« Dis donc, t'as failli te rétamer !

– On aurait pas été là pour te retenir, tu te ramassais la gueule ! »

Johnny est sur ses gardes :

« Je ne vous connais pas. »

Ils tenaient la mob et le pilote bien serrés. Les bras et les yeux sans défaillance :

« J'ai pas besoin de te connaître pour te rendre service.

– Nous, on aime aider les copains. C'est notre truc. »

Dans ces paysages, la société de secours mutuel, on y croit pas beaucoup :

« Lâchez-moi ou je gueule. »

Une lame se pointa largement sous le réverbère. Brillante dans la nuit et froide sur le cou.

« Où tu gueules ? Comment tu gueules ? »

Celui qui s'appelait Rico préférait travailler avec silencieux. Il aimait pas faire le mal. Ce qui l'intéressait, lui et son copain, c'était de discuter avec les potes. Dire : « Salut ! Comment ça va ? Ils sont chouettes tes gants... »

L'autre, celui qui s'appelait Charly, considéra les protège-mimines. Il ne put qu'approuver :

« C'est vrai qu'ils sont chouettes ! C'est ta maman qui te les a offerts ?

– Non. C'est mon tonton, souffla Johnny qui n'était pas fait pour parler sous les couteaux.

– Ah ! C'est ton tonton ! Et ton blouson ? C'est ton tonton aussi qui te l'a offert ?

– Non. C'est ma tatie. »

Les loubards commencèrent à rigoler. Ils commencèrent à le déshabiller. Ils disaient que, puisque, eux, n'avaient ni tonton ni tatie, c'est Johnny qui allait leur servir de tante.

Au troisième au-dessus du néon, une fenêtre s'était ouverte. Qui voyait tout et qui, dans la lumière de face, était pas visible :

« Arrêtez vos conneries ! »

Le coup du renfort inattendu, ça marche toujours. Il requinqua un peu l'agressé.

Rico et Charly voulurent presser le mouvement.

« Je vous dis d'arrêter ! Vous savez pas que c'est comme ça qu'on se retrouve en cabane ! »

Johnny avait beau avoir peur du cran d'arrêt, il s'accrochait à son guidon en pensant que, comme ça, les deux tordus pourraient pas lui piquer son blouson.

Les loubards s'énervaient.

Dans le ciel indiscernable, Gérard gueula :

« Je descends ! »

Quittant sa chaise, Eliane s'accrocha à lui :

« N'y va pas. Pense à maman... T'as promis de rester tranquille.

– Tu crois pas que je vais les laisser larder un mec devant moi, non ? »

En bas, Jean-Luc sortait de l'épave-parking, la bagnole-souvenir. Fallait savoir reconnaître la défaite :

« Venez. On se tire. »

La main-d'œuvre ne l'entendait pas de cette oreille :

« Tu crois pas qu'on est venus du Bourget pour faire ballon !

– C'est Castano. Il était à Fleury. »

La référence était impressionnante mais, quand les gars de la Seine-Saint-Denis font le voyage, ils aiment pas repartir les mains vides.

« Jean-Luc ! Défends-moi ou t'es un salaud !

– Et sur le pont ? Tu m'as défendu, toi, ou tu m'as étranglé ? » fit Jean-Luc en se tirant.

Pour sauver l'honneur, il affirmait aux intérims qu'il connaissait d'autres coups. Ailleurs. Meilleurs même que celui-là.

Rico le suivit.

Castano arrivait. En force de l'ordre :

« Je vous ai dit de vous casser ! »

Ne voulant pas engager le combat dans l'infériorité numérique du un à un, Charly décida d'obtempérer. Donnant, pour le principe, un grand coup de couteau dans le blouson de cuir qui crissa du col à la ceinture.

Cette dégradation du bien excita Gérard : il se jeta sur le bousilleur.

Charly était souple. Il évita l'attaque et, avant que son adversaire se ressaisisse, il disparut à toutes jambes derrière la chaufferie.

Il était temps.

Les flics étaient là que, dans la bagarre, on n'avait ni vu, ni entendu venir.

Gérard se retrouva dans les phares avec une impression de déjà vécu.

Le brigadier était descendu :

« Halte ! »

Puis :

« Arrête ou je tire ! »

La balle était partie. On l'entendit se plaindre sur une barre de la passerelle.

Gérard avait sauté dans la rue. Près de l'inscription Mesrine.

Il fonça vers Euro avec, au début, la passerelle en toiture. En protection. Puis il fila entre les piliers de la terrasse B. Il savait que, là-haut, les autres ne pouvaient pas le voir. Ne pourraient pas le rattraper.

Mais il courut longtemps. Avec une agilité et surtout une force épouvantables. Il se disait que, la première fois, s'il avait couru aussi fort, les lardus ne l'auraient jamais cravaté. Seulement, il y avait la môme qu'il avait pas voulu laisser. Une salope qu'il avait plus jamais revue. Il savait juste que maintenant elle était avec un mec de Drancy. Il transpirait. C'était la fuite en avant et le retour en arrière. Une course de colère.

Les schmitts n'avaient pas bougé. A côté du gyroscope, le brigadier regardait celui qui avait tiré. Un jeunot qui, ma foi, avait l'air content de ses réflexes rapides

Le brigadier l'était moins :

« Dis donc, t'es un peu pressé, toi ! Y a quelqu'un qui t'attend ? »

Le policier à base de western faisait semblant de ne pas comprendre. A regarder de près son visage, on voyait qu'il avait, à peu près, l'âge de Gérard.

Sur la bagnole, le bleu alarmiste continuait à tourner. Dans l'indifférence de la cité.

Ici, quand les flics se pointent, personne s'en occupe. Faut pas les empêcher de faire leur boulot. Y a pas de raison.

La première nuit, elles l'avaient passée à Vincennes. Pas dans le fort : au dépôt du métro.

A une heure du mat, t'as qu'à te camoufler dans la dernière rame. Si le ératépisteur est un peu distrait, ou déjà somnolent, on t'amène direct à l'hôtel. Sur ta banquette.

Seulement, les nuits du métro c'est plus court même que la nuit de la Saint-Jean. T'as pas le temps de récupérer. Le matin, l'hôtel s'était remis en marche. Les laveuses s'étaient pointées. Des connes qui voulaient avertir le chef. Les filles avaient fait la courette dans le noir des voies, la trouille des manœuvres, le bruit des roues qui est tout à fait effrayant quand on l'entend depuis en bas.

Alors, maintenant, elles dorment aux Halles. Côté Forum. C'est risqué parce que, comme s'il y avait pas assez de bourres professionnels, ils ont inventé les vigiles. Des mecs qui font ça sous prétexte que le chômage existe. Tellement contents de trouver un boulot où on peut emmerder le monde. Ils s'épatent eux-mêmes. Les baraqués qui se disent qu'avec un uniforme pareil, y a pas de raison qu'ils sèment pas l'admiration sur leur chemin de ronde. Ceux-là ont la vocation. Les autres, les comme tout le monde, qui ont juste, comme insigne, la gueule du petit lyncheur moyen, ils font ça pour le fric. Et puis, il y a les chétifs, les exigus, les dérisoires. Ceux qui, toute leur jeunesse, ont pris les baffes des copains. Ceux-là, ce qu'ils aiment, c'est faire promener le chien. Ça leur permettra de le lâcher tout de suite pour faire respecter la propriété. Avant le danger pour développer la prévention. Quand ils n'ont pas, avec eux, la force canine, vous les trouvez dans les sous-sols avec leur flingue à la main. Dégainé, chargé. Eux-mêmes furetant pour ne pas être pris à l'improviste.

Hier soir, un de ces arguos amateurs voulait se faire les petites. Avec un copain. Ils parlaient d'aller en chercher un autre.

Elles ont réussi à se débiner et elles ont dormi sur une bouche de rassemblement. Avec les clodos. Ça sentait un peu fort de vin rouge mais, quand t'es douze ou quinze, tu risques moins. Sauf la rafle qui, pour elles, serait la fin du voyage.

Ce soir, elles voudraient trouver un copain qui a une carrée. Ou alors se payer l'hôtel. On s'embourgeoise.

C'est pour ça qu'elles ont commencé leurs petits papiers de bonne heure. En mettant, cette fois, Corinne en avant.

Béatrice, elle est gonflée, mais elle est trop spontanée. Impulsive même.

Hier, y a un ombrageux qui lui dit :

« Toi, t'es muette comme moi ! »

Voilà la Béatrice qui lui répond :

« Qu'est-ce que t'en sais ? »

Tandis que Corinne, avec sa tronche de toujours chien battu, elle a vraiment l'extérieur pitoyable de l'handicapé.

Elles font les bistrots de la rue Saint-Denis en comprenant bien vite qu'ici c'est pas l'heure de pointe.

Avec ses Hall au Sexe et Porno House, ses Club Tabou et Club Lesbos, ses pubs successives pour les cuirs, latex, métal, pour films hards et poupées gonflables, ses appels de l'affiche et de la voix pour le strip-tease qui est à l'intérieur salle 2 programme hétéro, salle 3 pour les homos, le quartier, sans les lumières du soir, fait plutôt décharné. C'est comme un music-hall éteint. Les passants ont l'air de figurants qui cherchent leur costume.

Ce qu'elles voient de plus marrant, c'est une rombière de cinquante balais qui conduit son fils presque par la main et qui, devant le sex-shop à projections individuelles, lui dit :

« Allez entre, mon chéri. »

Le dadais, un joufflu qui approche de la trentaine avec la tête en avant et les épaules rondes, il ose pas.

« N'aie pas peur. Maman t'attend. »

Il se décide. Pas plus gai pour ça.

Dehors, la mère commence à faire les cent pas. Regardant une pute qui, bottes cuissardes rouges et short blanc, blonde aux cils noirs, maquillée en hauteur, dégoupille une canette avec les dents. C'est Diana. Dans le quartier, les vieux affirment que la canette, pour cent balles, elle la fait disparaître entière dans son chemin d'amour. C'est peut-être pour ça qu'on l'appelle Grands Boulevards. Les familiers. Ou Haussmann. Les historiques.

Quand elle en a marre de regarder Diana, d'aller des lampes du Monde sauvage à la XIXe vitrine de la Croissanterie des Halles en glissant sur ces pavés piétonniers qui sont les plus casse-gueules de Paris, la mère entre à l'église Saint-Leu qui semble se trouver là bien par hasard. Solidaire des habitations voisines avec lesquelles elle forme le long mur de la rue. Sans cimetière, sans place publique et sans square qui lui feraient prendre ses distances. Eglise de ville. Coincée, comme à la chaîne. Fraternelle, comme à la manif. Portant sa croix au niveau des fenêtres honnêtes cependant que, entre nu intégral et Gay Club, sa porte reste ouverte à l'homme qui se perd.

Le Sex Théâtre à des offres spéciales. Vues particulières sur le fesses-show. Tableaux vivants. Nouveauté garantie. Le péché originel est devenu le péché original.

Un vieux à barbe esquisse les pas d'un fandango fatigué. Il agite un chapeau dégoulinant de rubans verts et rouges. Il crie : « N'oubliez pas de me regarder, ce soir à la télévision. Une soirée exceptionnelle ! »

Des dingues, ici, on en a vu d'autres.

C'est pas des dingues d'ailleurs. C'est des gars qui ont pas trouvé leur place. Alors, ils s'en sont fait une. Dans l'illusion. Avec des trébuchements qu'ils croient des danses folles. Un veston relevé qu'il prend pour un boléro.

Les filles décident de se casser pour Saint-Germain-des-Prés.

Paraît que la manche, là-bas, c'est rentable.

Gérard se décide à aller à l'A.N.P.E. Avec, déjà, le bourdon qui lui vient à la pensée qu'ils vont lui demander ce qu'il a fait jusqu'à présent. Où il était.

Il rencontre Johnny qui voulait le remercier pour hier soir. On voit bien que c'est un caïd,

Gérard, pour avoir foutu les jetons à trois gars en même temps.

On voit aussi que Johnny aimerait bien en savoir davantage. Sur le passé. Sur Fleury. Sur les gars qu'on y rencontre. Doit y avoir des cadors.

Gérard commence à avoir les boules.

Daoudi passe en conseillant à Yoyo de s'acheter des chaussettes à quartz : on n'a pas besoin de les remonter.

Le camion de l'Euro ramasse des caddies. C'est défendu de les sortir du parking mais tout le monde fait comme s'il n'avait pas entendu. En se disant que, si à Euro ils sont pas contents, on ira ailleurs.

C'est pas vrai qu'on ira ailleurs. C'est pas vrai qu'à Euro ils sont pas contents. Tout ça, c'est la règle éternelle de la force dirigeante. Le grand principe de la doctrine et de la législature. Le véritable but du neuvième commandement et du panneau trente à l'heure sur la route, quand le cantonnier a laissé sa pelle sur le bord du fossé. On sait bien que personne sera assez con pour rouler à trente ou pour pas s'envoyer en l'air. Seulement, le délinquant ça lui fout une idée de coupable dans la tête. Une idée d'infériorité même. Et ça, quand t'es pape ou aubergine ou directeur de l'Euro, c'est précieux. Surtout que, si le client t'apporte son repentir ou son garde-à-vous ou son humilité, ça te donne le grand bonheur respectable de montrer ton indulgence.

Il est indulgent, le père de Simone Evenou, dite Jabouille. Il comprend la vie.

Devant son garage vestige où, quand t'as rentré la bagnole à réparer, t'as presque plus la place de loger le mécano, il explique profondément le problème à Gérard : il a son C.A.P., il a fait deux ans chez Julio qui sait former un ouvrier et, en plus, rien qu'à parler, on comprend que Gérard connaît son affaire. Tout ça c'est parfait. Seulement... y a cette histoire...

« Quelle histoire ?

– Tu sais bien ce que je veux dire.

– J'ai tiré un an : c'est fini. »

Pour Gérard, c'est fini. Pour le père Evenou aussi. Parce que, il peut le dire, le père de Jabouille : quand on est jeune, des conneries on en fait tous :

« Moi comme tout le monde... Tu vois, je vais loin : moi aussi j'en ai fait ma part.

– Alors ?

– Eh !... alors... alors... moi, c'est moi... et puis y a le client... »

... Et le client c'est pas bon pour lui que Gérard travaille juste en bordure de la cité. Où tout le monde sait tout sur tout le monde.

Le père Evenou, garagiste patenté, parle en copain :

« A ta place, je chercherais ailleurs... plus loin. »

Gérard se dit qu'un jour il foutra une clef anglaise sur la gueule d'un de ces connards. Pas pour le tuer : juste pour voir le sang pisser sur sa face de rat de refuseur.

Ou sur celle de Jean-Luc qui l'aborde avec des airs de loubard alléché. Alléchant. Il y a un coup fumant à faire, un soir. Presque sans risque. Avec de l'osier à se mettre plein les fouilles.

Gérard doit lui dire qu'il sort pas le soir. Qu'il a peur de s'enrhumer.

Et alors, tout seul au milieu de la rue Henri-Barbusse, il a envie de se mettre à gueuler. A gueuler des larmes contre cette vie à portes fermées. Contre cette putain de vie de maisons closes. Où tu sors de la loi pour entrer en prison. Où tu sors de prison pour entrer au ghetto. Où, plus tu fonces pour te sortir de ton rien, plus tu te tapes la tête contre les murs qui l'entourent.

Et le père Touzin, au bahut, il gueule aussi comme il y a longtemps qu'il avait pas gueulé.

C'est pas que le cas qu'il a devant lui soit nouveau. Il se représente, au contraire, régulièrement.

Mais le petit Pierrot, il l'a à la bonne depuis sa première année. Il a jamais oublié qu'un soir, alors que la sonnerie faisait tomber les cottes bleues, le môme voulait rester pour finir de monter son carter. Et, quand le père Touzin s'est approché de lui, il lui avait dit avec une drôle d'extase dans la voix :

« M'sieur! Si vous saviez comme je suis peinard quand j'ai les mains dans l'huile! »

Vrai. On aurait dit que Antar Molygraphite c'était la marque de sa douceur de vivre. L'Oil of Olaz de son mental.

Depuis, le père Touzin avait toujours l'œil sur ses progrès.

Et maintenant, à trois mois du C.A.P., voilà le môme qui lui annonce qu'il quitte le bahut parce que son père lui a trouvé une place de plongeur dans un restau. Non, mais il se fout de lui, c'est pas possible!

« Il dit que je serai bien payé. »

Le prof, quand il entend ça, il croit qu'il va s'étrangler.

« ... Et puis il dit que j'ai eu seize ans le douze, vous pouvez pas m'en empêcher! »

Alors là, c'est l'explosion. Mururoa puissance Touzin :

« Ah ! Je peux pas t'en empêcher ? Eh bien, tu vas lui dire de venir me voir à ton pater ! Demain ! Tu lui dis que je l'attends demain. Et s'il vient pas, j'irai le trouver, moi. J'aurai vite fait ! »

Il irait, c'est sûr.

Parce qu'il faut pas pousser : le piston, la culasse, le carburateur, le démarreur, la transmission, on leur apprend tout, même l'injection et même le diesel, et ils s'en iraient faire la plonge ? Merde alors !

Le père Touzin va passer sa journée solitude.

Ça lui arrive une fois par trimestre à peu près. Quand, pour un accrochage le matin, il s'enfonce dans son amertume. Il bouffe seul. Il digère mal. Il est soupe au lait avec les mômes. Avec la Belote. Avec tout le monde.

Les mômes s'en foutent.

Ils disent :

« Papa a son rhumatisme. »

Ils savent que ça ira mieux demain.

C'est vrai.

Le lendemain, papa Touzin entre dans l'atelier avec la mine rigide de celui qui a eu tort et qui veut bien le reconnaître à condition que personne l'exige. Qu'on rabâche pas. On repart à zéro. Dans le moteur à quatre temps et la rigolade à la première occasion. Pour détendre la courroie. Faire marcher le ventilo.

En se disant que ces mômes ont besoin de lui. Et, en premier, de la confiance qu'il leur donne. Dans la qualification. Dans la vie. Et même en eux. Avec un « c'est très bien » pour un tout petit progrès, un 12 qui valait 8, un « si tu continues comme ça tu passeras vite contremaître ». Pour la plupart d'entre eux, c'est la première fois que quelqu'un s'avise de leur donner confiance.

C'est donner confiance à Pierrot de lui montrer que le prof tient à lui. A ses capacités. De lui montrer que son père n'a pas tous les droits. Que quelqu'un est capable de l'affronter pour le sauver du lave-vaisselle. De la cohorte des sans-métiers. Pour lui donner le plaisir d'avoir les mains dans l'huile. Au lieu de les avoir dans la lavasse.

Ces matins de retour à la raison, le père Touzin pose un regard sur ce bahut qui n'est pas ce qu'il devrait être mais qui a le mérite d'être ce qu'il est.

Il n'a pas la culture de Mlle Bridge, le père Touzin. Il le sait. Mais il a lu. Elle ne le sait pas. Il lit encore. Il en garde des souvenirs.

Au-dessus de tous, il y a cette phrase de Saint-Simon : « Toutes les institutions sociales doivent avoir pour ambition l'amélioration du sort moral et matériel de la classe la plus nombreuse et la plus pauvre. »

Il l'a lue il y a vingt-cinq ans. Elle le bouleverse encore.

Il se la répète : « Toutes les institutions sociales doivent avoir pour ambition l'amélioration du sort moral et matériel de la classe la plus nombreuse et la plus pauvre. »

C'est simple de bien se conduire : il suffit de se prendre pour une institution sociale.

Lui qui, tant, se méfie des institutions. Qui n'en connaît qu'une : le geste.

C'est pour cela qu'aux jours de grande colère, il s'écarte des jactances.

Il est seul. Il veut l'être.

Avec les mômes. Au bout du compte à rebours, il n'y aura qu'eux qui l'auront intéressé.

Quand, de temps en temps, il leur balance un coup de pied au cul, il lui arrive de penser qu'il ferait mieux de le garder pour d'autres. Des plus âgés. Des adultes. Le père de Pierrot, par exemple.

Il n'ose pas.

L'éducation, ça fait du tort à la spontanéité.

A la terrasse des Deux-Magots, l'affaire avait bien commencé.

Corinne était passée entre les Vittel nature du rinçage matinal, les petits jus existentiels, les premiers apéros des habitués et des curieux, ces touristes littéraires qui, pour rien au monde, ne reviendrait à Boston ou à Villefranche-de-Rouergue sans pouvoir dire : « Nous avons éclusé un drink sur le marbre des *Mains sales.* »

Un marchand de journaux offrait *France-Soir* dans l'indifférence des pas-concernés. Certains montraient même une compréhensible réprobation. Ils soupiraient sur le mercantilisme des déprédateurs de musée. Un marchand de chevaux de Machecoul (Loire-Atlantique) murmura : « Pour qui me prend-on ? »

Ayant disposé ses papiers, Corinne s'apprêtait à recueillir l'aide aux handicapés lorsqu'un mini-incident éclata.

A Paris, un mini-incident peut toujours provoquer un maxi-attroupement. A Saint-Germain-des-Prés, il peut, en une minute et selon sa nature, déclencher une manif pour les droits de l'homme, de la femme, des androgynes. Avec banderoles jaillies des ponchos. Des parkas. Des poches de petit gilet.

Chantonnant un refrain à l'amour désuet, un clochard extatique allait de la bordure de la chaussée, où il avait sa bouteille, aux premières tables de la terrasse d'où il était régulièrement chassé par le chef de rang. Un costaud. Vêtu d'un complet gris pour, au milieu des garçons style Méliès, marquer la différence.

Après avoir fait un tour jusqu'au caniveau, le clodo revenait, souriant aux anges du picrate, du caf'conc'. Comme il chantait pour lui, qu'il ne faisait pas la quête, comme il n'interpellait même pas les consommateurs qu'il se contentait de regarder de son œil bleu, cherchant, par son manège, leur amusement, et, au plus, leur complicité, on pouvait croire, entre lui et le loufiat, à une connivence, une espèce de sketch venu de l'habitude et entré dans le folklore. Pour amuser le touriste.

Or, sans que rien ne le laissât prévoir, le maître d'hôtel gifla le clodo.

Un instant, on crut que la claque faisait partie du sketch. Que c'était, entre les protagonistes, une entrée réglée. Comme autrefois chez les Fratellini. Surtout que le clodo s'appuyait à un arbre pour cacher ses yeux : c'est toujours rigolo de voir un adulte épais prendre des airs d'enfant boudeur.

Seulement, quand il quitta son arbre, on vit, chez cet homme aux dignités perdues, des larmes véritables. Un reproche venu des lointaines années. Un reste.

C'est ce regard tragique qu'il posa sur le maître d'hôtel. A distance. Avec un mot qui, malgré son importance, ne pouvait pas atteindre le larbin chef :

« Tu m'as fait de la peine, tu sais. »

Alors, les choses allèrent très vite. Le silence se fit murmure. Le murmure devint brouhaha. Il y avait des indifférents et même des péteux, quelques défenseurs de la tranquillité des clients, mais la plupart des gens volaient, du verbe, au secours du meurtri. Saisissant cette occasion de militantisme au grand jour, ils affichaient leurs opinions libérales, exigeaient le respect de la personne humaine, la fin de la torture et des essais nucléaires, Allende allant de pair avec Lech Walesa, le fascisme aux côtés du goulag, la circonstance étant bien faite pour rappeler avec force la génocide arménien. Peut-être même pour refuser de payer les consommations. D'en parler dans tous les cas.

« Que se passe-t-il ? demandèrent les flics qui, depuis le trottoir de Lipp, n'avaient eu qu'à traverser.

– Il l'a giflé », répondit la muette toujours serviable.

C'est pour cette solidarité manifeste qu'elle fut embarquée. Avec Aïsha.

Béatrice avait une sensibilité plus prudente. Elle s'était tirée.

« Vous leur avez demandé leur avis ? »

Le commissaire n'en revenait pas.

C'était la première fois qu'il se faisait engueuler parce qu'il ramenait des fugueurs à la maison.

Joëlle répéta :

« Je vous demande si, avant de les remettre à leurs parents, vous leur avez demandé leur avis? »

Le commissaire avouait que, au moins pour la petite Maghrébine, la démarche aurait été superflue : pendant une heure, elle avait hurlé qu'elle ne voulait pas retourner chez elle. On devait l'entendre jusqu'au boulevard :

« J'avais peur qu'on nous prenne pour la Gestapo !

– Et malgré ça, vous l'avez remise !

– Qu'est-ce que vous voulez que je fasse ? Que je la garde ? »

Chez les schmitts, l'ordre c'est une manie. L'autorité est au service de l'autorité. Qui doit, elle-même, travailler en collaboration avec l'autorité. Il n'y a pas à sortir de là.

Joëlle avait en mémoire les alertes de ses consœurs plus expérimentées : une fille fugue parce que son père veut la violer. La police la retrouve : elle la ramène chez le père.

Le cas d'Aïsha est à peu près le même :

« Vous savez ce que c'est, pour une fille de quinze ans, de se retrouver dans le lit d'un vieillard ? Ou même simplement dans le lit d'un homme qu'elle n'a pas choisi ? Et pour toute sa vie ? Et vous trouvez anormal qu'elle gueule ? Et vous avez peur qu'on vous prenne pour la Gestapo ? Mais comme supplice, pour elle, c'est pire que la Gestapo, ça ! »

Elle s'accrochait à lui :

« Est-ce que vous le comprenez que c'est pire que la Gestapo ? »

Le limier était patient, mais il estimait qu'il y avait des limites à ne pas dépasser. De plus, il avait deux gosses. Un garçon et une fille. Il considérait que si, par malheur, ils faisaient un jour une fugue, c'est à lui et à personne d'autre qu'il y aurait lieu de les ramener.

Détachant les syllabes le long du pointillé, Mlle l'assistante prit M. le commissaire dans son collimateur opiniâtre :

« Je vous demande si vous comprenez ce que c'est de se trouver à quinze ans dans le lit d'un vieillard ?

– Et moi je vous dis que ce n'est pas mon problème ! »

Voilà ! pense Joëlle : comme Vanovre, comme la mère Bridge, comme le protal à l'occasion. On assassine les gosses dans ce qu'ils ont de plus merveilleux et ce n'est le problème de personne !

Sauf de l'assistante.

Seulement, au lieu de trouver, dans sa tâche, l'aide de tout le monde, l'assistante trouve l'indifférence de chacun. Et en prime celle des autres administrations.

Joëlle creuses ses tomates. Un monde acceptant pour des enfants le titre de victimes est un monde de tortionnaires qui ne mérite pas de vivre.

Elle mélange le jaune d'œuf et la mie de pain à la chair à saucisse. Les adolescents ont pour mission d'apporter leurs rêves à leurs aînés. Ce sont les rêves des enfants qui empêchent les hommes de vieillir trop vite.

Elle passe l'oignon, l'échalote et le persil à la moulinette. Devant elle, le monde vieillit par manque de rêves enfantins.

Les enfants sans rêve deviennent des adultes sans imagination.

Il faut être un adulte sans imagination pour désigner comme responsables du ça-va-mal ceux qui n'ont pas encore assez vécu pour avoir eu le temps de se tromper. Le temps d'agir. Pour avoir eu le temps même de rêver le ça-va-bien.

Elle essuie ses yeux. Comme les condamnations hâtives, ses larmes ont le goût de la farce.

Elle bourre ses tomates de colère.

Les écoute-t-on ces gosses qui disent : « Je serai pilote de ligne », et auxquels on répond : « Tu seras teinturier : le lycée est plus près. » Ceux qui disent : « Je veux aller au cinéma », et auxquels on répond : « Tu resteras ici : le cinéma est trop loin. » Tous ceux qui, avant d'avoir dit : « Je voudrais une mob », ont entendu la réponse : « C'est trop cher. » Ceux qui renoncent au vélo, au cheval, au ski, à la musique, au tennis, au club spéléo, à la philatélie et même au judo avec son kimono et même au foot avec ses godasses et même à tout qui n'est jamais pour rien parce qu'à leurs oreilles, depuis toujours, tinte un : « C'est pas pour nous », un : « On peut pas se permettre », un : « On verra ça plus tard » qui, depuis le temps, signifie : « On le verra jamais. » Les écoute-t-on ceux qui, ici, sont plus de la moitié de l'effectif, dont les parents se sont séparés et qui n'ont pas eu le droit à la parole, parce que la loi, faite par les adultes, a prévu que le père et la mère auraient droit chacun à un avocat mais que, dans cette circonstance, il était inutile d'en donner un à l'enfant, puisque l'enfant, lui, n'a jamais rien à dire ?

« Tu vas te casser la figure. »

Lionel parle, comme toujours, dans l'intérêt de Mlle l'assistante. Comme toujours en professeur : elle fait son métier avec générosité, nul ne saurait le lui reprocher. Mais il y a un hic : notre société a de la place pour des chiffres, des bureaux climatisés, des statistiques, des techniciens en blouse blanche, des ordinateurs. La générosité n'est programmée nulle part. A aucun chapitre : elle dérange tout le monde.

Il n'y a plus qu'à mettre au four.

Joëlle se rebiffe. Elle ricane. Elle n'est pas d'accord : pour un Etat, mon cher Cicéron, un service social n'est pas de la générosité : c'est un placement. D'avenir. La prévention vaut mieux que la délinquance. Il est même vraisemblable qu'à la longue, elle finirait par coûter moins cher. En fric et en catastrophes. En deuil en tous genres.

Les anciens disaient : « Il vaut mieux prévenir que guérir. »

Leur sagesse aujourd'hui est prise en défaut : faute de prévenir on risque demain de ne plus pouvoir guérir.

Dans trois quarts d'heure ce sera cuit.

Le Louvre est musicien.

C'est une constatation de Béatrice qui s'est retrouvée là après avoir traversé la Seine.

Sous la voûte, après l'entrée du musée, un gars joue de la flûte. Avec pupitre fragile et partition au grand air. *Martha* de Eggert. L'Académie se fait busker. Tant mieux : la flûte, ça va bien dans la pierre.

Il est jeune, mais qu'est-ce qu'il joue bien !

Béatrice s'est assise sur les gros pavés. Contre un mur.

Elle écoute. Super. Génial. Elle se berce. Elle s'éclate. Elle décolle.

Elle oublie qu'elle a plus un rond. Quelle a plus les petits papiers. Qu'elle a plus sa carte d'identité. Les copines se sont fait embarquer avec tout le matériel.

Elle a même pas un franc pour, dans le métro, alimenter le distributeur de Nuts ou de Mars-et-ça-repart.

Le flûtiste, de temps en temps, lui jette un regard classique. Par-dessus le pupitre. Ça doit être un élève du conservatoire.

Il change de morceau pour aller dans la virtuosité. Elle est sûre que c'est pour elle. Pour l'épater.

Il lui filerait peut-être un peu de fric pour casser la dalle ? Il a peut-être une carrée ? Seul ou avec des copains. Il est mignon. L'emmerdant, c'est qu'elle s'est tirée de chez elle vite fait : elle a pas pris ses pilules. La vraie pomme.

Elle se lève. Elle s'en va.

Le musicien a l'air déçu.

Il a plus que les Tuileries en perspective.

Quand les flics ont remis Corinne au père Heinzi, il a pas dit un mot. Pas un reproche. Ou alors : à lui peut-être. On sait pas. Il parle tellement doucement qu'on n'entend jamais rien.

La mère Heinzi, elle, a gueulé un bon coup.

Corinne croit que c'était pour masquer la déception :

« Elle avait dû espérer qu'on me retrouverait pas... ou que je passerais sous un autobus... que je serais violée, dépecée dans un bois... Enfin, un événement heureux.

– T'as le moral, toi ! » fait Gérard en regardant la Marne.

Ils se sont trouvés, comme, autrefois, ils se retrouvaient dans la cour d'Anatole-France.

Gérard, c'était le grand de la bande. Le responsable. Il ramenait les filles sur son vélo. La sœur et la voisine. Comme aujourd'hui font Thomas et Richard avec les petits.

Il est content qu'elle soit revenue. La cavale, c'est pas sain.

« Jean-Luc, il dit que t'es un chef. Il dit qu'à Fleury, t'as filé une trempe à un maton. »

Gérard lève les yeux au ciel : même s'il en avait eu l'idée, il voit pas bien comment il s'y serait pris :

« Il y a jamais été à Fleury, ton rigolo, pour dire des trucs comme ça !

– C'est vrai que c'est une prison trois étoiles ?

– C'est propre : c'est ça que les cradingues peuvent pas encaisser. Ils voudraient qu'on vive dans la merde. Sur la paille avec des rats. Huit par cellule et le trou des chiottes pour tous. Qu'on ait mis un lavabo dans la carrée et du formica sur la table, ils pardonnent pas. Comme la chambre individuelle : ils préféraient quand les plus jeunes étaient obligés de se faire tringler par les autres. »

Le moralisme, ça se commande pas.

Le partage des hommes se fait pas sur des bulletins de vote : c'est au son de leur voix quand ils parlent de châtier les coupables.

La méchanceté, ça s'entend. La trouille aussi. Le sadisme au nom de la vertu, c'est un régal. La cruauté légale, ça déplace les foules. Ça fait l'admiration des pas méchants. Ceux auxquels faudrait dire un jour : il est pas interdit d'étudier la question.

Gérard pense : emprisonner un jeune qui a fauché une mob ou convoyé du hach c'est lui dire :

« Tu es un criminel. » C'est forcé que, après, le gars ça lui fasse plus rien de le devenir.

Ce qui arrange un peu le coup, c'est que, heureusement, quand ils retrouvent l'air libre, beaucoup ont le mépris de la société : ils croient plus ses bobards. C'est ça qui les sauve.

Il revoit les sas à chaque porte, les deux clefs nécessaires pour ouvrir, jamais les deux sur le même maton.

Le parloir-cellule où, quand sa vieille venait, il pouvait même pas l'embrasser. Même pas la toucher. Il lui parlait à travers l'hygiaphone. Isolé de sa mère par la vitre renforcée et du reste du monde par les trois autres murs de la boîte. Où tu serais pas rentré à quatre. Et elle, sa vieille, quand elle le voyait là, il se demandait ce qu'elle pensait.

L'eau, encore et toujours, coule vers Paris, Vers la mer. Quand elle reviendra ici, il pleuvra, on peut en être sûr.

Si Corinne savait où est Béatrice, elle repartirait. Quoique, à bien réfléchir, ça serait pas le pied :

« Je préfère mieux attendre et me tirer pour de bon et pas encore manquer mon coup. »

Gérard regarde les petits cheveux roux. Sur la nuque.

Elle les avait déjà quand elle était à Anatole-France. Il les remarquait quand il la montait sur le vélo.

Avec Eliane, tous les trois, ils doivent être les plus anciens de la Cité : ici, c'est à la fois une ville-dortoir et une cité-passoire. Déménagements rapides et perceuse à tous les étages. Le samedi, le dimanche. Le soir. Faut bien qu'on s'installe.

Ce qu'il y a, c'est que, depuis Anatole-France,

Corinne a grandi, bien sûr. Mais les petits cheveux roux ont pas tellement prospéré. Ils rebiquent, comme on dit. Ça veut dire qu'ils se redressent, qu'ils s'arrondissent. Qu'ils sont libres. Un peu danseurs, un peu rouleurs. Un peu rêveurs puisqu'ils reviennent vers le passé.

On était bien dans ce temps-là. On savait pas où on allait.

On était comme la Marne. Comme la branche sur la Marne. Elle dirige rien. Elle sait pas si elle arrivera au bout. Si elle va pas être engloutie avant. Au Havre, y a des bateaux.

En ce temps-là, on savait pas ce qu'on sait, surtout.

A la sortie de l'école, on riait.

Place Saint-Germain-l'Auxerrois, Béatrice est descendue dans le parking. A tout hasard. Elle s'est dit qu'il y avait moins de monde que dans le métro. Surtout à Châtelet. C'était peut-être moins risqué.

Il y avait un mec qui démarrait. Pour ne pas avoir l'air de glander, elle a fait semblant d'aller à une bagnole. D'avoir la clef.

Elle a attendu. Une femme et une môme sont arrivées avec des poches de la Samaritaine.

Elles n'en finissaient pas d'arranger leurs paquets dans le coffre. Surtout que la môme voulait pas attendre d'être à la maison pour les ouvrir. Elle voulait son compas tout de suite. Elle en avait besoin pour le regarder. La mère a fini par le comprendre.

Un gars d'une quarantaine d'années s'est pointé avec un attaché-case. L'air pressé de l'homme d'affaires qui veut pas en manquer une.

Béatrice s'est lancée. Droit sur lui.

Quand elle a été à un mètre, sans un mot, elle a ouvert son anorak, son corsage. Comme elle faisait au restau avec les copains quand elle faisait deviner : « J'en ai ou j'en ai pas ? »

Le mec, il était scié. Arrêté net dans sa course d'important.

Il parlait pas. Il regardait.

Et puis ses yeux ont monté jusqu'au visage de Béatrice. C'était un deuxième étonnement. Plutôt assombri, celui-là.

Il a dit :

« T'as pas de fric ? »

Elle a répondu :

« J'ai rien pour bouffer. »

Il a tiré un billet de dix balles de sa poche.

Il a pensé que, au prix du repas chez Lapérouse, c'était peut-être pas assez : il en a ajouté un autre.

Il était gentil :

« Tire-toi. Tu risques de te faire piquer. »

Elle a dit qu'elle allait s'acheter un sandwich.

Elle est restée entre les bagnoles. Longtemps. Il lui fallait l'occasion. Un mec seul. Qui ait une bouille sympa. C'est pas si courant qu'on croit.

Surtout qu'on peut se gourrer :

« Tu fais la pute, ici ? Ça par exemple ! Je savais pas qu'il y avait des putes ici. »

Elle a essayé d'expliquer son histoire de bouffe impérative, mais le méfiant voulait être payé d'avance. Il s'était accroché aux mamelles candides. Il les lâchait plus. Elle voulait se tirer, mais, lui, il la serrait fort par les nénés, comme un dévergondé impitoyable. Il essayait de l'embrasser en disant des mots dégueulasses. Des inventions de film porno qui l'excitaient lui-même, on le voyait bien.

Heureusement, un couple de bons Samaritains d'acheteurs rappliqua vers eux.

Le vicelard d'occasion voulut entraîner Béatrice, se cacher avec elle entre deux bagnoles pour se garer des curieux. Avec cette récalcitrante, c'était pas facile. Un grand coup de genou remontant le ramena tout à fait au convenable.

Elle partit à fond la caisse. Sans se retourner, juste en s'essuyant la figure et après les lolos. Avec sa main, son corsage, son anorak. Et aussi avec une force qu'elle se connaissait pas. Il lui semblait que le tordu bavait encore sur sa peau. Qu'il était toujours là. Soufflant dans son cou de la bave d'escargot.

Elle monta par la rampe des bagnoles. Se retrouva devant des robes étrangères. Une vitrine d'Europe centrale avec des corsages folklos. Le bus mit son moteur en route. Elle revint aux robes. Alla à l'église qui annonçait un concert d'orgue et de trompette.

La musique commençait à prendre de la place dans sa vie.

Elle traversa en vitesse la rue du Louvre. Le gravier rythmait sa course. Elle passa sous la colonnade sans la voir. Pénétra dans la vaste cour avec satisfaction.

Il était toujours là.

Avec Mozart.

Et son pupitre.

Et ses yeux fermés sur les moments de rêve.

C'en était un peut-être puisque, dans les triolets allègres, il sourit. Malgré la difficulté. Emporté par la musique gaie qui, à certaines heures, est plus gaie qu'à d'autres.

Elle s'assit où elle était tout à l'heure.

Dos au mur. Blue jean allongé sur le sol.

Des passants s'arrêtaient parfois.

Ils jetaient une pièce dans l'étui.

L'étui était là pour ça.

Une obole rebondit et, roulant, s'en alla loin sur le pavé.

Béatrice, élevée dans le « chacun son dû » de son père, se leva. Ramassa la pièce.

Sans quitter Mozart, le concertiste remercia. D'un mouvement de tête.

Elle resta près de lui. Pour ramasser d'autres pièces roulantes à l'occasion.

L'occasion vint.

Elle se baissait. Ramassait. Mettait dans la boîte. Chaque fois, il lui souriait. Malgré la flûte. Qui est un instrument exigeant.

Quand le morceau fut fini, il la regarda avec un plaisir vraiment juvénile. Comme s'il avait été heureux de cette collaboration.

Elle demanda :

« Comment tu t'appelles ?

— Fred, Frédé, Freddy, Fredo. Frédéric, si tu préfères. Tu es musicienne ?

— Non. »

Comme elle voulait pas avoir l'air con, elle ajouta :

« Je dessine.

— Tu dessines bien ? »

Elle attrapa le carnet et le crayon qui étaient à terre dans l'étui.

Quand elle eut fini, elle dit :

« Regarde. »

C'était un flûtiste.

Un chouette jeune flûtiste qui jouait devant le jardin des Tuileries.

Seulement, on ne le savait pas : elle avait pas eu le temps de dessiner La Fayette.

C'est ce soir-là que la mère Boyer en prit plein les gencives.

D'une manière surprenante et comme à l'improviste.

Elle ne l'avait pas mérité mais il faudrait que les gens aimables arrivent à comprendre qu'on n'est pas obligé de supporter toutes leurs gentillesses. Et surtout que leurs gracieusetés ne leur donnent pas le droit de vous prendre sous leur protection.

Un protecteur, c'est un envahisseur.

L'idée malicieuse de Mme Boyer, c'était que Lionel s'était occupé de Béatrice en bon père de famille.

La conclusion s'imposait d'elle-même :

« Un enfant : ça vous manque. »

Cette perspicacité sans nuances avait échauffé les oreilles de l'aïeul en puissance.

Il s'était contenu.

Ce qui est une erreur : l'éducation retient les propos acerbes; elle ne les détruit pas. L'homme éduqué ne renonce pas : il accumule. Lorsque, à bout d'accumulation, le couvercle se lève, les propos jaillissent. Avec les rappels de facture et les intérêts de retard.

C'est ce qui s'était passé quand, après avoir batifolé du geste et de la voix sur le sort de ces malheureux enfants, la mère Boi-Boi avait, pour ainsi dire, pris Joëlle en faute : qu'on s'occupe d'aider une Corinne ou une Béatrice, bien qu'il y aurait sans doute beaucoup à dire là-dessus, cela pouvait s'admettre. En ce qui concerne la petite Algérienne... avait-on pensé qu'on dépensait du temps et de l'argent pour une fille qui, plus tard, n'habiterait peut-être pas la France ? Qui ne paierait peut-être même pas ses impôts chez nous ?

Lionel l'avait virée. Dans un concert d'arguments qu'il n'aurait pas fallu gonfler beaucoup pour qu'ils ressemblent à des insultes. Lui, d'habitude si calme, si « ne-prends-pas-tout-au-sérieux ».

Joëlle n'avait pas eu besoin de dessin : la colère de Lionel, c'était, profondément, son inquiétude.

« Elle cavale dans Paris. On ne sait pas où. On ne sait pas avec qui. Si tu ne t'inquiétais pas, c'est ça qui ne serait pas normal... surtout toi. »

Il attendait cette confiance, peut-être :

« Quand elle m'a parlé de ses parents... j'ai cru entendre tous les mots que je me répétais... autrefois... Des phrases que je remâchais sans cesse... et que, pourtant, je n'ai jamais dites à personne. »

Un secret gardé contre vents et marées est celui qu'on livre dans le plus grand apaisement.

Il revécut ce jour où sa mère l'avait pris sur ses genoux. Avec la voix tourmentée de la colère et de la souffrance, elle s'était lancée dans un réquisitoire contre le père. Il y avait tout. Même le style : les mauvaises femmes... le vice... le plaisir pris sur la cendre du foyer détruit ! Ah ! Elle ne lésinait pas !

« La pauvre ! Elle croyait que cette injustice qui la frappait, que ces révélations faites en confidence me rapprocheraient d'elle ! Moi, à chaque mot qu'elle prononçait, à chaque phrase dénonçant mon père, je pensais : « Je la déteste. »

Depuis ce jour-là, Lionel n'a jamais varié.

Il n'a plus de parents.

Quand, par malheur, dans sa mémoire, il les retrouve, il répète : « Je les déteste. »

C'était Béatrice.

Ils dormaient déjà lorsque la sonnerie avait retenti.

Béatrice sur le palier et dans la nuit. Elle ne voulait pas rentrer.

« Mais si, entre. Comment es-tu ici ? A cette heure-là ?

— Non. J'entre pas. »

Elle regardait à l'intérieur, mais elle n'avançait pas.

Il y avait un garçon derrière elle. Avec un étui à musique sous le bras.

« Il peut rentrer aussi. Comment es-tu revenue ? Tes parents savent que tu es là ? Vous allez manger... boire...

— Non. J'entre pas. »

Lionel s'approcha.

Béatrice fonça aussitôt :

« Lionel... c'est vrai que tu l'aimes ? »

Elle désignait Joëlle. Elle tremblait. On voyait bien, à son visage, la gravité de la question.

« Réponds pas comme ça. Réfléchis bien. C'est vrai que tu aimes Joëlle ? »

Il ne répondit pas tout de suite.

Elle attendait.

Il la regarda :

« Mais oui... Je l'aime. »

Il craignait qu'elle parte en courant. Il pensait qu'elle allait peut-être se suicider devant lui. Au moins s'évanouir.

Elle fit seulement un petit « Ah ! »

Elle se tourna vers Joëlle.

« Et toi, tu l'aimes ?

— Bien sûr. »

Béatrice s'énervait.

Non, elle s'énervait pas. Elle l'était déjà :

« On dit pas « Bien sûr ». On dit « oui » ou « non ».

– Oui. Je l'aime. »

Ils restèrent ainsi un moment tous les trois. Face à face. Avec le flûtiste du Louvre qui se tenait au fond. Il écoutait. Comme sait écouter un musicien.

Béatrice le prit par le bras.

Ils descendirent les escaliers.

« Vraiment vous ne voulez pas manger quelque chose ? »

Ils ne répondirent pas.

Ils descendaient.

Il lui disait :

« Enfin, tu viens bien de l'entendre : l'amour existe. »

Elle répondait :

« Ils disent qu'ils s'aiment. Ça prouve pas que c'est vrai. Ça prouve juste qu'ils le disent. »

Il avait la voix douce et étonnée :

« Pourquoi le diraient-ils si l'amour n'existait pas ? »

Béatrice ne voulait pas s'écraser. Elle ne voulait pas être butée non plus :

« Je dis pas qu'il existe pas. Je dis que moi je l'avais jamais vu. »

Joëlle remarqua qu'elle disait : je *l'avais* jamais vu. Ça lui fit plaisir.

Lionel remarqua qu'elle ne disait pas : les hommes, c'est tous des cavaleurs.

A la réflexion, il pensa qu'elle le lui avait peut-être déjà dit.

C'est de là que devait venir leur discussion.

X

Les gus arrivaient à Gustave-Courbet avec des démarches habituelles. Ils portaient, sur le dos, à l'épaule, à la main, des sacs désinvoltes. Ils lançaient aux copains des vannes quotidiennes. Pas trop. On ne rit pas beaucoup à la rentrée du bahut.

Le garage des mobs et des vélos s'emplissait peu à peu.

Une journée nouvelle commençait. On parlait ici du foot, là de la baise. Et puis du stadiste qui a bien fait de choisir son métier : quand il arrive quelque part, on est obligé de tailler la route. Sur un stade, tout de même, il est plus à l'aise.

Les fugueurs sont rentrés au bercail. Même Béatrice. Pas pour longtemps. Elle va demander à Lionel comment on fait les Beaux-Arts. Ou un truc comme ça. Le dessin. La peinture. Même comme modèle. Le nu, ça la gêne pas. Pourtant, ce qu'elle préférerait, c'est pas le montrer. C'est le faire. Sur le papier. Sur la toile. Elle a un copain à Paris. Il est musicien. C'est lui qui lui a parlé de ça. Il lui a dit qu'il l'emmènerait dans une galerie où il a un pote. Rue de Seine. Et puis à des expos. Béatrice en a jamais vu.

Momond a oublié sa serviette dans la cour.

Il revient la chercher. En trombe. Il entre le dernier dans la classe.

« Momond ! Travaille !

– Mais... c'est ce que je fais. »

Mlle Bridge va rectifier dans la foulée de l'habitude.

L'insolite la frappe.

Elle fait marcher la bande en arrière. Elle craint d'avoir mal entendu.

Pour un peu elle voudrait être rassurée.

Elle demande :

« Qu'est-ce que tu as dit ?

Momond est sans rire. Sans sourire. Sans rancune. Ferme. Il pense qu'à sa mère.

Sur le ton du « à bon entendeur, salut » :

« J'ai dit ce que j'ai dit »

Mlle Bridge le regarde. Elle regarde la classe. Personne ne parle.

Il n'y a peut-être pas de cas désespéré.

Cassou revient après ses trois jours de mise à pied. Les copains lui font un chahut de sympathie. La mise à pied, c'est pas Fleury : tout de même, ça se fête.

Vanovre est satisfait de l'état des présences. Il se redresse :

« Il faut les mater. Ça leur fait les pieds. »

La mère Chaumeil pense aux vacances prochaines. Ça requinquera tout le monde. Surtout Jeanjean qui traîne une grippe épouvantable.

Finalement, c'est peut-être elle que préfère la

protal. Jamais une absence. Jamais un retard. Jamais un jour de maladie. T'as l'impression que, fer à friser en main, dans un rythme alterné de savons et de crèmes adoucissantes, elle compte porter toutes ses filles à la réussite.

De tous les profs pourtant, c'est elle qui aura le plus d'échecs. Elle le sait : parmi les élèves auxquelles elle enseigne la torsade et la mèche roulée, plus des trois quarts sans doute deviendront caissières à Euro. Vendeuses chez Raoul. Plus tard, balayeuses à la S.N.C.F. Elles couperont elles-mêmes les cheveux à leurs mômes. Le savoir, c'est jamais perdu.

C'est à peu près ce qu'un père d'élève, brave mec, un des rares qui suivent les efforts, a dit à Sylvie. Il reconnaissait le bien. Il voyait le mal. Les lacunes. En gros, il disait ce que Sylvie balance chaque jour dans la salle des profs.

Seulement, Sylvie, c'est l'enseignant-Cyrano. Je me les sers moi-même avec assez de verve mais je ne permets pas qu'un autre me les serve : elle a engueulé le père brave mec qui se demandait bien ce qui lui tombait dessus.

De son bureau, Joëlle a aperçu un jeune couple qui traversait la cour. Lui, râblé, prolo, marchant devant. Heureux et entraînant.

Elle, décidée aussi, mais retardée dans la course handicap par un môme de trois mois qu'elle tenait serré dans un sac kangourou.

Joëlle a ri toute seule. Elle a regardé son sourire dans son miroir.

Maintenant, elle en est sûre : elle aura un enfant de Lionel.

A la mécanique, le garçon a présenté la traînarde. Et l'héritier.

Le père Touzin secouait la tête avec des yeux vraiment rieurs :

« Ah ! Dis donc, ça me fait plaisir de te revoir ! J'ai pensé à toi souvent. Je me disais : « Qu'est-ce « qu'il est devenu ? »

La fiancée mère de famille prenait la parole :

« Lui aussi, il parle souvent de vous... Le père Touzin, pour lui, c'est quelque chose, je vous assure. »

Elle était comme fière de cette vérité.

Le prof contemplait le garçon. La fille. Le mouflet :

« Ça me fait plaisir que tu t'en soies sorti. »

Il prit un petit temps :

« Parce que, pour toi, ça avait mal commencé, on peut le dire. »

L'autre balaya ça d'un geste.

« On n'en parle plus.

– Depuis, il a fait le diesel. Complètement. Il se spécialise. Il est bon, vous savez ! »

Elle avait la naïve admiration du peuple devant la connaissance.

Le père Touzin saisit une clef anglaise. Il la leva au-dessus de sa tête :

« Tu te rappelles quand tu m'avais fait ça ?

Le spécialiste du diesel s'écrasa un peu :

« Je croyais que vous l'aviez oublié.

– Je l'ai oublié... tu peux me croire, dit le père Touzin... Et le jour où je t'ai foutu mon pied au cul ?

– Ça, c'était tous les matins ! »

Ils riaient tous les deux. Comme des anciens de la même classe quand ils se retrouvent.

La fiancée se décida :

« Ecoutez... Il va pas oser vous le dire... Alors, c'est moi qui vais parler... »

L'ancien élève protesta pour la forme. Avec la petite, c'était déjà un couple. Ils avaient leurs moqueries. Leurs rôles.

Elle assumait le sien. Celle d'épouse qui sait faire plaisir à son mari :

« On se marie dans quinze jours... Au Joyau de la Marne. Au pont de Bry. On sera pas beaucoup parce qu'on n'a pas beaucoup de sous. Pas beaucoup de famille non plus. Alors, si vous aviez pu venir... »

Oui, les yeux du père Touzin étaient vraiment rieurs. Plus que ça, même.

La voix basse, il dit :

« Oui. Oui. Je serai là. »

Puis il ajouta :

« Ça me fait plaisir que tu t'en soies sorti. »

DU MÊME AUTEUR

ROMANS

Dans Le Livre de Poche :
PAUSE-CAFÉ.
Aux Éditions Calmann-Lévy :
LE GÉNÉRAL ET SON TRAIN (Grand Prix de l'Humour 1964).
LA LUNE PAPA (Prix Alphonse Allais 1966).
CLUDE.
Aux Éditions Arthème Fayard :
PAUSE-CAFÉ.
ANTHELME COLLET.
JOËLLE MAZART.

ROMANS POUR LA JEUNESSE

Aux Éditions La Farandole :
ON DEMANDE GRAND-PÈRE GENTIL ET CONNAISSANT DES TRUCS.
(Prix « L'Enfant et la Ville » de la Ville de Vénissieux)
GRAND-PÈRE EST UN FAMEUX BERGER.

ESSAIS

Aux E.F.R. :
LA CHANSON EN SON TEMPS (Prix Exceptionnel de la S.A.C.E.M.).
LA COMMUNE EN CHANTANT.

ESSAI HUMORISTIQUE

Aux Éditions Calmann-Lévy :
LE GRAND GUIGNOL (Philosophobie des institutions).

THÉÂTRE

LE WEEK-END DES PATRIOTES, créé le 9 juillet 1977
à l'Atelier 13 d'Avignon par la Compagnie de la Rose noire
dans une mise en scène de Jean-Louis Manceau.
Librairie Théâtrale, éditeur.
ZADIG, d'après le conte de Voltaire, créé le 17 octobre 1978
au Théâtre d'Orsay à Paris par la Compagnie Renaud-Barrault
dans une mise en scène de Jean-Louis Barrault.
(Prix Plaisir du Théâtre 1979) (Le Cherche-Midi, éditeur).
LA FOLIE TURLUPIN, créé le 27 septembre 1981 au micro
de France-Culture par la Comédie-Française.
LES STRAUSS, créé le 15 octobre 1982
au Théâtre du Rond-Point à Paris par la Compagnie
Renaud-Barrault dans une mise en scène
de Jean-Louis Barrault. Librairie Théâtrale, éditeur.

THÉÂTRE LYRIQUE

L'OISEAU SANS PLUME. Musique de Louiguy. Créé en février 1968 au Théâtre Récamier à Paris par la Compagnie des Baladins Lyriques.
PARIS POPULI. Musique de Francis Lemarque. Création discographique Barclay N° 96001-003.

IMPRIMÉ EN FRANCE PAR BRODARD ET TAUPIN
7, bd Romain-Rolland - Montrouge - Usine de La Flèche.
LIBRAIRIE GÉNÉRALE FRANÇAISE - 14, rue de l'Ancienne-Comédie - Paris.
ISBN : 2 - 253 - 03122 - 4

30/5726/2